suhrkamp taschenbuch 2927

Es ist eine bittere Geschichte, die der dreißigjährige Ich-Erzähler hier preisgibt, die Geschichte eines einsamen Kindes und seiner verletzten Seele. Aufgewachsen zwischen einem fast stummen Vater und der geliebten Mutter, gläubigen Calvinisten, ist die Erziehung des Jungen streng und freudlos. Die Einschulung in der entfernt gelegenen Stadt ändert nichts an der Isolation: Dieser Junge nimmt an keinem Kinderspiel teil. Der einzige Mensch, dem dieser Junge leidenschaftlich begegnen kann, ist seine Mutter. Als sie stirbt, hinterläßt sie Schuldgefühle, ein nicht enden wollendes Heimweh. Und einen Sehnsüchtigen, der der Kindheit nicht entwachsen ist und nun von fremd gebliebenen Liebeserfahrungen, von Zwangsvorstellungen, vor allem aber von der Idee seines nahen Todes heimgesucht wird.

Maarten 't Hart, geboren 1944, ist einer der erfolgreichsten Autoren der niederländischen Nachkriegsliteratur, und seit seinem großen Erfolg mit *Das Wüten der ganzen Welt* (1997) gilt er auch in Deutschland als Bestsellerautor.

Maarten 't Hart
Ein Schwarm Regenbrachvögel

Roman

Aus dem Niederländischen von
Waltraud Hüsmert

Mit einem Nachwort
von Carel ter Haar

Suhrkamp

Titel der Originalausgabe: *Een vlucht regenwulpen*
Verlag De Arbeiderspers, 1978
Umschlagabbildung:
Szenenfoto aus der Romanverfilmung
unter dem Titel »Der Flug der Regenvögel«.
Foto: Peter W. Engelmeier, Hamburg

suhrkamp taschenbuch 2927
Erste Auflage 1999

Druck: Nomos Verlagsgesellschaft, Baden-Baden
Printed in Germany
Umschlag nach Entwürfen von
Willy Fleckhaus und Rolf Staudt

3 4 5 6 – 04 03 02 01 00

Ein Schwarm Regenbrachvögel

Der 10. Sonntag

27: Was verstehest du durch die Vorsehung Gottes?

Die allmächtige und allgegenwärtige Kraft Gottes, durch welche er Himmel und Erde samt allen Kreaturen, gleich als mit seiner Hand noch erhält, und also regieret, daß Laub und Gras, Regen und Dürre, fruchtbare und unfruchtbare Jahre, Essen und Trinken, Gesundheit und Krankheit, Reichtum und Armut, und alles nicht von ungefähr, sondern von seiner väterlichen Hand uns zukommt.

Mein Sommer

In diesem Raum habe ich den Sommer eingefangen. Insekten summen träge in der feuchten Wärme. Die Zeit verstreicht in ihrem Flügelschlag. Draußen, wo schon die Blätter fallen, wären die Hummeln und Schwebfliegen in den kalten Nächten längst umgekommen. Hier im Treibhaus zwischen den Weintrauben aber ist es noch Sommer, mein Sommer, meine verdiente Beute im Kampf gegen den Wechsel der Jahreszeiten, der Beweis, daß es mir gelungen ist, das Verrinnen der Zeit aufzuhalten. Und ich habe nicht nur meinen Sommer, sondern auch meine Jugend zurückgewinnen können. Es riecht hier nun genauso wie früher, bevor die Trauben durch Tomaten ersetzt wurden. Oh, dieser unvergleichliche Duft; wenn ich ihn ganz tief einatme, ist es, als ob ich erst vier Jahre bin, und jeden Augenblick kann meine Mutter hereinkommen und mir übers Haar streichen.

Behutsam schneide ich mit einer Schere einige Trauben ab und lege sie in einen mit blauem Papier ausgeschlagenen Korb. Heute abend werden sich die Gäste an den Trauben gütlich tun, und nur Jakob und ich werden wissen, welche Sorgfalt ich auf ihren Anbau verwendet habe. Es hat mich Jahre gekostet, die Rebstöcke wieder heranzuziehen, nachdem sie den Tomaten hatten weichen müssen. Ja, Jakob wird das Geschenk zu schätzen wissen; Jacqueline wird nur die Stirn runzeln. Ich kann nicht verstehen, daß er sie heiratet. Über die Jahre hin war er in sie verliebt und ist ihr so beharrlich nachgelaufen, daß er nun endlich mit ihr zum Standesamt gehen darf. Es ist unglaublich, was eine Frau einem Mann, der in sie verliebt ist, antun kann. Umgekehrt mag es genauso sein; ich glaube aber, daß Männer Frauen Kummer bereiten, nachdem eine Beziehung zustande gekommen ist, während Frauen Männern Kummer bereiten, bevor es soweit ist. Jakob hat hier oft übernachtet, wenn es zwischen beiden wieder einmal kriselte. Wir ruderten dann stundenlang durchs Reetland, zählten am frühen Morgen Vögel, er sprach pausenlos von ihr, und wenn er sich alles von der Seele geredet hatte, ging er wieder. Wird nun irgendwann sie kommen, um sich über ihn zu beklagen? Das scheint mir undenkbar.

Ich verlasse das Treibhaus und gehe über den Kiesweg zum Haus. Wie unter einem Zwang drehe ich mich noch einmal um und betrachte die gekalkten Scheiben meiner beiden Gewächshäuser. Sie stehen dort als Symbole unseres manischen Drangs zum Züchten. Ich stamme aus einer Familie, die sich der Vervollkommnung der Rebenzucht verschrieben hat. Meine Verwandten zogen Trollinger und Alicanter, köstliche Tafeltrauben, die für den Export bestimmt waren und auf den Versteigerungen hohe Preise erzielten. Das ist nun vorbei. Meine Onkel – die ohne Ausnahme Gärtner waren – haben alle anstelle der Reben Tomaten und Gurken gepflanzt, und sogar mein Vater hat schließlich aufgegeben und sich auf den Anbau von Nachtschattengewächsen verlegt. Warum? Manchmal glaube ich nur deshalb, weil die Fruchtansätze der Trauben während des Wachstums ausgedünnt werden müssen. Und dieses Ausdünnen gelingt eigentlich nur den feinen, schlanken Fingern von Frauen- und Kinderhänden. Sie waren einfach unentbehrlich. Vielleicht habe ich die Rebstöcke nur in der Hoffnung zurückgeholt, damit irgendwann Frauenhände – und möglicherweise sogar Kinderhände – zu verlocken, die heranreifenden Trauben auszudünnen.

Von Kindheit an habe ich den Beruf meines Vaters und meiner Onkel verachtet. Ich wollte kein Gärtner werden, ich wollte berühmt werden, auch wenn ich keine genauen Vorstellungen hatte, wie ich das schaffen sollte. Um überhaupt eine Chance zu haben, berühmt zu werden, mußte ich auf jeden Fall herausragende Leistungen aufweisen, und das tat ich auch, zuerst in der Volksschule, später im Gymnasium und danach als Student; aber bevor es soweit war, hatte ich mit meinem Vater zu kämpfen, der mich nach sechs Volksschuljahren in die Gärtnerei stecken wollte. Da kamen die Lehrer. Über die Wiesen fanden sie den Weg zu unserem Haus und redeten auf meinen Vater ein. Gegen seine Starrköpfigkeit kam keiner von ihnen an – bis auf den Rektor. Jedes Jahr nahm er sechs Wochen an Wehrübungen teil; er hatte den Rang eines Hauptmanns und trug die dazugehörige Uniform Tag für Tag auch in der Schule. Er führte die Klasse wie ein Regiment. Wenn er morgens hereinkam, rief er: »Habt . . . acht«, und sofort saßen wir kerzengerade, mit verschränkten Armen, in unseren Bänken. Dann ließ er einen Psalm singen, meistens Psalm 68: »Erhebet er sich, unser Gott, seht, wie verstummt der Frechen Spott, wie seine Feinde fliehen!« Anschließend sprach er jeden Tag dasselbe Gebet: »General im Himmel, zu Dir kommen wir am Morgen dieses Tages und erbitten Deinen Segen für unsere Arbeit. Oh, Du, Oberbefehlshaber der himmlischen Heerscharen, gib uns die Kampfeslust, auch heute zu rechnen, zu schreiben und zu lesen zu Deiner Ehre. Entzünde unseren Glauben wie Pulver in einer Kanone, die auf die Diener Satans abgefeuert wird. Bewahre uns vor Krieg. Nicht weil wir es verdienen, sondern nur aus Gnade. Amen. Rührt euch und holt die Bibeln hervor!«

Wir lasen das Alte Testament, Josua oder die Bücher der Könige, die Chroniken. Und danach, in der Geschichtsstunde, erzählte er von unserem Achtzigjährigen Krieg, damals im 17. Jahrhundert, vom Rauch der Kanonen und von wiehernden Pferden auf Schlachtfeldern. Dieser Mann redete mit meinem Vater. An einem Winternachmittag begleitete er mich nach Schulschluß über den schmalen Steinplattenweg quer durch die Wiesen zu unserem Haus. Meine Eltern waren beeindruckt von seiner riesenhaften Statur, seiner Uniform, seiner grauen, tadellos gekämmten lockigen Mähne, seiner donnernden Stimme. Er benutzte nur ein einziges Argument, verpackt in zwei Bibelzitate. Er sprach über das Gleichnis von den anvertrauten Talenten und vom Licht unter dem Scheffel. Mein Vater gab sich geschlagen, stellte aber eine Bedingung: während der großen Ferien sollte ich in der Gärtnerei arbeiten. So besiegte der Rektor meinen bibelfesten Vater mit Hilfe der Bibel.

Auf dem Gymnasium war ich selbstverständlich ein Musterschüler. Es war einfach undenkbar, daß ich faulenzte, den Lehrern das Leben schwermachte oder meine Hausaufgaben vergaß, denn ich wollte mein mühsam erworbenes Recht auf Weiterbildung nicht leichtsinnig verspielen. Wenn ich sitzengeblieben wäre oder wenn sich die Lehrer über mich beschwert hätten, wäre das für meinen Vater ein Beweis gewesen, daß ich die Talente nicht besaß, auf die der Rektor angespielt hatte, und er hätte mich von der Schule genommen. Die Gärtnerei war eine Drohung. Doch damit war es vorbei, als ich mein Abitur in der Tasche hatte. Mit dem Abitur in die Gärtnerei, das wäre eine Verschwendung von Talent gewesen. Aber was nun? Mein Vater wollte mich nur dann studieren lassen, wenn ich Arzt würde oder die Hochschule für Landwirtschaft in Wageningen besuchte. Diese praktischen Berufe reizten mich überhaupt nicht. Ich wollte Biologe werden. Nach längerem Hin und Her war er mit dem Studium der Biologie als minderwertige Alternative zur Medizin und Agrarwissenschaft einverstanden.

So wurde ich Biologe. Im September wurden wir zur Einführung in unser Studium durch die verschiedenen biologischen Institute geführt. Am letzten Nachmittag zeigte man uns auf dem Dachboden eines dieser Institute eine Gewebekultur. Eine Laborantin erzählte uns, daß die orangefarbenen Zellen, die wir sahen, aus einer einzigen Karottenzelle herangezogen waren. Diese primitive Züchtung machte einen überwältigenden Eindruck auf mich. Ich hatte eine Vision, sah eine schwindelerregende Perspektive vor mir. Ich erschauderte. Meine künftigen Kommilitonen stellten Fragen, lachten und plauderten. Der Blick durch die schmutzigen Fenster über den Botanischen Garten interessierte sie mehr als diese Züchtung. Ich starrte ängstlich auf das Reagenzglas. Ich durfte es halten und betrachtete den formlosen Zellhaufen. Den ganzen September über, als die meisten anderen ihre Einführungszeit bei den verschiedenen studentischen Vereinen verbrachten – ich nicht, ich war ein Einzelgänger –, dachte ich über die Gewebezüchtung nach. Ich half meinem Vater in der Gärtnerei. Morgens um fünf standen wir auf und pflückten Tomaten in den Treibhäusern, die sich nach und nach erwärmten. In der grüngelben Farbe der pflückreifen Tomate sah ich das fahle Orange der Zellen im Reagenzglas. Und auch wenn ich damals noch nicht wußte, warum, war ich mir ganz sicher, das gefunden zu haben, was ich tun und worüber ich mehr wissen wollte.

Das Studium war anders, als ich es mir vorgestellt hatte. Jeden Vormittag mußte ich zu Seminaren in den Nebenfächern: Physik, Chemie und Geologie; nachmittags zeichnete ich Querschnitte von Plattwürmern und Seesternen, Süßwasserpolypen und Pantoffeltierchen. Ich wohnte bei Onkel und Tante. Der Onkel war angeheiratet, also kein Züchter. Aber auch er war ein Gezeichneter; er hatte sich nämlich vorgenommen, ein Perpetuum mobile zu erfinden. Nach dem Abendbrot verschwand er regelmäßig im Schuppen hinterm Haus, und zuweilen hörten wir, wie er Schreie ausstieß; eines Tages kam er am späten Abend ins Wohnzimmer gerannt und rief: »Ich hab's, ich hab's.«

Mein ungläubiges Lächeln beachtete er nicht.

»Kommt«, sagte er.

Wir folgten ihm in den Schuppen. Im Halbdunkel sahen wir eine kreisförmige Bahn, die dadurch entstanden war, daß mein Onkel eine Schüssel aus glänzendem, polierten Metall mit einem Außenring aus demselben Material versehen hatte, das in dem Raum funkelte. Der Rand der Schüssel und der sie umgebende Ring, beide mit messerscharf geschliffenen Kanten, bildeten eine schmale Schiene, in der die Kugeln friedlich ihre Runden drehten. Sie bewegten sich, ohne daß auch nur die geringste Verminderung ihrer Geschwindigkeit zu bemerken war. Es war gleichzeitig ergreifend einfach und zutiefst rätselhaft, weil man ja erwartete, daß die Kugeln allmählich langsamer wurden. Neben der genial ausgetüftelten Konstruktion lagen noch einige unbenutzte Kugeln; ich nahm eine, sie war federleicht. Ich ließ sie über meine Hand rollen. Die Schwerkraft schien keinen Einfluß auf sie zu haben. Gebannt schaute ich den unermüdlich kreisenden Kugeln zu. Durch die Art und Weise, wie der Rand der Schüssel und der Außenring nebeneinander standen und eine Bahn freiließen, erfuhren die Kugeln nur eine minimale Reibung durch die beiden Außenkanten, die sie an ihrem Platz hielten. Und doch konnte ich nicht glauben, daß sie ewig weiterkreisen würden; gerade weil die Kugeln so leicht waren, müßte der Luftwiderstand ihre Bewegung schon bald beenden.

»Die beiden Punkte, wo die Ränder die Kugeln berühren und an ihrem Platz halten, sind so glattgeschliffen, daß so gut wie keine Reibung entsteht«, sagte mein Onkel.

An den folgenden Tagen hörte ich ihn diesen Satz oft gegenüber Besuchern wiederholen, stets mit der Wendung »so gut wie«, die mich immer wieder zweifeln ließ, auch wenn die Kugeln vor den Blicken der erstaunten Verwandten und Freunde mühelos und ohne eine für das Auge sichtbare Verzögerung weiterrollten.

Doch das Sonderbarste an diesem Perpetuum mobile, das keines sein konnte, war nicht, daß es tatsächlich immerwährend schien, sondern daß es meinen Onkel zum Müßiggang verurteilte. Jetzt, nachdem das Ideal erreicht war, blieb ihm weder etwas zu wünschen noch zu konstruieren übrig, und so saß er, wenn er seine kreisenden Kugeln mangels Besuchern nicht vorführen konnte, im Wohnzimmer am Fenster, die Hände in rastloser Bewegung auf dem Schoß, als hätten sie teil an der Bewegung in dem Schuppen hinterm Haus. Er baute zusehends ab, verkümmerte, mein Onkel. Es war, als könnte er wie Simeon sagen: »Jetzt lässest du deinen Knecht, oh Herr, nach deinem Wort in Frieden dahingehen; denn meine Augen haben dein Heil gesehen.« Davon, ob es tatsächlich ein Heil war, war ich nicht so ganz überzeugt. Aber die Kugeln kreisten weiter. Bald glaubte ich, daß sie aufgrund ihres geringen Gewichts jedesmal einen kleinen Stoß durch den Luftzug bekamen, der beim Öffnen der Tür entstand, einen Schub, der einem nie auffiel, weil man ja in diesem Moment im fensterlosen Schuppen nach dem Lichtschalter tastete; bald hatte ich den Eindruck, daß die Konstruktion selbst einen gewissen Luftzug in der Bahn bewirkte, der die Kugeln vorantrieb. Aber ich wagte es nicht, meine Hypothese zu überprüfen, weil ich mich nicht traute, in diese fragile Bewegung einzugreifen. Ich hielt meinem Onkel vor, daß man aus diesem Kreislauf keine Energie gewinnen könne, daß es sich um eine Bewegung ohne Sinn und Ziel oder nachweisbaren Nutzen handle. Mein Onkel lächelte frohgemut, als ich das sagte; es machte ihm nichts aus, er hatte gefunden, was er gesucht hatte, und konnte nun in Frieden dahingehen. Er starb während seines Mittagsschlafs. Er wachte einfach nicht mehr auf. Der Zufall wollte, daß ich an diesem Nachmittag kein Praktikum hatte; nie hätte ich gedacht, daß der Tod so unauffällig und still eintreten könnte. Es war nichts, über das man betrübt oder unglücklich zu sein brauchte; es geschah, weil es irgendwann einmal geschehen mußte.

So wohnte ich bei meiner Tante in dem geräumigen Haus mit dem Schuppen, in dem die Kugeln gar nicht mehr zum Stillstand kommen wollten, besuchte fleißig und aufmerksam die Seminare, machte pünktlich meine Scheine und anschließend das Vordiplom, hatte mit fast niemandem Kontakt und las abends am liebsten philosophische und theologische Werke und Bücher über moderne Physik und Radioastronomie, die meinem Verlangen nach Mystik außerordentlich entgegenkamen. Ich hatte noch immer Angst davor, wieder in das angestammte Milieu zurückzufallen – nicht, weil ich mich dieses Milieus schämte, sondern eher aus Furcht, derselben geisttötenden und erstickenden Mentalität zu erliegen, einer Mentalität der Initiativlosigkeit, die sich zufriedengibt mit dem Erreichten und nicht nach Veränderungen strebt und deren geistiger Horizont von den Erlösen der Versteigerungen und den Zinsen der Hypotheken, die auf den Treibhäusern lasten, gebildet wird. Doch ich mußte entdecken, daß es an der Universität nicht viel anders war. Nach einer einzigen wissenschaftlichen Leistung, meistens einer Doktorarbeit, verschanzte man sich hinter bürokratischen Tätigkeiten.

Einige Tage nach meinem Vordiplom starb meine Tante. Thrombose im linken Bein, der Blutpfropf im Herzen. Sie starb gefaßt, im Vertrauen auf Gott, den sie sich nicht als einen General, sondern als einen freundlichen Großvater vorstellte, vor dessen Thron sie im weißen Brautkleid bis in alle Ewigkeit Psalmen singen würde. Ihr folgte einige Monate später ihr dickschädeliger Bruder, mein Vater. Ich war nach dem Tod der Tante wieder in mein Elternhaus gezogen. Eigentlich wollte ich mir ein Zimmer suchen, aber als ich entdeckte, daß ich mit dem Auto meines Vaters nur eine Dreiviertelstunde zum Labor für Gewebezüchtung brauchte, wo ich meine Diplomarbeit vorbereitete, entschloß ich mich, weiterhin bei meiner Mutter zu wohnen. Die Gärtnerei war unser Eigentum. Ich verkaufte die Gewächshäuser. An einem Wintermorgen wurden sie demontiert und abgeholt. Zwei Rebentreibhäuser ließ ich stehen. In einem brachte ich das Perpetuum mobile unter, das sich in diesem Treibhaus freilich nicht bewegte und auch nicht mehr in Gang zu setzen war, außer für kurze Zeit wie ein normales System in dieser Welt, in der die beiden Hauptsätze der Thermodynamik unumstößlich sind.

In der Abteilung für Gewebezüchtung hatte ich mich unterdessen unentbehrlich machen können. Die Gewebekultur entsprach genau meinen Erwartungen, sie faszinierte und beflügelte mich. Ich übte mich nicht nur in der Technik des Züchtens – wobei ich mich bei den Laborantinnen unbeliebt machte, in deren Domäne ich einbrach –, sondern sammelte auch fieberhaft Artikel aus wissenschaftlichen

Zeitschriften über die Züchtung von Gewebekulturen. Nachdem ich mein Diplom gemacht hatte, starb meine Mutter an Kehlkopfkrebs. Jeden Tag wurde ihr die Luftröhre stärker abgeschnürt, so daß sie unendlich langsam erstickte. Während dieser schrecklichen und qualvollen Krankheit kehrte, weil ich Ihn hassen wollte, für einige Zeit mein Glaube an Gott zurück. Ich sah in Ihm einen Henker, der die Menschen verachtet. Im Grunde genommen kann ich das gut verstehen, und werde es Ihm doch immer übelnehmen, daß Er meiner Mutter ausgerechnet diese Krankheit zugedacht hatte, denn ich habe sie von ganzem Herzen geliebt.

Innerhalb kurzer Zeit wurde ich ein Experte auf dem Gebiet der Gewebezüchtung. Durch mehrere Publikationen machte ich auf mich aufmerksam. Die Universität sorgte für eine Unabkömmlichkeitserklärung, so daß mir das Soldatenleben erspart blieb, und nach dem Diplom setzte ich mich an meine Doktorarbeit. Drei Jahre nach der Diplomprüfung promovierte ich, und zwei Jahre später wurde ich außerplanmäßiger Professor und Leiter der Sektion für Gewebezüchtung. Bald wurden Stimmen laut, die ein eigenes Labor für die Abteilung forderten. Zu einem eigenen Labor gehört ein Lehrstuhl. Den bekam ich. Ich bin jetzt dreißig und ordentlicher Professor. Eine Blitzkarriere. Soweit mein bisheriges Leben. Weil ich dem Züchten entrinnen wollte, habe ich mich abgerackert, um Züchter zu werden.

Sonnenuhr

Auf dem Empfang versuchen die Kellner unentwegt, mir irgendwelche Getränke anzubieten, als ich nach den obligatorischen Höflichkeitsfloskeln einsam im großen Saal stehe und vor mich hinstarre. Wenn mich jemand anspricht, geht es fast immer darum, mich für eine Konferenz oder einen Kongreß zu ködern. Aber schon bald spricht mich keiner mehr an, denn ich habe sie alle abblitzen lassen, nachdem ich ihre von ständigem Lächeln begleiteten Fragen pflichtschuldig und mürrisch beantwortet habe. So kann ich unbehelligt durch den Raum schlendern. Es ist der Saal einer alten Burg, die zum Hotel-Restaurant umgebaut wurde. Durch die blauen Rauchschwaden gehe ich zu den Fenstern, die auf einen Innenhof, der von den Seitenflügeln der Burg umschlossen wird, hinausführen. Auf dem Hof spielen Kinder, die Kinder der Hochzeitsgäste. Sie rennen im Septembersonnenlicht umher, und ich höre ihre Stimmen. Unablässig fallen gelbe Blätter von den Kastanien und decken den friedlichen Platz zu. Er ist klein, zu klein für Platzangst, Gott sei Dank. In der Mitte ist ein Rasenfleck mit einer Sonnenuhr, auf der das Sonnenlicht auseinanderspritzt. Ich zähle die Kinder, es sind zwölf, die Mädchen in weißen Kleidchen, die Jungen in blauen Anzügen. Sie spielen ein Spiel, bei dem sie fortwährend von Baum zu Baum rennen. Es gibt zehn Bäume, so daß immer zwei Kinder ohne Baum sind, aber dem elften Kind dient die Sonnenuhr als Baum. Ich begreife, daß es darum geht, einen Baum zu haben. Immer ist ein anderes Kind ohne Baum, wenn sie herumgerannt sind und die Bäume gewechselt haben. Nie habe ich so ein Spiel gespielt. Aber vielleicht wäre ich immer ohne Baum gewesen. Die Gesichter der Kinder glühen. Bisweilen fallen Blätter auf sie, aber sie spüren es nicht, sie rennen über den Blätterteppich und langweilen sich nicht. Eigenartig, daß mich nichts so schmerzt wie der Anblick spielender Kinder! Ich trinke rasch meinen Portwein aus und wende mich ab, ich gehe zwischen den Menschen hindurch, nehme ein neues Glas und gehe zur anderen Seite des Saales. Auch hier ist ein großes Fenster, das durch schmale Holzleisten in kleine Scheiben unterteilt ist; man blickt auf eine kleine Insel mitten im Burggraben, ein Gärtchen im Wasser, wo Sträucher wachsen und Bläßrallen herumlaufen. Im Wasser zanken sich die Enten. Teichhühner laufen flügelschlagend über den Graben, quer über das sich im Wasser widerspiegelnde Sonnenlicht.

Ich leere rasch mein Glas, und mir wird die Gegenwart der vielen Menschen bewußt. Wie immer denke ich: Auch sie könnte hier sein. Ich denke es so oft, in überfüllten Zügen, auf Bahnhöfen und in Konzerten oder wie jetzt auf einem Empfang. Vielleicht ist Martha auch hier. Ich sehe mich um. Steht sie jetzt zwischen den Gästen? Plaudert sie mit einem von ihnen? Je mehr ich trinke, desto mehr Frauen und Mädchen gleichen ihr. Die Ähnlichkeit besteht meistens in einem Fältchen an derselben Stelle unter den Augen, in der gleichen Armbewegung, der gleichen Haarfarbe. Aber wenn ich etwas angetrunken bin, kann das genügen, um ein diffuses Glücksgefühl auszulösen, eine Art traurige Zufriedenheit über dieses schattenhafte Abbild von Anwesenheit. Ich muß hier so schnell wie möglich raus; ich habe dem Brautpaar gratuliert und meine Trauben abgeliefert. Was hält mich also noch? Jacqueline ist in der Tat sehr schön, und Jakob ist glücklich, wie mir scheint, obwohl er neben seiner prachtvollen Braut ein wenig verloren wirkt: eine Rohrdommel neben einem Purpurreiher. Plötzlich läßt er sie stehen, als beim Händeschütteln eine kurze Pause eingetreten ist, und windet sich durch die Menge. Er steht vor mir und sagt: »Heute abend feiern wir unsere Hochzeit in der Teestube beim Flugplatz. Du kommst doch auch?«

»So«, sage ich schroff, »du weißt doch, daß ich nie zu Festen gehe.«

»Ja, aber du weißt doch, wie oft ich dir schon gesagt habe, daß du auf diese Weise völlig vereinsamen wirst.«

»Das laß nur meine Sorge sein.«

»Maarten, was ist denn das für ein Fest, wenn meine besten Freunde nicht dabei sind?«

»Ich verspreche nichts«, sage ich.

»Du brauchst nichts zu versprechen, wenn du nur kommst.«

»Jakob, Jakob«, ruft Jacqueline.

»Ich muß zurück, bis heute abend.«

Eine junge Frau gratuliert dem Brautpaar; ich betrachte

das dunkle Haar, ihr Gesicht kann ich nicht sehen. Aber ihre Figur, ihre Haltung kommen mir bekannt vor. Ob es jetzt doch endlich passiert, oder habe ich vielleicht nur zuviel getrunken? Ich muß unbedingt ihr Gesicht sehen, ich werde noch einen Augenblick bleiben. Aber sie schaut nicht zu mir her, sie redet ununterbrochen mit der Braut. So, jetzt geht sie weiter, jetzt sehe ich ihr Gesicht, nein, sie ist es nicht, sie kann es unmöglich sein. Aber welche Ähnlichkeit! Ich versuche, mich so unauffällig wie möglich durch die Menge auf sie zuzubewegen. Sie steht allein bei einer halbgeöffneten Tür, hinter der schwitzende Menschen für den Nachschub an Speisen und Getränken sorgen. Ich kann sie nun sehr gut beobachten. Die Ähnlichkeit ist frappierend. Aber die Tatsache, daß ihr Gesicht nur ein ganz klein wenig anders und ihr Haar um eine Nuance dunkler ist als das Marthas, stimmt mich mißmutig. Zwölf Jahre lang habe ich versucht, mich an das Gesicht zu erinnern, zwölf Jahre lang gelang es mir nicht, mußte ich mir zuerst die Gesichter ihrer Freundinnen vergegenwärtigen, und erst dann sah ich manchmal ein Fragment, einen kleinen Teil ihres Gesichts, ihren Mund oder ihre Augen, aber nie das Ganze. Manchmal träumte ich von ihr, und wenn ich erwachte, sah ich ihr Gesicht noch für einen kurzen Augenblick, aber sobald ich es festhalten wollte, zersprang es in Fragmente. Auch jetzt fühle ich die Bestürzung über meine Unfähigkeit, mich zu erinnern. Dieses Gesicht aber ist fast wie das ihrige. Die Augen sind etwas zu gewöhnlich, sie hat nicht diese merkwürdigen, beinahe mongolischen Augen Marthas, diese hohen Wangenknochen. Sie hat nicht dasselbe Haar, es ist länger, nicht so lockig.

Zurück im Labor esse ich ein paar Brote. Ich betrachte die Zellwucherungen, die sich hinter Glas in einem von mir eigens konstruierten Brutschrank befinden. Ich denke an den langen Weg, den ich zurückgelegt habe. Zuerst habe ich mit Süßwasserpolypen gearbeitet; dabei gelang es mir, mit relativ wenig Aufwand aus einer einzigen Polypenzelle einen neuen, vollständigen Organismus zu klonen. Damals war mir allerdings noch nicht klar gewesen, warum ich überhaupt klonen, warum ich aus einer einzigen Zelle einen ganzen Organismus heranwachsen lassen wollte; vielleicht war es mir auch deutlich, in diesem Fall aber hatten meine Versuche wahrscheinlich eher den Zweck gehabt, mir selbst zu beweisen, daß es nicht ging, daß es nie möglich wäre – zwar mit einem Polypen, auch noch mit einem höheren Organismus, vielleicht sogar mit einem Tintenfisch – aber niemals mit einem Säugetier. Und doch kann ich es mittlerweile bereits mit der Zelle einer Wüstenmaus, und wenn ich so weitermache, werde ich es vielleicht einmal schaffen. Ich weiß, daß ich weitermache, daß ich weiterhin zu beweisen versuchen werde, daß es nicht geht, aber eigenartigerweise ist nach dem Empfang von heute nachmittag ein neues Element zu jenem Ideal hinzugekommen, das ich um jeden Preis nicht erreichen will. Schuld daran ist dieses Mädchen auf dem Empfang. Sie sah ihr ähnlich, aber sie war es nicht. Dadurch ist mir deutlich geworden, daß die Qual der großen Ähnlichkeit beinahe schlimmer ist als die Qual des Niemehrwiedersehens. Weshalb sollte ich also noch weitermachen? Aber wollte ich denn nicht nachweisen, daß es unmöglich ist? Warum wollte ich das? Nachdem ich nun dieses Mädchen gesehen habe, scheint es, als hätte ich doch eine schwache Hoffnung, daß es gelingen könnte. Wann werde ich mich jemals auch nur ansatzweise verstehen?

Wenn alles klappt, werden sich die Zellwucherungen über komplizierte Zwischenstufen in Wüstenmäuse verwandeln, die jeden Morgen die eingegangenen Kommissionsberichte und Fachbereichsprotokolle, Strukturpläne und Verwaltungsrichtlinien, Gutachten und Enqueteformulare zu unleserlichen Schnipseln zernagen werden. Es brauchte übrigens nur bekannt zu werden, daß ich schon soweit bin, daß ich bereits aus einer Eizelle Wüstenmäuse züchten kann. Welch ein Wust von Papier würde darüber nicht vollgeschrieben werden! Dennoch neige ich nach dieser Begegnung auf Distanz von heute nachmittag dazu, den Brutschrank abzustellen. Es ist ja doch alles sinnlos. Aber es ist nicht meine Art, die Arbeit von Jahren in einem einzigen Augenblick zu vernichten.

Die Teestube liegt weit draußen vor dem Dorf in den Dünen. Um dorthin zu gelangen, muß ich einer kurvenreichen, spärlich beleuchteten Straße folgen und bei der Gaststätte *Zum Flugplatz* links abbiegen. Bevor ich jedoch an diesem Punkt bin, sehe ich gleich hinter dem Dorf ein Mädchen in der Dunkelheit. Sie geht mit schnellen Schritten. Ich erkenne ihre Gestalt wieder. Ich verlangsame meine Fahrt und kurbele das rechte Fenster herunter.

Sie erschrickt kurz, aber bevor sie wirklich Angst bekommen kann, sage ich: »Gehen Sie auch zum Fest von Jacqueline und Jakob?«

»Eh . . . ja, allerdings.«

»Kann ich Sie mitnehmen, ich bin auch auf dem Weg zur Teestube, und es ist noch eine ganze Strecke.«

»Oh . . . ja, sehr gern.«

Ich öffne die Beifahrertür, und sie steigt ein. Im Halbdunkel ähnelt sie ihr so sehr, daß ich für einen Moment denke: jetzt sitzt sie neben mir. Mein Glücksgefühl ist so groß, daß ich schnell fahren muß, um meine Rührung hinter verbissener Aufmerksamkeit für die Kurven zu verbergen.

»Danke schön«, sagt sie.

Sogar die Stimme gleicht ihrer Stimme, auch wenn sie etwas tiefer, etwas heiserer ist. Aber der melodiöse Klang ist der gleiche.

»Kennen Sie Jakob und Jacqueline schon lange?« frage ich.

»Ich kenne Jacqueline sehr gut, wir sind zusammen in einer Arbeitsgruppe.«

»Ich bin ein Studienkollege von Jakob, auch Biologe.«

»Ulkig«, sagt sie.

Was ich darauf erwidern soll, weiß ich nicht, und wir fahren schweigend zur Teestube. Jakob begrüßt uns, er ist überrascht.

»Ihr zusammen?« fragt er.

»Ich habe sie unterwegs gesehen und ihr angeboten, mitzufahren.«

Weil ich nicht weiß, wie sie heißt, stottere ich, als ich von »ihr« spreche. Jakob begreift.

»Ihr kennt euch noch gar nicht?«

»Nein«, sage ich.

Er macht uns miteinander bekannt, und als ich ihren Nachnamen höre, denselben Nachnamen wie Marthas, bin ich so aufgeregt, daß ich ihren Vornamen sofort wieder vergesse. Sie muß eine Schwester oder eine Kusine Marthas sein, fährt es mir durch den Kopf; möglich wäre es, denn sie hatte Schwestern, die viel jünger waren als sie. Obwohl ich an nichts anderes denken kann, traue ich mich nicht, dieses Thema anzuschneiden, und so gehen wir schweigend durch die Teestube. Genau wie ich scheint auch sie niemanden der anwesenden Gäste zu kennen, so daß wir dazu verurteilt sind, zusammenzubleiben.

Eine dienstfertige Dame serviert Kaffee.

»Sollen wir uns hinsetzen?« fragt sie.

»Gut«, sage ich.

»Was machst du? Bist du noch immer an der Universität?«

»Ja, ich beschäftige mich mit Gewebezüchtung.«

»Gewebezüchtung? Aber dann bist du ... dann sind Sie ...« Sie schweigt verwirrt.

»Ja, ich bin Prof, ich kann auch nichts dafür, aber laß uns doch bitte schön beim Du bleiben.«

»Verrückt, einen Prof mit du anzureden.«

»Woher weißt du eigentlich, daß ich das bin?«

»Eine Freundin von mir hat gerade die Zwischenprüfung in der Gewebezüchtung gemacht, und sie hat mir erzählt, daß sie von einem noch sehr jungen Prof geprüft worden ist, und sie hat auch gesagt ...«

Sie schweigt plötzlich und blickt beschämt zu Boden.

»Was hat sie noch gesagt?«

»Nein, das darfst du mich nicht fragen, das kann ich dir nicht erzählen.«

»Vielleicht darf ich dann etwas anderes fragen. Hast du eine Schwester, die Martha heißt? Du siehst einem Mädchen sehr ähnlich, mit dem ich zur Schule gegangen bin.«

»Ja, ich habe eine Schwester, die Martha heißt, sie ist fünf Jahre älter als ich, die zweitälteste.«

»Das muß dann dieselbe Martha sein. Du siehst ihr wirklich sehr ähnlich.«

»Das höre ich öfter, als mir lieb ist.«

»Wie geht es ihr denn?«

»Sehr gut, sie hat zwei goldige Kinder, einen Jungen und ein Mädchen.«

»Spielt sie noch immer so gut Klavier?«

»Ja, aber sie ist vom Konservatorium abgegangen, danach hat sie eine Zeitlang im Büro gearbeitet, aber sie spielt noch immer fabelhaft.«

»Spielt sie noch immer Haydn? Das spielte sie damals nämlich häufig.«

»Nein, sie spielt immer Brahms, jedenfalls . . . oft. Sie spielt wirklich sehr gut, viel besser, als ich es jemals könnte. Schade, daß sie nicht weitergemacht hat, nun ja, sie wollte heiraten. Blöd, zu heiraten, wirklich blöd. Ich möchte nie heiraten, höchstens mit jemandem zusammenleben. Mit einem Mal hat man für immer jemanden am Hals.«

Sie redet schneller als ihre Schwester. Ihre Gesten sind lebendiger, direkter. Als sähe ich ihre Schwester in einem Film, der etwas zu schnell abgespielt wird, und mich stört das zu große Tempo. Dennoch ist sie, vor allem, wenn sie die Augenlider niederschlägt, ganz Martha, und ich warte auf die Momente, die meinen Ärger in kurzzeitige Glücksgefühle verwandeln. Ich trinke mehr von der Oppenheimer Spätlese – Jakob weiß wenigstens, was er seinen Gästen schuldet –, als mir guttut. Als ob die Trunkenheit die

Unterschiede zwischen ihr und ihrer Schwester auslöscht, als ob ich mit Martha rede und ihre gelassene Anmut bewundere.

»Man kann doch nicht mit einem Menschen für immer glücklich werden«, sagt sie.

»Muß das denn sein«, frage ich, »glücklich werden?«

»Ja, natürlich, was denn sonst?«

»Ich weiß überhaupt nicht, was das ist: glücklich sein. Ich weiß nur, daß ich es sehr wichtig finde, soviel wie möglich hören und sehen und riechen zu können, daß meine Sinnesorgane möglichst gut funktionieren.«

»Wie meinst du das?«

»In diesem Frühjahr ging ich an einer ungemähten Straßenböschung entlang. Ganz hohes Gras. In der Spitze einer fast ausgewachsenen Segge sang ein Feldschwirl. Ich konnte ihn sehr gut sehen, meistens sieht man sie nämlich nicht, sondern hört sie nur. Aber das Verrückte war, daß ich ihn zwar sah und auch sah, daß er sang, denn er sperrte seinen Schnabel weit auf, aber ihn nicht hören konnte. Sein Gesang ist sehr hoch, wie das Zirpen einer Grille, und mein Gehör hat mittlerweile so nachgelassen, daß ich ihn nicht mehr hören kann. Siehst du, damals fühlte ich mich wirklich unglücklich – weil mir eine Möglichkeit der Wahrnehmung abgeschnitten war.«

»Könnte ich den Feldschwirl noch hören?«

»Bestimmt, aber verstehst du, worauf ich hinauswill? Eigentlich lebt man immer in der Vergangenheit oder in der Zukunft, nie in der Gegenwart, nie im Augenblick selbst. Der Moment muß Größe bekommen, man muß sehen können, daß die Schatten der Morgensonne anders sind als die der Mittagssonne, hören können, daß Insekten im Frühling anders summen als im Herbst, schmecken können, daß in Holzfässern gelagerter Wein anders schmeckt als Wein aus der Flasche.«

»Mir scheint, du hältst eine Vorlesung«, sagt sie etwas spöttisch, »meine Vorstellung vom Glücklichsein ist das jedenfalls nicht. Ich weiß auch nicht so genau, was zum Glücklichsein gehört, aber für mich hat es etwas damit zu tun, mit jemandem spazierenzugehen, nach dem man verrückt ist, oder zu spüren, wie einem der Wind durchs Haar streicht, oder Musik zu hören, die man mag, aber dann vor allem auch zusammen mit jemandem, in den man ein bißchen verschossen ist.«

So unterhalten wir uns den ganzen Abend, mal, um keine Stille aufkommen zu lassen, dann wieder, weil das Gespräch ganz von selbst einigermaßen im Fluß ist. Hin und wieder trennen wir uns kurz, aber es ist niemand da, mit dem ich länger als ein paar Minuten reden kann, und ihr geht es offensichtlich genauso; deshalb ist es fast selbstverständlich, daß ich sie später am Abend nach Hause bringe und mich, nicht zuletzt dank dem Oppenheimer, beim Abschied fragen höre: »Hättest du Lust, im Frühjahr einmal zu kommen und zu lauschen, ob du den Feldschwirl wirklich hören kannst?«

»Das würde mir gefallen.«

Sie sieht mich an, und ihre Augen zeigen etwas, das einem Lächeln gleicht, obwohl ihre Mundwinkel sich nicht daran beteiligen. Dennoch wage ich, wegen dieses Lächelns, noch eine zweite Bemerkung.

»Bis zum Frühjahr dauert es noch.«

Jetzt machen die Mundwinkel mit, aber das Lächeln hat auch etwas Spöttisches.

»Singt der Feldschwirl denn nur im Frühjahr?«

»Im Herbst und im Winter ist er nicht da, er ist ein Zugvogel.«

»Dann werden wir eben bis zum Frühjahr warten müssen.«

»Es gibt auch noch andere Vögel«, sage ich vorsichtig, »oder wenn du Lust hast, könnten wir auch zusammen in ein Konzert gehen. Ich habe ja nun mal das Auto, es ist eine Kleinigkeit für mich, dich abzuholen.«

»Nun, wenn es kein zu großer Umweg für dich ist, wäre es schon ganz praktisch.«

»Sollen wir dann etwas verabreden?«
»Weißt du etwas?«
»Ich muß in den nächsten Tagen nach Bern, zu einem Kongreß über Gewebezüchtung, aber danach vielleicht. Am Donnerstag, dem 15. Oktober, spielt zum Beispiel das *Concertgebouw*-Orchester, das weiß ich. Ich hole dich dann um halb sechs ab, zuerst essen wir etwas, und danach gehen wir ins *Concertgebouw.*«
»Das *Concertgebouw*, wie toll, dort war ich noch nie, ja gern, tschüs dann, mach's gut!«
Ich gehe zum Auto zurück, und sie steht in der Türöffnung des Hauses, in dem sie offenbar zur Untermiete wohnt. Während ich einsteige und meine Hand hebe und verwundert konstatiere, daß ich ihr zuwinke, sehe ich auf einmal die Mitglieder des *Concertgebouw*-Orchesters vor mir. Ich sehe vor allem die schwarzen Fräcke, nein, es sind keine Fräcke, es sind schwarze Überzieher, die Überzieher von Leichenbittern. Seltsam eigentlich, denke ich, daß ich immer, wenn etwas Besonderes passiert, unter Zwangsvorstellungen leide und daß sie immer durch eine Art Vision eingeleitet werden, durch ein Phantasie-Bild. Am Donnerstag, dem 15. Oktober, lebe ich nicht mehr, ich werde nicht mit ihr augehen können. Ich bin mir dessen plötzlich so sicher, daß ich viel vorsichtiger als sonst fahre, obwohl ich weiß, daß es eine Zwangsvorstellung ist, eine geistige Barriere gegen den Gedanken, mit einem Mädchen ausgehen zu müssen. Wenn ich tot bin, kann ich auch nicht mehr mit ihr ausgehen; ein beruhigender Gedanke. Gleich vor der Stadt parke ich bei einer Gaststätte, die glücklicherweise noch geöffnet hat. Ich trinke ein paar Tassen Kaffee und habe die Illusion, wieder etwas nüchterner zu werden. Warum sollte ich in vierzehn Tagen tot sein? Ich bin gesund. Werde ich vielleicht verunglücken? Ich werde vorsichtig sein. Nächsten Montag reise ich nach Bern. Ob ich dort sterben muß? Ich bin dreißig, ich habe mich zum ersten Mal mit einem Mädchen verabredet, mit Marthas Schwester. Wirft mich das so

aus der Bahn, daß mein Unterbewußtsein nicht anders reagieren kann als mit der Zwangsvorstellung: du wirst bald sterben? Sich im Alter von dreißig mit einem Mädchen zu verabreden, ist noch merkwürdiger, als es nie zu tun. Im letzteren Fall erweckt man den Eindruck, man habe kein Interesse an Frauen. Aber wenn man sich mit dreißig zum ersten Mal verabredet, wird unmißverständlich klar, daß man eigentlich ein Trottel ist, ein schüchterner Tölpel. Und warum müssen zu alledem noch Zwangsvorstellungen hinzukommen? Ich hatte sie schon öfter, und soweit sie sich auf die Zukunft bezogen, sind es eigentlich fast immer Prophezeiungen gewesen, die sich erfüllt haben.

Ich zahle und fahre in südlicher Richtung. Noch immer beschäftigt mich der Gedanke des nahen Todes, er wird sogar fortwährend stärker. Bei einem Unfall, denke ich nicht ohne Ironie, hat man noch ein paar Augenblicke, in denen man sein Leben wie in einem Film an sich vorüberziehen sieht. Aber das ist mir ja heute bereits passiert! Heute nachmittag auf dem Gartenweg bin ich, mit den Trauben in der Hand, einen Augenblick stehengeblieben und habe mein Leben an mir vorüberziehen sehen. Doch das war nur der Teil meines Lebens, der im Grunde wenig oder nichts mit mir selbst zu tun hat. Nein, ich werde nicht sterben, so ohne weiteres stirbt man nicht. Aber wenn ich auch im Auto laut rufe: Es ist nicht wahr, ich werde nicht sterben, so bleibt dennoch diese unumstößliche Gewißheit: In vierzehn Tagen lebst du nicht mehr.

Ich versuche, an etwas anderes zu denken, an Marthas Schwester. »Ich weiß nicht einmal ihren Namen«, rufe ich plötzlich. Das Auto ist das einzige Beförderungsmittel, vielleicht sogar der einzige Ort, an dem man ohne Hemmungen laute Selbstgespräche führen kann. Obendrein ist man nie einsamer als allein in einem Auto, man ist sogar nicht einmal an einem bestimmten Ort; man bewegt sich fort, von Metall umschlossen, und führt vielleicht deswegen so oft laute Selbstgespräche. »Du hast sie nicht nach ihrem Namen gefragt«, sage ich zu mir selber, »du hast nicht einmal gefragt, was sie studiert, hast dich überhaupt nicht für sie interessiert, nur nach ihrer Schwester hast du sie gefragt. Du hast auf täppische Weise über deine unsinnigen Ideen zur Funktion der Sinnesorgane philosophiert.« Ich schweige, damit meine Worte wirken. Dann sage ich, nicht laut, aber mit großem Nachdruck: »Du bist ein egozentrischer Armleuchter.«

Ich bin zu Hause. Ich liege im Bett und kann nicht schlafen. Ich lausche den Geräuschen im Schilf. Außer dem Quaken der Enten und dem Rascheln des Rieds ist nicht viel zu hören. Ich kann nicht schlafen, weil ich fortwährend ans Sterben denken muß und an einen Satz aus einem Gedicht, von dem ich weder Titel noch Autor behalten habe: Wir leben unser ganzes Leben falsch. Falsch? Habe ich mein Leben bis jetzt falsch gelebt? Warum? Warum bin ich so geworden? Oder bin ich schon immer so gewesen? Liegt es an meiner Mutter und meinem Vater?

Meine Mutter

Sie beginnt ihren Tag auf dem Fußboden vor dem alten, dunkelroten Ofen mit geborstenen Glimmerscheiben und einem erstaunlich großen Aschenkasten, den sie herauszieht; jedesmal fällt dabei Asche auf den Boden, und sie brummelt dann etwas vor sich hin, nein, sie flucht nicht, fluchen könnte sie gar nicht. Sie steht auf und trägt den Aschenkasten durchs Zimmer, und während mein Vater und ich allein zurückbleiben, hören wir, wie die Schlacke, die vom Koks übriggeblieben ist, in den Mülleimer prasselt. Wenn sie aus der Waschküche wiederkommt, höre ich ihre ersten Worte. Aber bevor sie etwas sagt, ist die Stimme meines Vaters da: »Heute in den Blumenkohl«, und die Stimme meiner Mutter ist still, sanft und langsam: »Wann gehen wir hacken?«

»Nach dem Mittagessen.«

Während dieser Unterhaltung hat sie sich wieder vor den Ofen gekniet, in dessen geöffneten Bauch sie eine Zeitung stopft. Auf die Zeitung legt sie Holzscheite, und dann stemmt sie die schwere Petroleumkanne hoch; ein heller Strahl spritzt über Zeitung und Holz, und ich sehe dunkle Flecken auf dem Papier. Sie hält ein Streichholz daran. Sie steht auf und holt Kohlen aus der Waschküche. Ich denke nicht an sie, ich vergesse sie, weil ich die Flammen betrachte, wilde, gierige, launenhafte Flammen, feurige Zungen: der Heilige Geist im Ofen. Das Holz knistert. Manchmal ist es naß, und dann kräuseln sich dünne Rauchfäden hinter den Glimmerfenstern nach oben; durch die Risse in den Scheiben treten sie aus, so daß mein Vater hustet und sagt: »Schlechte Luft heute.«

Meine Mutter sorgt für die erste Enttäuschung des Tages, weil sie Koks auf die Flammen wirft, die dadurch zusammenschrumpfen. Meine Mutter setzt sich an den Tisch, und mein Vater steht auf und sagt: »So, ich gehe.«

Ich bin mit meiner Mutter allein. Es ist dunkel im Zimmer. Auf dem Tisch brennt das Teelicht im Stövchen, im Ofen sind kleine Flammen, und meine Mutter streicht Brote. Manchmal redet sie dabei, aber ich verstehe nicht, was sie sagt, und es ist auch nicht wichtig. Vielleicht redet sie von der Gartenarbeit, vom Hacken und Jäten, und sagt, daß ich es später auch lernen werde, und sie ißt ihr Brot, und immer ist da diese gleichmäßige, fast klanglose Stimme, und ich esse langsamer als sie, weil ich auf das Wunder warte. Damit das Wunder passiert, muß sich meine Mutter vor den Spiegel stellen, der über dem Kaminsims hängt. Ich betrachte ihr Gesicht, das im Spiegel so anders ist. Sie hat ein kleines, regelmäßiges Gesicht mit dunklen Augen, die immer etwas traurig und ergeben blicken, auch wenn sie mir im Spiegel zulächelt. Und dann geschieht es. Sie nimmt die Spangen aus ihrem Haar, das plötzlich weit über ihren Rücken hinabwallt und wie die Flammen von vorhin aussieht, nur umgekehrt. Ihr Haar ist glänzend schwarz und schwer, und sie schüttelt den Kopf, so daß es sich um ihre Schultern verteilt. Wie jung sie jetzt im Spiegel ist, wie schön sie jetzt ist! Sie betrachtet eine Weile ihr Spiegelbild. Sie geht durchs Zimmer, und das Haar wallt dabei über ihren Rücken, bewegt sich in einem eigenen, widerspenstigen Rhythmus. Auf dem Kaminsims liegt die Bibel, ein großes altes Buch, und auf der Bibel liegen Kamm und Bürste. Immer nimmt sie zuerst den Kamm aus der Bürste, und nie verstehe ich, warum sie nicht Kamm und Bürste zusammen ergreift. Langsam fährt sie mit der Bürste durch das glänzende Haar. Dabei breitet sie es weit aus, sie hält den Kopf schräg, so daß das Haar von ihrem Kopf gerade nach unten fällt. Ihre Bewegungen sind gemessen. Sie bürstet lange. Während des Bürstens und auch während des anschließenden Kämmens sitze ich reglos auf meinem Stuhl. Nichts von diesem Wunder darf mir entgehen. In dem halbdunklen Zimmer betrachte ich meine Mutter, betrachte das lange Haar, das sie in aller Ruhe kämmt. Mein Tee wird kalt. Der Koks im Ofen beginnt zu glühen, was das Zimmer heller und die Schatten tiefer macht: das schwarze Abbild meiner Mutter auf den rötlich schimmernden Wänden. Sie kämmt sich noch immer. Aber zum Schluß wickelt sie das Haar über einen schwarzen Drahtring nach oben: die zweite Enttäuschung. Sie steckt es fest und wirkt jetzt viel älter, sie dreht sich um und sagt: »Warum ißt du nicht?«

Später schrubbt meine Mutter die kleine Treppe vor dem Haus. Mit einem Gartenschlauch spritze ich Wasser über die Stufen. Über den schmalen Weg zwischen dem Wassergraben, der an unserem Haus vorbeiführt, und dem breiten Kanal (dieser Weg ist eigentlich nicht mehr als ein Treidelpfad) kommt der Petroleumhändler. Er schiebt einen Handkarren vor sich her. Die Räder rollen über das hohe Gras des Wegraines. Unter dem Karren ein schwarzer Hund in einem Geschirr. Vor unserem Haus halten sie an.

»Noch etwas nötig?« ruft er.

»Ja, Bart, bitte zehn Liter«, sagt meine Mutter. »Maarten, hol die Kanne.«

Ich gehe ums Haus herum zum Schuppen, hole die schwere, grüne Kanne und schleppe sie zum Karren. Ich setze mich unter den Karren und streichle den Hund. Ich rede mit dem Hund, der leise winselnd meine Hände leckt. Der Petroleumhändler und meine Mutter unterhalten sich lange, und sie nicken dabei bedächtig: von meinem Platz aus kann ich es durch die Speichen des Holzrades verfolgen. Der Petroleumhändler kommt über den Weg auf uns zu. Plötzlich nimmt er den Gartenschlauch und richtet den Wasserstrahl auf meine Mutter. Ich schaue auf das Wasser, das zwischen den Steinchen versickert, und auf meine Mutter, die über den Treidelpfad davonläuft. Fröhlich lachend schlägt sie die Hände vors Gesicht, und der Petroleumhändler spritzt in Richtung meiner flüchtenden Mutter. Ich renne durchs Haus in die Küche und drehe den Hahn zu, an den der Gartenschlauch angeschlossen ist. Ich höre ihre Stimmen, höre sie auch lachen. Ich sehe sie auf dem Treidelpfad stehen, und ich denke: Warum ist sie nicht böse auf ihn? Aber sie verabschieden sich, und meine Mutter winkt ihm nach. Ihre Wangen haben unregelmäßige rote Flecken. Ihre Augen, sonst mit einem so sorgenvollen Ausdruck, glänzen. Sie kommt über den Treidelpfad zur Treppe gelaufen, wo ich auf sie warte.

»Du hast mich gerettet«, sagt sie.

Sie streicht mir über den Kopf, sie drückt mich an sich.

»So ein gemeiner Kerl«, sage ich.

»Nein, das darfst du nicht sagen, der Petroleumhändler ist sehr unglücklich, seine Frau ist sehr schlecht zu ihm.«

»Er darf dich nicht naßspritzen«, sage ich.

»Nein«, sagt sie, »das darf er nicht.«

Wenn ich sechs Jahre alt bin, werde ich zur Schule gehen. Aber soweit ist es noch lange nicht. Ich bin noch nie von zu Hause weg gewesen, außer damals, als ich ganz klein war.

Aber daran kann ich mich nicht erinnern. Ich habe noch nie andere Häuser gesehen als unser Haus und das des Nachbarn, der schon sehr alt ist und ein ganzes Stück weiter weg wohnt. Und Schulen und Kirchen habe ich überhaupt noch nicht gesehen. Meine Mutter hat mir von Kirchen erzählt, es sind große Gebäude, viel größer als ein Haus, und sie stehen meistens an Plätzen. Ein Platz ist eine Wiese ohne Gras und Kühe, aber dafür mit Pflastersteinen, hat meine Mutter gesagt. Trotzdem kann ich mir einfach nicht vorstellen, wie das aussehen soll. Wenn ich ganz hinten im Garten stehe, beim Komposthaufen, kann ich den Turm einer Kirche sehen. Oft spähe ich zu dem spitzen Turm und sehne mich nach dem Dorf, aber ich habe auch Angst davor, vor den anderen Häusern und vor den fremden Menschen. Am meisten habe ich aber Angst vor den Plätzen: bestimmt sind sie schrecklich flach und leer, wenn dort nicht einmal Gras wächst. Ich denke lange darüber nach, wenn ich beim Komposthaufen stehe und zum Turm hinüberblicke, und dann fürchte ich mich so, daß ich mich schnell umdrehe und durch den Garten zurücklaufe. Ich esse von den winzigen Tomaten, die beim Sortieren als Ausschuß im Abfallkübel gelandet sind. Ich baue mir eine Hütte aus Gemüsekisten. Ich setze mich in die Hütte und denke über andere Jungen nach, die so klein sind wie ich, zu klein, um zur Schule zu gehen. Was sie wohl gerade machen? Ob sie auch in einer Hütte aus Gemüsekisten sitzen? Vielleicht nicht. Kleine Kinder können noch keine Kisten heben, sagt meine Mutter, aber ich kann es, ich bin so stark, viel zu stark für mein Alter, sagt sie. Ich reiße die Hütte ab, baue sie wieder auf, lasse sie zusammenstürzen. Was jetzt? Ich stehe auf dem Hof hinterm Haus. Meine Mutter geht durch die Küche, sie singt: Bestrahle mich mit deinem Lichte, damit ich deine Wahrheit seh.

»Spielst du nicht?« fragt sie, als sie mich sieht.

»Ich weiß nicht, was ich spielen soll«, sage ich.

»Bau dir eine Hütte aus Kisten.«

»Das habe ich schon getan.«

»Geh fischen. Wo ist dein Kescher?«

»Ich habe schon gefischt.«

»Dann geh Futter suchen für die Kaninchen.«

»Die kriegen von Vater Salat.«

»Im Wasser sind bestimmt noch andere Fische, geh doch fischen.«

»Warum wohnen hier keine anderen Kinder, mit denen ich spielen kann? Immer muß ich allein spielen.«

»Ich habe früher auch immer allein gespielt.«

»Ich will nicht allein spielen.«

Ich gehe durch die Gärtnerei und sehe mir die Lore an. Ich darf damit nicht fahren. »Wenn ich dich erwische, daß du mit der Lore fährst«, sagt mein Vater immer, »breche ich dir das Genick.« Hinten im Garten ist der Komposthaufen. Ich darf nicht darin herumwühlen, sagt meine Mutter. Ich setze mich an den Grabenrand dahinter, rupfe Gras aus und werfe es ins Wasser. Ich denke mir ein neues Spiel aus. Ich stehe auf und gehe durch den Garten in die Küche.

»Willst du mit mir spielen?«

»Ich soll mit dir spielen?« fragt meine Mutter.

»Ja, ich baue eine Hütte, und dann bin ich der Vater, und du mußt in der Hütte wohnen, und du bist die Mutter. Dann sind wir verheiratet, ja, miteinander verheiratet, und dann komme ich von der Versteigerung nach Hause, und dann sage ich: Guten Tag, Frau, und dann gebe ich dir einen Kuß, ja, laß uns das tun.«

»Ich muß doch die Hausarbeit machen, ich habe keine Zeit zum Spielen.«

»Dann arbeitest du in der Hütte, die ist dann dein Haus.«

»Gut, aber nur ganz kurz, bau erst mal deine Hütte.«

Ich baue eine Hütte. Die Gemüsekisten sind schwer, aber ich staple sie, so hoch es geht. Dann hole ich meine Mutter.

»Die Hütte ist fertig«, sage ich.

Meine Mutter geht mit mir über den Hof zur Hütte. Sie geht hinein, sie ist groß, meine Mutter, sie ragt über die

Kisten hinaus. Aber sie bückt sich, sie setzt sich hin. Trotzdem kann ich ihren Kopf sehen. Sie tut so, als sähe sie mich nicht.

»Ich komme«, rufe ich.

»Ja«, sagt sie.

Ich gehe hinein.

»Guten Tag, Frau«, sage ich, »da bin ich wieder, ich war auf der Versteigerung.«

»Guten Tag, Mann«, sagt meine Mutter, »wie war es auf der Versteigerung?«

»Nichts verkauft, alles mußte vernichtet werden, Blumenkohl, Tomaten, Bohnen, Salat, alles.«

»Oh je.«

Vorsichtig gehe ich auf meine Mutter zu. Sie beugt sich hinunter, nimmt mich in ihre Arme und küßt mich auf die Wangen.

»Nicht so«, sage ich ungeduldig, »ich bin kein Kind.«

»Wie denn?« fragt sie lächelnd.

Ich sehe meine Mutter an. Ich möchte sie umarmen, aber ich traue mich nicht, ich will sie küssen, so wie mein Vater sie küßt, kurz und schnell und achtlos.

»Was ist denn?« fragt sie.

Ich antworte nicht, ich atme tief ein, ich weiche zurück.

»Auf Wiedersehen, Mann«, sagt meine Mutter, »ich gehe wieder an die Arbeit.«

»Ja«, sage ich beklommen.

Der Morgen ist wie jeder andere. Ich baue eine Hütte, ich fange kleine Wasserkäfer und winzige Schleien, ich füttere die Kaninchen, ich laufe durch die Gärtnerei, und ich weiß nicht, was ich tun soll. Aber nach dem Mittagessen sagt meine Mutter: »Wir gehen ins Dorf.«

Ich blicke meine Mutter fragend an. Ins Dorf? Sie wollen also ins Dorf, mein Vater und meine Mutter, das kommt nicht oft vor. Muß ich dann zu den Nachbarn?

»Warum? Wer soll dann auf mich aufpassen?« frage ich.

»Nein, du gehst auch mit.«
»Ich ins Dorf?«
»Ja.«
»Was machen wir denn da?«
»Vater geht zur Versteigerung, und wir gehen zum Doktor.«
»Zum Doktor?«
»Ja, dir werden die Mandeln gekappt. Heute nachmittag kommt ein Doktor aus der Stadt, es stand in der Zeitung, er kommt extra, um kleinen Kindern die Mandeln zu kappen.«

Ich weiß nicht, was Mandeln sind. Ich frage nicht danach. Ich will meinen ersten Ausflug ins Dorf nicht durch Unwissenheit aufs Spiel setzen. Ich gehe also ins Dorf. Endlich, ich kann es kaum glauben. Aber nach dem Essen setzen sich meine Mutter und ich tatsächlich auf die Schute, mit der mein Vater das Gemüse zu den Versteigerungen transportiert. Mein Vater läuft über den Treidelpfad und drückt mit dem Staken gegen die Schute. Dann springt er mit dem Staken in der Hand von der hohen Brücke auf die Schute, und wir gleiten unter der Brücke hindurch zum breiten Wasser. Mein Vater läßt den Staken ins Wasser plumpsen und stemmt sich dagegen. Er läuft über die Schute nach hinten, kehrt mit dem Staken in den Händen zurück, läßt ihn wieder ins Wasser plumpsen und läuft wieder zum Ruder. Ängstlich umklammere ich die Hand meiner Mutter und betrachte das Reetland. Meine Mutter nennt mir die Namen der Vögel, die vor uns flüchten: Haubentaucher, Reiherenten, Bläßhühner und Teichrallen. Ich kann kein Wort sagen. Immer wieder muß ich schlucken. Ich blicke zu meiner Mutter, kann sie aber kaum sehen, weil meine Augen feucht sind. Ich reibe mir die Augen und höre die Wellen sanft gegen die Schute plätschern. Ich kann meine Blicke gar nicht von dem immer wieder ins Wasser plumpsenden Staken abwenden, von den prachtvollen Farben des aufspritzenden Wassers im Sommersonnenlicht. Ich drücke fest die Hand meiner Mutter. Sie lächelt. Nach ihrem Lächeln kommen mir die Tränen. Sie streicht mir übers Haar und fragt: »Was ist los?«

»Wie schön«, flüstere ich.

»Sieh doch, Maarten gefällt es«, ruft sie meinem Vater zu.

Mein Vater schaut kurz herüber und winkt mit einer Hand.

Es scheint, als ob ich langsam einschlafe und meine Augen fast geschlossen sind. Nicht die Schute fährt, sondern die Ufer fahren, die Schute steht still. Die Ufer gleiten in Richtung unseres Hauses vorbei, die Ufer bringen die Markthallen näher. Inzwischen sind auch andere Schuten auf dem Wasser. Manche von ihnen fahren schneller als unsere. Sie haben auf dem Deck einen kleinen Schornstein, aus dem blauer Rauch kommt, und es sieht so aus, als würde dieser Rauch sie vorwärtstreiben. Meine Mutter erzählt mir, daß sie von weit her kommen, daß sie einen Motor haben. Ich weiß nicht, was ein Motor ist, aber ich frage auch nicht danach, weil ich mich fürchte und doch alles sehen möchte und keine Zeit für Worte habe. Wir fahren unter einer blauen Brücke hindurch, für einen Moment wird es dunkel, und ich kralle meine Hände in die meiner Mutter. Genau über mir sehe ich die gerippten Bohlen dahinziehen, schneller als eben noch die Ufer.

»Keine Angst«, sagt meine Mutter.

Nach der Brücke sehe ich den Versteigerungsplatz. Es ist ein großer Raum zwischen hohen Hallen. Ich starre fassungslos auf die Fuhrwerke und die schrecklich vielen Menschen. Manchmal bleiben sie bei den Steigen stehen, betrachten das gerade über die Ränder hinausragende Gemüse und reden miteinander. Ich sehe, wie sie auf Dinge zeigen, die mir fremd sind: seltsame Gegenstände, die über dem Platz hängen. Unter einem ausladenden Vordach ist ein riesiges Zifferblatt mit einem Zeiger, der sich mit großer Geschwindigkeit dreht. Ich kenne die Uhr noch nicht, aber ich weiß, daß das eine Uhr sein muß. Während ich staune, wie schnell hier die Zeit vergeht, weiß ich zugleich, daß das so sein muß, weil hier soviel Betrieb und soviel Lärm ist, soviel Schnauben von Pferden, Hufscharren und sogar Gewieher und manchmal ein Urinstrahl, der zwischen den hastig auseinanderstiebenden Menschen über den Boden rinnt.

Mein Vater hebt mich von der Schute und stellt mich auf den Kai. Meine Mutter und ich gehen vom Platz weg, und ich atme erleichtert auf, als wir ihn verlassen haben. Nun gehe ich über Pflastersteine, echte Pflastersteine. Wie hart die Steine unter den Füßen sind, denke ich und stampfe mit meinen Schuhen auf den Boden.

»Nicht doch«, sagt meine Mutter.

Dann bemerke ich plötzlich ganz nah vor mir den spitzen Kirchturm, den ich von unserer Gärtnerei aus immer gesehen habe.

»Die Kirche, die Kirche, die Kirche«, rufe ich. Ich rufe es immer wieder, bis wir direkt vor der Kirche stehen. Ich spähe zum Turm hinauf, wo ein riesiges Zifferblatt mit goldenen Zahlen angebracht ist, die in der Sonne glänzen. Aber wie angestrengt ich auch spähe, ich kann keine Bewegung der Zeiger entdecken, sie stehen vollkommen still, und dazu paßt, daß der Platz um die Kirche völlig leer ist. Ich möchte etwas sagen, kann es aber nicht, weil mir die Angst die Kehle zuschnürt. Nicht eine Spur von Leben ist auf dem Platz wahrzunehmen, nichts, was sich regen könnte, kein Gras, kein Bäumchen, nichts, was das Sonnenlicht dämpfen könnte. Die Sonne bescheint den Platz, quer darüber fällt der schwarze Schatten des Turms, und in diesem schwarzen Schatten fehlt die Uhr. Das Licht scheint hier viel greller zu sein, und um den schwarzen Schatten scheint ein heller Rand zu sein, ein feuriger Streifen, der den Schatten um so kräftiger hervortreten läßt. Eine Hand halte ich vor die Augen, mit der anderen umklammere ich die Hand meiner Mutter. Ich muß immer wieder schlucken. Das Sonnenlicht ist gleißend und scharf, wie ich es noch nie erlebt habe, und es will mich verschlingen. Ich fange an zu zittern, als meine Mutter den Platz überqueren will, ich zerre an ihren Händen und sage: »An den Häusern entlang, Mutter, an den Häusern entlang.«

»Komm«, sagt sie ungeduldig.

»Nein, an den Häusern entlang.«

Aber sie zieht mich mitten über den Platz, und ich schließe die Augen, um die Leere nicht zu sehen, öffne sie aber sofort wieder weit, denn wir nähern uns dem schwarzen Schatten des Turms, und ich verkrampfe völlig.

»Mutter«, ich weine fast, »nicht über den Schatten, nicht über den Schatten.«

Sie will mich über den Schatten ziehen, aber ich sträube mich, und sie seufzt. Sie lächelt mir zu und sagt: »Aber was hast du denn?«

»Der Streifen, ich will nicht über den Feuerstreifen«, sage ich.

»Feuerstreifen?«

»Ja, bei dem Schatten.«

»Ich sehe aber gar keinen«, sagt sie gleichmütig.

Dennoch macht sie einen Umweg, sie weicht dem Schatten aus, und wir gehen direkt an ihm vorbei, so daß ich den Feuerstreifen aus nächster Nähe sehen kann. Ich erschauere, weil mein Schatten zum Teil mit dem des Turms verschmilzt und sich der Feuerstreifen jetzt auch um meinen eigenen Schatten gelegt hat. Um zum Haus des Doktors zu kommen, müssen wir ohnehin im Schatten der Häuser gehen, es gibt keinen anderen Weg, und ich atme erleichtert auf, als ich merke, daß mir in dem Augenblick, wo mein Schatten völlig in jenem der Häuser aufgeht, nichts passiert. Meine Mutter stößt eine Tür auf. Sie geht vor mir her in einen dunklen Korridor, in dem ich zuerst nichts sehen kann, und deshalb sind die Geräusche darin so beängstigend, Geräusche, die ich nicht einmal sofort unterbringen kann, die sich aber nach einiger Zeit, nachdem sich meine Augen an das Licht gewöhnt haben, als das Weinen von Kindern herausstellen. Auf einer Bank an der Wand sitzen Frauen mit Kindern auf dem Schoß. Am Ende des Korridors öffnet sich eine Tür, und eine Frau kommt aus dem Zimmer. Sie trägt ein Kind auf den Armen, das herzzerreißend weint. Das Kind blutet. Aus seinem Mund strömt so viel Blut, daß ich nichts anderes denken kann als: es stirbt, und dieser Gedanke hat etwas Beruhigendes; deshalb begreife ich nicht, daß die anderen Kinder so laut zu weinen anfangen, als sie sehen, wie das Blut auf den gekachelten Fußboden hinuntertropft.

»Du bist ein großer Junge, Maarten, du weinst nicht«, sagt meine Mutter.

»Nein«, sage ich unwirsch, und ich will nicht, daß sie mich auf den Schoß nimmt.

Ich kann gar nicht weinen, denn ich bin viel zu erleichtert, daß wir den Platz sicher verlassen haben. Ich staune über die weinenden Kinder. Das sind also Kinder, genau so wie ich. Es kommt mir vor, als ob sie alle viel kleiner sind als ich, als ob ich sie überrage, obwohl ich der einzige bin, der nicht auf dem Schoß sitzt. Eine Klingel ertönt. Die Frau und das Kind, die der Tür am Ende des Korridors am nächsten sitzen, gehen hinein, obwohl das Kind um sich tritt und kreischt. Nachdem sie verschwunden sind, hören wir zuerst nichts, dann plötzlich einen Aufschrei, gefolgt von lautem Weinen, und noch mal einen Schrei. Kurz darauf kommt das Kind, ein Mädchen, auf dem Arm ihrer Mutter wieder heraus; ihr Gesicht ist fast nicht zu sehen, weil auf ihrem Mund ein großer, weißer Wattebausch liegt, der sich immer mehr rötet.

»Der nächste bitte«, ruft ein Mann im weißen Kittel.

So geht es die ganze Zeit. Mal ertönt eine Klingel, mal ruft der Mann. Ich versuche herauszufinden, ob zwischen Rufen und Klingeln ein Unterschied besteht, ob die Kinder, die gerufen werden, weniger bluten als die Kinder, die durch die Klingel hereingebeten werden. Wir rutschen auf der Bank immer näher zur Tür, hinter der sich der Doktor befindet, während durch die Außentür neue Mütter mit Kindern hereinkommen. Sobald die neuen Kinder das Weinen der anwesenden hören, fangen auch sie an, heftig und laut zu schluchzen. Einige von ihnen schreien: »Ich will nicht, ich will nicht.«

Ich weine noch immer nicht, ich presse die Lippen fest aufeinander, ich balle die Hände. Vielleicht werde ich auch weinen, wenn wir an der Reihe sind und der Mann ruft: der nächste bitte, aber ich weiß genau, daß ich nicht weinen werde, wenn nur die Klingel ertönt. Und so ist es dann auch, als es soweit ist; das Geräusch der Klingel läßt mich hochfahren und vor meiner Mutter hergehen, auch wenn ich nicht weiß, warum ich lieber von der Klingel als vom Mann im weißen Kittel gerufen werde. Aber im Raum hinter der Tür ist er dann doch, und mein Mut sinkt allmählich, als ich zu ihm aufblicke.

»Ist das aber ein großer Junge«, sagt der Doktor.

Meine Mutter übergibt mich einer Frau mit einer langen, weißen Schürze und einem Häubchen auf dem Kopf. Sie setzt sich auf einen schwarzen Stuhl, und ich muß auf ihren Schoß. Als ich mich sträube, hält mich die Frau fest, und ich sehe meine Mutter zornig an.

»Kurz stillhalten«, sagt sie, »tapfer sein, es ist gleich vorbei.«

Auf der anderen Seite des Raumes ist eine Flamme. Der Doktor hält eine Zange hinein. Die Zange beginnt dunkelrot zu glühen. Der Doktor geht mit der Zange durchs Zimmer, aber die Zange macht mir weniger Angst als seine riesigen Handschuhe, die seine Hände so schrecklich groß erscheinen lassen. Er sagt: »Mund auf.«

Ich mache den Mund weit auf. Die Hitze der Zange treibt mir die Tränen in die Augen, aber noch bevor ich schreien kann, weil diese Hitze so furchtbar ist, spüre ich einen gräßlichen Schmerz, der so schlimm, so durchdringend, so überaus grimmig ist, daß ich gegen meinen Willen laut kreischen muß. Ich schmecke Blut im Mund, und dann spüre ich denselben Schmerz noch einmal. Ich kann nicht weinen, nur kreischen, ich bin zu überrascht, um zu weinen, und zu erschüttert. Wenn ich weinen würde, würde mich das erleichtern, aber so weit, daß ich mich erleichtert fühlen könnte, ist es noch lange nicht, denn der Feuerstreifen um den Turm verschmilzt mit dem rotglühenden Eisen der Zange, und jetzt verstehe ich, warum ich auf dem Platz eine solche Angst hatte. Die Krankenschwester legt mich in die Arme meiner Mutter, ich lasse mich tragen, weil ich nicht die Kraft habe, dagegen zu protestieren. Ich will etwas sagen, aber es geht nicht. Ich will sie fragen: warum hast du das zugelassen? Ich habe doch nicht geweint. Die Krankenschwester geht durchs Zimmer, nimmt einen Wattebausch und wischt das Blut weg, und deshalb kann ich ein wenig weinen.

Als wir übers Wasser zurückfahren und ich auf leeren Gemüsekästen liegend über diesen Nachmittag nachdenke, über meinen ersten Tag in der Welt, blute ich noch immer. Es kommt nicht mehr viel Blut, und ich weine auch nicht mehr, nachdem ich noch ein paarmal angefangen habe, mit tiefen Schluchzern, die ein längeres Weinen immer wieder unmöglich machten. Begreifen kann ich es nicht. Noch nie bin ich von zu Hause weg gewesen außer ganz früher, aber daran kann ich mich ja nicht mehr erinnern. An meinem ersten Tag in der Welt habe ich mich gut benommen, ich habe nicht geweint bei dem Feuerstreifen um den Turm, nicht auf dem Platz, nicht beim Doktor. Und doch hat er mich mit einer glühenden Zange bestraft. Der Schmerz in meinem Mund ist fürchterlich. Schlimmer noch ist der Verrat, den mein Vater und meine Mutter an mir begangen haben. Während wir in der Abenddämmerung übers Wasser gleiten, erzählt mir meine Mutter, daß es gut für mich ist, wenn die Mandeln gekappt sind. Zu meinem Vater sagt sie: »Er ist so tapfer gewesen, er hat nicht geweint, als sie ihm mit der Zange in den Mund fuhren. Furchtbar, es mitansehen zu müssen.«

Ihre Worte lindern den Schmerz. Nicht sie hat es getan. Der Doktor und die Frau waren es. Meine Mutter hält meine Hand und singt von Gott über den Sternen.

Abend

Ich liege im Bett und kann nicht schlafen. Ich lausche den Geräuschen von draußen. Ich höre das dumpfe Blaffen der Rohrdommeln und die Stimmen von Vater und Mutter im Wohnzimmer. Ich höre sie durch den Flur gehen, in die Waschküche, dann nach draußen. Ich stehe auf und rücke einen Stuhl ans Dachfenster. Ich stelle mich darauf und beobachte, wie meine Eltern durch den Garten gehen. Sie schlendern zwischen den Schienen der Lore umher. Hin und wieder bückt sich mein Vater und zupft Unkraut aus den Salatbeeten. Ich sehe, daß sie sich unterhalten. Mutter setzt sich auf die Lore, und Vater schiebt sie. Manchmal lachen sie, das kann ich hören. Als sie am Glashaus vorbeifahren und beim Komposthaufen hinten im Garten ankommen, steigt würdevoll ein Reiher auf. Mit langsamem Flügelschlag erhebt er sich in den vom Abendrot gefärbten Himmel. Er verschmilzt mit der dunkelblauen Luft und ist schon bald eine winzige, fast reglose Wolke. Mein Vater wirft das ausgezupfte Unkraut auf den Haufen. Er wühlt darin herum, legt sich auf den Boden vor das schon braun gewordene Unkraut und hält ein Streichholz an den Abfall. Das Feuer lodert auf. Meine Mutter steht zwischen den Flammen und mir, sie wirkt seltsam dunkel durch das Feuer vor ihr. Als die Flammen das frische Unkraut erreichen, wird der Rauch leichter und weißer. Er kräuselt sich in den Abendhimmel. Es ist fast windstill, der Rauch treibt langsam hinter dem Zaun über die Wiesen und löst sich in kleine, weiße Flocken auf, die im Abendrot verschwinden. Mein Vater legt den Arm um die Taille meiner Mutter, sie stehen reglos beim Komposthaufen, sie reden nicht, sie lachen nicht. Aber ich weiß, was jetzt kommen wird. Meine Mutter steht rechts neben meinem Vater. Sie nimmt seine linke Hand in die ihre, und sie legen die Finger übereinander. Meine Mutter neigt den Kopf nach links, zur Schulter meines Vaters, sie legt ihren Kopf an seine Schulter. Auch er neigt den Kopf zur

Seite. Sie küssen sich. Dann lassen sie einander los, mein Vater bückt sich und stochert im Komposthaufen. Von neuem steigen Rauchwolken auf. Mein Vater und meine Mutter fassen sich an der Hand und schlendern weg vom Rauch, zurück zu unserem Haus. Beim ersten Glashaus stolpert mein Vater über ein Brett, das auf dem Weg liegt. Geschieht dir recht, denke ich. Ich höre die Stimme meiner Mutter: »Wie kühl es schon ist.«

Ich höre Türen schlagen, die brummelnde Stimme meines Vaters, ich höre andere Geräusche, und ich klettere hinunter und gehe wieder ins Bett.

Mein Vater

Er sitzt in einem Lehnstuhl am Ofen. Er raucht Pfeife. Er redet nicht. Hin und wieder nimmt er die Pfeife aus dem Mund, als wolle er etwas sagen, aber die Pfeife aus dem Mund zu nehmen ist seine Art zu reden. Wenn er sie aus dem Mund genommen hat, sieht er einen ein paarmal aufmerksam an, als ob er mit einem reden würde. Dann kehrt die Pfeife in den Mundwinkel zurück, und er blickt wieder vor sich hin. Man weiß, daß er etwas gesagt hat, aber was, kann man meistens nicht erraten. Nur wenn er sich eine neue Pfeife stopfen muß, höre ich ab und zu seine Stimme: »Ich wollte, ich hätte hunderttausend Gulden.«

Das ist alles.

Unfall

Während ich schnell weiterfuhr und nicht viel sah, weil die Straße zu viele Kurven hatte, auf die ich achten mußte, und zu viele Schlaglöcher, denen ich, so gut es ging, auswich, kam es mir vor, als würde das Pflaster unter mir stottern. Ich nahm das Gespräch wieder auf, redete nicht mit der Straße, sondern mit Marthas Schwester. Es war, als säße sie noch immer neben mir und als könnte ich jetzt endlich das, wofür mir gestern die Worte gefehlt hatten, ausdrücken: »Weißt du, wie die heftigsten Gefühle entstehen? Man empfindet einen Mangel, der auf irgendeine Weise mit einem Geräusch, einem Duft, einem Bild verbunden ist, an das man sich noch nach Jahren erinnert. So sehe ich mich noch immer im Garten hinter unserem Haus stehen, am Sonntagnachmittag – verrückt übrigens, denn am Sonntagmorgen geschah es auch, aber die Erinnerung sagt: es war nur am Sonntagnachmittag – und die Glocken der katholischen und der reformierten Kirche läuten hören. Meistens konnte man das Läuten überhaupt nicht hören, nur bei einer bestimmten Windrichtung, und auch dann nur bei klarem Wetter, denn Wolken oder Nebel verschluckten es völlig. Und doch scheint es mir, als ob die seltenen Sonntagnachmittage, an denen die Sonne schien und der Wind günstig war, in meiner frühesten Jugend eine ununterbrochene Kette bilden und als ob es damals nie Tage mit Nebel oder mit ungünstigem Wind gegeben hätte. Zu diesen miteinander wetteifernden Glocken wollte ich unbedingt hinlaufen, weil ihr Klang so viel verhieß. Aber erst mit sechs Jahren ging ich zum ersten Mal über den Plattenweg in Richtung dieser Glocken, und im nachhinein kommt es mir so vor, als wäre ich damals viel älter gewesen, als hätte ich viel länger gewartet als diese paar Jahre, als ich hinten im Garten beim Komposthaufen dem Glockenläuten lauschte, das anscheinend den ganzen Nachmittag anhielt und doch nur höchstens eine Viertelstunde gedauert haben mag, dieses Läuten, das ein so starkes Gefühl des Mangels in mir auslöste, daß im Kontrast dazu alles um mich herum noch heller leuchtete und stärker duftete als davor oder danach. Und es kommt mir jetzt auch so vor, als sei ich vor meinem sechsten Lebensjahr nur ein einziges Mal im Dorf gewesen, und zwar als mir die Mandeln gekappt wurden, während ich doch – eigentlich kann es gar nicht anders sein – bestimmt öfter von meinen Eltern mitgenommen worden bin. Aber auch dieses eine Mal war es so; ich erinnere mich noch genau, wie unheimlich schön die untergehende Sonne das Wasser färbte, als wir nach Hause zurückfuhren, und dieses rotgoldene Licht bildete, zusammen mit dem Flüstern der Schilfhalme, den denkbar schärfsten Gegensatz zum abscheulichen Schmerz in meinem Hals, aber ohne diesen Schmerz hätte die Sonne bei weitem nicht so schön geschienen. Und das ist es auch, was ich gemeint habe. Was ist Glück? Man erlebt die Dinge um sich herum niemals schöner, niemals intensiver als dann, wenn man tief unglücklich ist oder Schmerzen hat oder krank ist, denn dann kann man nicht an die Vergangenheit oder an die Zukunft denken; Schmerz zu erleiden, körperlichen Schmerz zu erleiden, ist immer etwas Gegenwärtiges, und deshalb verleiht Schmerz dem Augenblick Größe. Aber er darf nicht zu groß sein, der Schmerz.«

Während ich so redete, laut, trotz der Leere neben und hinter mir, verschwanden die belustigten, spöttischen Blicke von Marthas Schwester, weil ich mit meinen letzten Worten das Bild meiner Mutter heraufbeschwört hatte. Ich sah ihre roten Wangen wieder vor mir, ich hörte die helle, aber sanfte Stimme, und ich spürte die verhaltene Fröhlichkeit hinter ihren immer etwas besorgten Blicken, die Fröhlichkeit, die, zugleich mit dem Kummer über sein Dahinscheiden, nach dem Tod meines Vaters plötzlich aufgeblüht war und doch nur der Auftakt der furchtbaren Schmerzen gewesen zu sein schien, die mein ganzes Gefasel von vorhin Lügen straften. Hatte die Krankheit ihr die Fähigkeit verliehen, die Dinge um sich herum intensiver zu erleben? Vielleicht nur in den letzten Wochen, als die Schmerzen plötzlich verschwanden und sie – obwohl sie abgemagert war – ständig flüsterte, sie würde wieder gesund werden. Und mir wird immer in Erinnerung bleiben, wie sie vor dem Fenster saß und sich über einen Sperling freuen konnte, der im Garten herumhüpfte.

Warum hatte sie auf diese Art sterben müssen? Bevor ich

darüber zum zehntausendsten Mal nachdenken konnte, bemerkte ich, daß ich eine rote Ampel überfahren hatte, die vorübergehend an einer Straßenhälfte stand, die ausgebessert wurde. Obwohl ich schon bremste, bevor der mir entgegenkommende Wagen sehr nahe war, streifte ich das vorderste Auto aus einer Reihe von Wagen, die das grüne Licht auf ihrer Seite rechtmäßig passierten. Ich fuhr auf den Randstreifen, und noch ehe ich meinen Wagen zum Stehen gebracht hatte, stand der Fahrer des nur leicht lädierten Wagens bereits auf der Straße. Es war ein kleiner, untersetzter Mann mit schwarzem Borstenhaar und einem schwarzen Schnauzbart. Die Wut, die in seinen kleinen Augen lauerte, reichte aus, um mich rasend zu machen.

Ich stieg aus und stand gelassen auf der holprigen Landstraße.

»Verdammt noch mal, hast du keine Augen im Kopf? Meine Stoßstange ist völlig im Eimer! Kahlköpfiger Penner, mach doch das Maul auf. Steht schon mit einem Bein im Grab und bringt es noch fertig, mich zu rammen. Und was hattest du da eigentlich vor dich hin zu brabbeln? Mit wem hast du dich denn so angeregt unterhalten? Du bist doch nicht ganz dicht, du bist doch gemeingefährlich mit deiner Spiegelbirne.«

Ich sah mir den Kratzer an seiner Stoßstange an, die angeblich völlig im Eimer war.

»Was wird das kosten?« fragte ich eisig.

»Mindestens fünfzig Gulden.«

»Wir können es sicher unter uns regeln, die Versicherungen lassen einen immer so lange warten.«

Ich holte lässig ein paar Fünfundzwanzig-Gulden-Scheine aus meiner Innentasche und gab sie dem Mann. Verdutzt starrte er auf das Geld, unterbrach kurz seine Schimpftirade und ließ mir die Zeit, ins Auto zu steigen und über den breiten Randstreifen an der Reihe der Autos vorbeizufahren, deren Fahrer alle ausgestiegen waren und mir nun, einer nach dem anderen, den Vogel zeigten; einen Moment lang hatte ich das Gefühl, daß es aufrechtstehende Dominosteine waren, von denen man nur dem ersten einen kleinen Schubs zu geben braucht, damit er gegen den nächsten fällt, der wiederum den darauffolgenden antippt. Denn die Fahrer tippten sich nicht nur an die Stirn, sondern tauchten nach dieser Geste sofort in ihre Autos, so als ob sie wie die Dominosteine fielen, und während ich schon wieder auf der normalen Straße fuhr, hatte ich das Bild noch immer vor Augen – ich saß wieder an regnerischen Nachmittagen im Wohnzimmer, es gab keinen, mit dem man etwas unternehmen konnte, und deshalb spielte ich mit den Dominosteinen; ich stellte sie hochkant zu einem Kreis und tippte einen von ihnen an, worauf sie einander mit einem leisen Klappergeräusch niedermähten, was so aussah, als würde sich der Kreis bewegen.

Sonderbar, dachte ich zugleich, daß ich eine derartige Angst vor solchen Männern habe. Ich wußte, daß es nicht die Angst vor ihnen war, sondern vor meiner eigenen Wut, nicht vor ihrer, sondern vor meiner Kraft; ich könnte so jemanden mühelos mit einem Fausthieb zu Boden strecken, vielleicht sogar umbringen, und das ist der Grund, warum ich mich in solchen Fällen bemühe, nicht die Beherrschung zu verlieren. Doch es scheint fast, als ob ich mich irgendwann einmal nicht werde beherrschen können, weil ich mich einmal zu sehr beherrscht habe. Am Abend, als das passierte, war ich bereits zwei Stunden durch die Straßen gelaufen, spät am Abend, angetrieben vom unbezwingbaren Drang, endlich einmal ein Mädchen anzusprechen, zu fragen: kommst du mit. Viele Abende habe ich solche Spaziergänge gemacht, vor allem, als ich bei meinem Onkel und meiner Tante wohnte, und an diesen Abenden wurde ich oft von Menschen angesprochen, die mich nach dem Weg fragten, aber nie, nie habe ich ein Mädchen getroffen, das mit mir . . . Und nach diesem bewußten Abend hatte ich nicht mehr den Mut, ein Mädchen anzusprechen. Ich hatte das Mädchen bereits früher am Abend gesehen. Sie ging auf der gegenüberliegenden Seite einer Gracht, sie war allein, und ich sah ihr Spiegelbild im dunklen Wasser; ich ging einfach weiter, immer auf gleicher Höhe mit ihr. Zwischen uns war das Wasser, und bevor ich eine Brücke erreichte, war sie bereits in einer Gasse verschwunden. Später sah ich sie noch einmal, zuerst von weitem, und ich dachte: Sie gleicht Martha, sie hat den gleichen ruhigen Gang wie Martha. Ich ging schneller, um sie einzuholen. Ich folgte ihr durch dunkle, enge Straßen, und sogar ihr Gesicht hatte, soweit ich es sehen konnte, etwas von Marthas Gesicht. Oder schien es im Dunkeln nur so? Waren ihre Wangen wirklich so eingefallen wie die Wangen Marthas, oder sah es in der Dunkelheit nur so aus? Das Mädchen hatte hellblondes Haar, aber Martha ist dunkelblond. Das hellblonde Mädchen blieb an einer Kreuzung unter dem Licht einer Straßenlaterne stehen, und ich ging langsam auf sie zu und sagte: »Haben wir uns nicht schon einmal gesehen?«

Sie sah mich schweigend und voller Abscheu an. Sie antwortete nicht. Plötzlich kam ein gedrungener Mann aus einer der Gassen gerannt, es hätte der von vorhin sein können.

»Was hat er getan?« rief er.

»Nichts«, sagte das Mädchen.

Ich lief durch die Gasse davon; der Mann holte mich erst ein, als wir fast in einer belebten Einkaufsstraße waren, und schlug mir mit der Faust ins Gesicht. Ich hatte das Gefühl, mein Kopf würde sich verformen. Vielleicht schlug ich nicht zurück, weil ich mich schuldig fühlte, aber als er zum zweiten Mal zuschlug, fand ich, daß er zu weit ging. Ich wollte zurückschlagen, doch ein Polizist stieß ihn von mir weg. Es war das einzige Mal, daß ich es gewagt hatte, ein Mädchen auf der Straße anzusprechen, und das war nun die Folge.

Während ich noch über den Mann und das Mädchen in der Gasse nachdachte, fiel mir plötzlich ein: dieser Unfall ist ein Fingerzeig des Todes. Du hast jetzt noch vierzehn, nein, dreizehn Tage zu leben. Ich mußte über mich selber lachen. Was für ein Unsinn, einer Zwangsvorstellung soviel Bedeutung beizumessen. Ich hatte ja schon so oft unter Zwangsvorstellungen gelitten. Vor allem, als ich noch an Gott glaubte. Judas war ein herzensguter Kerl. So etwas konnte ich wohl tausendmal am Tag denken, ohne es zu wollen. Christus war homosexuell, und Lazarus war sein Freund. Harmlose, aber sündige Zwangsideen, anders als diese eine Zwangsvorstellung, die ich einfach nicht abschütteln konnte. Nein, nicht der Gedanke ans Sterben, das war nur eine sonderbare Prophezeiung, die zwar ernstgenommen werden mußte, aber die mir nicht so viel zu schaffen machte wie jene andere Zwangsvorstellung. Als meine Mutter starb, sprach ich mit einem Kollegen, einem Professor für innere Medizin; ich fragte ihn: warum sterben Menschen an Krebs, und er sagte nur: glückliche Menschen sterben nicht an Krebs, nur unglückliche Menschen. Krebs tritt oft bei Menschen auf, die kurz zuvor etwas sehr Schlimmes durchgemacht haben, den Verlust von jemandem, den sie von ganzem Herzen liebten, oder eine ungeheure Enttäuschung, mit der sie fertig werden mußten. Krebs macht mit dem Körper, was ein nagender Kummer mit der Seele macht. Ich wollte das nicht glauben, seine Argumentation erschien mir zu oberflächlich, zu vordergründig psychosomatisch, und dennoch kristallisierte sich aus diesen Worten augenblicklich eine Zwangsvorstellung, gegen die keine rationale Überlegung ankam. Wenn meine Mutter mit einem großen Kummer oder einer großen Enttäuschung hatte fertig werden müssen, was könnte das gewesen sein? Der Tod meines Vaters? Aber hat sie ihn denn so sehr geliebt? Vielleicht, aber sie war sich so sicher, ihn im Himmel wiederzusehen, daß sein Tod sie nicht einmal tief erschütterte. Und überdies hatte er sie nicht besonders freundlich behandelt in seinen letzten Lebensjahren. Er war so schweigsam geworden, daß wir manchmal glaubten, mit einem Taubstummen zusammenzuleben. Nein, es mußte ein anderer Kummer gewesen sein, und ich ahnte schon, welcher. Schuld daran war derselbe allmächtige Glaube an den Himmel und die Sorge um mich. Sie muß immer deutlicher gespürt haben, daß ich ein Ungläubiger geworden war, und darüber hinaus hatte es sie bekümmert, daß ich so zurückgezogen lebte, keine Freunde und Freundinnen hatte. Am schlimmsten aber muß für sie gewesen sein, daß ich nicht mehr glaubte. Wir sprachen nie darüber, aber sie erriet es, weil ich auf einmal die Psalmen und Kirchenlieder nicht mehr mitsang, die sie immer leise vor sich hin summte. Und dann fragte sie: Warum singst du nicht mehr wie früher, und ich sagte: Ich bin doch zu alt geworden, um noch die Psalmen zu singen; denn ich wollte ihr nicht erzählen, daß ich sie nicht etwa deswegen nicht mehr singen konnte, weil ich nicht mehr glaubte, sondern weil ich beim Versuch, sie zu singen, bereits bei der ersten Zeile mit tränenerstickter Stimme steckenbleiben würde. Ich wollte und ich konnte es ihr auch nicht erzählen, denn dann hätte ich ihr zuerst erklären müssen, daß mir dieser Glaube tatsächlich nichts mehr bedeutete und daß ich mich deshalb treulos fühlte, ihr gegenüber vor allem, und daß ich dieses Gefühl besonders dann hatte, wenn ich die Psalmen wieder sang, weil sie so sehr zu ihr gehörten, ihre tägliche Musik bildeten. Und deswegen konnte ich den Gedanken einfach nicht mehr loswerden, daß sie aus diesem Grunde Krebs bekommen hatte, Kehlkopfkrebs noch dazu, weil mir die Psalmworte im Halse steckenblieben.

Ich werde auf jeden Fall nicht an Kehlkopfkrebs sterben, dachte ich bitter. Dreizehn Tage reichen nicht aus dafür. Was hatte meine Mutter verbrochen? Warum mußte gerade sie so grausam ermordet werden? Meinen Vater hatte der Herr in einem Augenblick zu sich genommen. Ich war zufällig daheim. Er saß wie immer beim Ofen und hatte an diesem Abend bereits zweimal gemurmelt, daß er hunderttausend Gulden haben möchte. Er rauchte seine gebogene Pfeife, nahm sie aus dem Mund, aber sagte nicht, wie er es früher getan hätte: »Ich schließe zu für die Nacht«, doch seine Pfeife war gerade lange genug aus dem Mund für diesen nicht ausgesprochenen Satz. Er ging, die Pfeife wieder im Mund, ein paar Schritte in Richtung Waschküche, stürzte plötzlich zu Boden und war tot. Meine Mutter dagegen hatte, obwohl sie wie Henoch mit Gott wandelte, monatelang leiden müssen. Warum? Warum hatte der Herr sie nicht so wie meinen Vater zu sich genommen? Ach, es wäre wohl besser, nicht mehr nachzudenken über meine Vergangenheit und über meine Mutter. Es wäre wohl besser, wenn ich versuchte, alles zu vergessen. Meistens war ich auch dazu imstande und dachte nur noch an die Gewebekulturen, aber alle paar Monate einmal gelang es mir nicht, dann öffnete sich ein Abgrund, und ich mußte krampfhaft die Stimmen beschwören, die sagten, daß ich mein Leben vergeudete; die Zwangsvorstellungen zurückdrängen, die so unwiderstehlich Besitz von mir ergriffen, besonders diese eine, die mir solche Schuldgefühle einflößte und die, obwohl ich wußte, daß sie nicht richtig sein konnte, dennoch vielleicht mein ganzes sowieso spärliches Lebensglück zerstören könnte.

Ich trat das Gaspedal tief durch, was nun möglich war, denn unter mir rauschte der glatte Asphalt der Schnellstraße. Es schien, als wollte ich durch die größere Geschwindigkeit meinen Gedanken entfliehen. Und wieder verspürte ich diesen eigenartigen Drang, mich mit meiner unsichtbaren Beifahrerin zu unterhalten, und ich sagte: »Den Wind in den Haaren spüren, warum mußtest du gerade das sagen? War es, weil ich den Wind nicht mehr in meinen Haaren spüren kann?« Ich hatte das Gefühl, daß sie antwortete. »Wenn du meinst, ich hätte dich damit aufziehen wollen, bitte schön.« »Nun gut«, sagte ich, »aber das andere hast du doch ernst gemeint? Spazierengehen mit jemandem, nach dem du verrückt bist, Musik hören, die du schön findest, zusammen mit jemandem, in den du verliebt bist. Du hast, glaube ich, ein anderes Wort gebraucht, aber das meintest du doch, nicht wahr? Aber weißt du denn nicht, wie gefährlich es ist, einen anderen zu lieben? Liebe bedeutet ja nichts anderes als

Kummer über ihren Tod, nichts anderes als die ohnmächtige, herzzerreißende Wut beim Anblick ihrer Schmerzen, weil man nicht in der Lage ist, sie zu lindern. Weißt du eigentlich, daß Liebe entsetzlich verwundbar macht? Weißt du überhaupt, daß Gott oder der Teufel oder irgendein Verrückter, der ihn oder sie überfährt oder als Geisel nimmt oder ermordet, oder eine schwere Krankheit, die ihn oder sie dahinrafft, einen augenblicklich in das tiefste Elend stürzen können? Deshalb darfst du nie, nie jemanden lieben. Versuch dir nur einmal vorzustellen, daß der einzige Mensch auf der Welt, den du wirklich liebst, langsam dahinsiecht, von Tag zu Tag mehr abmagert, daß ihr noch immer so schönes Gesicht einfach einfällt und daß ihr früher so prächtiges schwarzes Haar ausfällt und ihre sanfte Stimme zu heiserem Geflüster verkümmert – versuch dir das einmal zu vergegenwärtigen! Ich müßte ja verrückt sein, mich noch einmal so verwundbar zu machen. Es ist nicht so schlimm, allein zu sein, oder zur Not auch mit jemandem zusammenzusein, aber dann doch nicht in einer derartigen Beziehung, daß man von Liebe reden könnte. Man darf es nie weiter als zu einem harmonischen Einverständnis kommen lassen, es nicht zur Liebe wuchern lassen. Weißt du, was am Alleinsein so schlimm ist? Nicht, daß man abends niemanden hat, mit dem man reden kann, nicht, daß man allein auf Reisen gehen muß, nicht, daß man allein aufwacht, nicht einmal, daß man niemanden hat, mit dem man schlafen kann, denn es ist so einfach und so leicht, sich selbst zu befriedigen, daß ich all das Gerede über sexuellen Notstand immer lachhaft gefunden habe – nein, daß man niemanden hat, mit dem man zusammen essen kann. Es ist verrückt: es ist so seltsam unbefriedigend, allein zu essen, so frustrierend, an einem Restauranttisch zu sitzen, ohne jemanden neben sich oder gegenüber zu haben. Warum? Ich weiß es nicht. Aber abends aus dem Labor nach Haus zu kommen und mir dann etwas zu kochen und anschließend allein am Küchentisch zu sitzen und es zu essen, das stört mich ungeheuer, daran kann ich mich einfach nicht gewöhnen. Früher saß mir meine Mutter gegenüber, weißt du.«

Ich schwieg und wartete auf ihre Antwort, die ausblieb, weil ich schon beim Reden die Illusion, sie säße neben mir, durch meine Bemerkung über Selbstbefriedigung zerstört hatte. Das hätte ich nämlich nie erwähnt, wenn sie tatsächlich neben mir gesessen hätte. Aber ich war mir sicher, daß sie zurückkommen würde, wenn nicht auf dieser Fahrt, die übrigens fast beendet war, dann eben später. Schon so viele Menschen hatten neben mir im Auto gesessen, und einer wie der andere hatten sie aufmerksam jedem monologue extérieur zugehört, so wie sie zugehört hatte und noch zuhören würde, vielleicht schon heute abend auf der Heimfahrt, bestimmt aber auf der langen Fahrt nach Bern über die deutschen Autobahnen und Schweizer Straßen.

Im Labor sortierte ich zuerst die Post und warf alle Sitzungsprotokolle und Drucksachen zu den Wüstenmäusen. Ich fütterte meinen ersten Erfolg auf dem Gebiet der Säugetier-Klonung, eine inzwischen betagte Hausmaus, der Hunderte von mißglückten Hausmäusen vorangegangen waren, mit Sonnenblumenkernen. Freiwillig lief diese Maus täglich viele Kilometer in einem Laufrad. Nachdem ich ihrem sinnlosen Gerenne eine Weile zugesehen hatte, ging ich zum Brutschrank im Saal mit der niedrigen Decke, der erstickenden Neonbeleuchtung und den tristen Mattglasscheiben. Aber bevor ich den Brutschrank erreicht hatte, stolperte ich über das Kabel einer Stehlampe. Die Lampe und ich stürzten gleichzeitig zu Boden; ich registrierte, wie die Lampe langsam fiel, wie sie fast zögerte in ihrem Fall, um mir noch eine Art Aufschub zu gewähren, und ich sah auch, daß wir, möglicherweise im selben Moment, im selben großen Spülbecken landen würden, so daß ich, weil die Lampe brannte, unausweichlich einen Stromschlag bekommen würde. Ich versuchte, die Richtung meines langsamen Falls zu korrigieren, und so konnte ich gerade noch verhindern, daß ich ins Wasser stürzte; ich fiel neben das Spülbecken, während die Lampe hineintauchte und zersprang; einen Moment lang spürte ich das nicht unangenehme Prickeln von Glasscherben auf meinem Handrücken, dann einen Stoß (doch noch ein Stromschlag? oder nur mein Aufprall auf dem Betonfußboden?) und danach einen Augenblick nichts mehr. Ich kam schnell wieder zu mir, war aber doch lange genug ohnmächtig gewesen, um dem Blut Gelegenheit zu geben, Handrücken und Finger zu bedecken.

»Verdammt, ich sterbe noch nicht«, sagte ich.

Eine der Laborantinnen kam herbei und betrachtete erschrocken meine blutige, erhobene Faust.

»Was ist passiert«, stammelte sie.

»Nichts«, sagte ich, »ein Mißgeschick. Sie haben doch einen Kursus in Erster Hilfe gemacht?«

»Ja.«

»Vielleicht würden Sie mir helfen?«

Geschickt verband sie mir die Hand. Laborantinnen waren immer geschickt, meistens gutaussehend und im heiratsfähigen Alter. Wenn sie häßlich waren, heirateten sie nicht, sondern blieben und versauerten.

Mit der verbundenen und noch zitternden Hand saß ich einen Augenblick später in meinem Arbeitszimmer. Auch die unverletzte Hand zitterte. Das war bereits der zweite Fingerzeig des Todes, die zweite Warnung. Ich blickte aus den schmutzigen Fenstern und sah nur Baumwipfel und unaufhörlich niedergehenden Regen.

Dohlen

Gegen Mittag klarte es auf, und weiße Wölkchen segelten über einen pastellblauen Himmel. Alles, was für diesen Tag anstand, hatte ich bereits erledigt, auch weil ich am Nachmittag noch an einer Sitzung teilnehmen mußte, aber dieses blasse und doch kräftige Blau rief in mir ein so unbezähmbares Verlangen hervor, durch das Reetland zu rudern, daß ich mit meiner unverbundenen Hand zum Telefon griff und den Schriftführer des Fakultätsrats anrief. Warum sollte ich an einer Sitzung teilnehmen, wenn ich ohnehin nur noch dreizehn Tage zu leben hatte? Wenn es irgend etwas gab, das dazu angetan war, einem das Mark in den Knochen vertrocknen zu lassen, dann gewiß die Teilnahme an Sitzungen und die Pflicht, sich weitschweifiges Geschwätz über unwesentliche Fragen anhören zu müssen. Ich selber hörte nur zu und weigerte mich störrisch, auf Sitzungen auch nur einmal den Mund aufzutun – etwas hatte ich doch von meinem Vater gelernt. Aber gerade eine Sitzung eignete sich besser als alles andere dazu, mich mit dem Gedanken ans Sterben zu versöhnen. Wenn das das Leben sein sollte – an runden Tischen zu sitzen, stundenlang zu reden und doch selten über Punkt drei oder vier der Tagesordnung hinauszugelangen –, dann verlor der Tod seinen Schrecken. Wenn man tot ist, braucht man auch nicht mehr an Sitzungen teilzunehmen, dachte ich, und ich hätte es fast zu dem Schriftführer des Fakultätsrats gesagt, den ich nach zwölf geduldigen langen Summtönen (wie viele Stunden unseres Lebens vergeuden wir nicht mit dem Anhören dieses Geräusches) an die Leitung bekam.

»Ich hatte heute morgen einen kleinen Unfall und kann heute nachmittag nicht kommen«, sagte ich.

»Aber das ist eine Katastrophe, du bist unentbehrlich, deine Anwesenheit ist sozusagen wichtiger als deine Stimme.«

»Ich sitze hier und zittere noch immer, tut mir leid, ich kann wirklich nicht kommen.«

»Oh, aber das macht doch gar nichts. Du kannst während der Sitzung ruhig weiterzittern, wirklich, aber du bist einfach unentbehrlich. Selbst wenn du ein Pflaster auf dem Mund hättest, müßtest du kommen. Du weißt, daß allein schon deine Schweigsamkeit eine Sitzung in die richtigen Bahnen lenken kann. Keiner traut sich, endlos zu faseln, wenn du so mürrisch und schweigsam dasitzt und vor dich hinstarrst. Wenn du dabei bist, gut, daß ich es dir jetzt einmal sagen kann, dann dauern die Sitzungen nicht halb so lange. Nun ja, wenn es wirklich nicht geht . . . Was ist denn passiert?«

»Ich habe einen Stromschlag bekommen, bin gestürzt, habe mich an den herumfliegenden Glassplittern einer Lampe verletzt und hatte bereits auf dem Weg hierher einen kleinen Autounfall.«

»Auf einer Sitzung kann dir so was allerdings nicht passieren.«

»Nein, aber ich kann wirklich nicht kommen, ich bin einfach nicht in der Stimmung . . .«

»Ich verstehe, daß du entschlossen bist, wegzubleiben. Es ist dein gutes Recht, ich werde dich beim Vorsitzenden entschuldigen.«

Ich legte den Hörer auf und betrachtete die im Sonnenlicht glitzernden Regentropfen, die an den Zweigen der kahlen Bäume hingen. Das Gespräch mit dem Schriftführer hatte mich stärker verstimmt als alle bisherigen Ereignisse dieses Tages. Wie schauderhaft ist doch dieser samtweiche Psychoterror, dem man sich so schwer entziehen kann; hatte er doch dazu geführt, daß ich in verschiedene Kommissionen berufen und in diverse Räte und Körperschaften aufgenommen worden war. Wie immer man sich als Kind auch das spätere Leben vorstellt – bestimmt nicht so, daß man von einer Sitzung zur anderen hastet, bestimmt nicht, daß diese Form gründlichster Lebensverneinung das Dasein so sehr beherrscht. Was ich als Kind hatte erreichen wollen – berühmt werden –, hatte ich erreicht, aber mit welchem Resultat? Eine Professur, die fast jeden Augenblick meines Daseins verschlang und in Form immer neuer Tagungen wieder ausspie, mit immer denselben kreisförmig aufgestellten Tischen, demselben erstickenden blauen Qualm, denselben Menschen, tagein, tagaus, so daß vom Tag nur Augenblicke des Nichtseins übrigblieben und, damit einhergehend, eine sich aufstauende Wut, die einen todmüde machte.

Als ich wegfuhr, schien es, als hätte ich einen großen Sieg errungen, als könnte ich in diesen wenigen, der zigsten Sitzung abgeluchsten Nachmittagsstunden allein schon deswegen glücklich sein, weil mir vollkommen freigestellt war, was ich mit ihnen anfing. Seitdem ich Professor war, war Zeit etwas schrecklich Kostbares für mich geworden; Zeit bedeutete für mich etwa soviel wie Geld für einen Bettler. Wenn ich von Armut las, brauchte ich nur das Wort Zeit für das Wort Geld einzusetzen, um alles nachvollziehen zu können. Der Gewinn dieser wenigen Stunden machte es mir auch möglich, zu fahren, ohne Selbstgespräche zu führen; ich konnte endlich wieder einmal die Straße betrachten und den sonnigen, noch immer hellblauen Himmel, an dem die Wölkchen stillzustehen schienen, weil der Wind sie in meiner Fahrtrichtung vorantrieb. Ich sah die vielen Turmfalken über dem Mittelstreifen, und es kam mir vor, als ob dieses Grün zwischen den beiden leblosen Asphaltbahnen links und rechts – dieses ausgesparte und unbetretene Reservat für seltene Pflanzenarten und Kleinsäugetiere – den der Sitzungszeit abgesparten Stunden vergleichbar war. Ja, die Turmfalken rüttelten über den Grünstreifen, weil sie, inzwischen an den Autoverkehr gewöhnt, gerade dort mehr Feld- und Erdmäuse fangen konnten als irgendwo anders. Die Üppigkeit dieser Streifen, die sich nur dem toten und unablässig benutzten Asphalt verdankte, glich der spärlichen freien Zeit, die so kostbar war, weil soviel von ihr vergeudet wurde. Außer von Falken, die in fast regelmäßigen Abständen mit schnell schlagenden Flügeln über dem Mittelstreifen standen, wurde die Straße auch von Reihern markiert, die gerade in den entlang der Straße angelegten Wassergräben mehr Nahrung finden konnten als an vielen anderen Orten. Ich hatte die Reiher übrigens im Verdacht, daß sie sich immer mehr darauf verlegten, Jungvögel zu fangen statt Frösche und Weißfische. Wie gern würde ich das einmal untersuchen!

Gerade weil ich so intensiv auf die Vögel achtete, konnte

ich die Gedanken, die mich auf dem Hinweg beschäftigt hatten, auch jetzt nicht völlig unterdrücken. Immer wieder fielen mir die in den Randstreifen einherstolzierenden Dohlen auf, und jedesmal, wenn ich wieder einen solchen mattschwarz glänzenden Vogel sah, der sich bei jedem Schritt hochmütig in die Brust warf, hielt ich nach seinem oder ihrem Partner Ausschau. Auch das war fast zu einem – aber in diesem Fall nicht unangenehmen – Zwang geworden; ich mußte einfach nach diesem Partner Ausschau halten, weil ich mich jedesmal von neuem vergewissern wollte, daß eine Dohle niemals allein ist, daß sie immer und unter allen Umständen mit ihrem Partner zusammen ist, daß Dohlen die monogamsten Vögel sind, die man sich nur vorstellen kann. Wie lange sie auch leben, selbst wenn es mehr als die ihnen in der Regel zugemessenen zwölf Jahre sind, immer werden sie dem einen Partner aus dem anderen Geschlecht treu bleiben, den sie bereits im jugendlichen Alter gewählt haben. Wenn einer der beiden stirbt, wird sich der andere einen neuen gleichfalls verwitweten Partner suchen, mit dem er den Rest des Lebens verbringt. Ich hatte den Eindruck, diesmal mehr Dohlen denn je zu sehen, sie hatten sich anscheinend bei jedem Birkenwäldchen an der Straße eingefunden und jeden ins Land führenden Pfad besetzt, immer zu zweit, sowohl im Flug als auch auf dem Boden. Es war, als hätten sie sich ausgerechnet an dieser Straße postiert, um mich davon zu überzeugen, daß ich heute vormittag mit meinen Ausführungen über die Notwendigkeit des Alleinbleibens unrecht gehabt hatte. Ich fuhr und studierte die geduldige Widerrede der Natur, die alles so einfach und auch so hoffnungsvoll machte, weil sie doch wieder eine Perspektive eröffnete auf etwas, das möglicherweise, wenn auch nur vorübergehend, eine Art Freundschaft werden könnte. Aber kaum hatte ich das gedacht, kehrte die Zwangsvorstellung zurück, diese absurde Vogelschau meines Denkens: heute bereits zwei Unfälle, glaub bloß nicht, daß du dem Tod entrinnen kannst.

Und später, als ich durchs Reetland ruderte und junge, aber schon ausgewachsene Haubentaucher vor mir wegtauchten, dachte ich sogar: ich muß wohl mein Testament machen. Jakob soll alles bekommen, Haus, Grundstück, Auto, Glashäuser. Nur er wird gut dafür sorgen, wird auch die Gärten pflegen; nur er ist ein richtiger Freund gewesen, jemand, der mich akzeptiert, so wie ich bin, und der die scharfen Kanten meiner Einsamkeit abgeschliffen hat. Ich roch die Herbstdüfte. Das Wasser und die Luft waren still, und die Sonne lag auf den Dunstschleiern, die vom Schilf ausgeatmet schienen. Während ich über das inzwischen spiegelglatte Wasser trieb, weil sich der Wind gelegt hatte, entstand das Gefühl einer großen Klarheit, einer Klarheit, die mir mit einem Mal die Illusion gab, etwas vom Leben zu verstehen. Von weitem sah ich den Briefträger bei meinem Haus und wunderte mich darüber, daß er mir etwas brachte, denn ich bekomme daheim nie Post. Ich glitt über das Wasser zurück und glaubte weniger denn je, einsam zu sein. Ich war nicht isolierter als die anderen, ich hatte lediglich weniger Vertrauen in die Surrogate, die angepriesen wurden, um die Einsamkeit zu vertreiben: Liebe, Freundschaft, Geselligkeit. Das einzige, was ich nicht als Surrogat empfand, war die selbstverständliche, wortlose Intimität, wie sie zwischen meiner Mutter und mir bestanden hatte. Vielleicht konnte man ja, wenn man nur lange genug miteinander umging als Mann und Frau, oder als Mann und Mann oder Frau und Frau, diese Intimität seiner Jugend wiedererleben, falls man sie irgendwann erfahren hatte, aber mir schien, daß gerade die unvermeidliche Sexualität bereits a priori alles verdarb, weil in sie so viele Elemente der während meiner Jugend ständig wiederkehrenden Paarungen von Stieren und Kühen eingegangen waren. Ich konnte vom Ruderboot aus den Steinplattenpfad sehen, der über die Wiesen führte, den Pfad, auf dem ich alles gelernt hatte, was wirklich wichtig war. Jetzt tauchte wieder die Erinnerung an jenen sonnigen Sommernachmittag mit schon ziemlich langen Schatten und den beiden rotgesichtigen Bauern auf, die eine Kuh zu einem Stier trieben. Die beiden Männer schrien und schlugen auf die widerspenstige Kuh ein.

»Sie ist verdammt noch mal stierig, und jetzt will das Luder nicht. Die ganze Nacht hat sie gebrüllt, daß ich kein Auge zumachen konnte. Jetzt sollst du auch dran glauben.«

»Aber vielleicht ist es schon vorbei.«

»Das kann nicht sein.«

Immer wieder sprang der Stier auf den Rücken der Kuh. Schon bevor er sprang, stülpte sich ein langer, roter, gespaltener Knochen vor, und trotz seiner Masse machte das Tier mit dem ganzen Körper ruckartige Bewegungen. Die Kuh schüttelte sich jedesmal, bevor der Knochen in ihr hatte verschwinden können, unwillig und tat ein paar Schritte nach vorn, worauf der Stier entweder auf zwei Hinterbeinen mithinkte oder abglitt und keuchend Dampfwölkchen ausstieß.

»Dann halt die Kuh eben besser fest, du Blödmann.«

»Ich halte sie ja richtig fest, aber sie ist nun mal nicht mehr stierig, das wird dir selbst der dümmste Tierarzt sagen können.«

»Natürlich ist sie stierig, du Trottel, los, noch einmal, blödes Vieh, du glaubst doch wohl nicht, daß ich noch mal vier Wochen warte, um mir dann wieder dein elendes Gebrülle anzuhören, wenn ich pennen will.«

So drehten sie sich im Kreis, zwei Tiere, zwei Menschen im Sonnenlicht. Wieder erschien der glänzende, rote Knochen, der sich sanft bebend vorschob, als führte er ein Eigenleben. Die Kuh bewegte sich unbeholfen, wenn der Stier sprang, und muhte jedesmal so trübsinnig, daß sie immer öfter Antwort bekam. Die Weiden hallten schließlich von dem Gebrüll wider. Doch die beiden Bauern kümmerte das nicht; sie banden die Kuh an einem Gatter fest, sogar um die Hinterbeine wurde ein Strick gebunden. Der Stier sprang zum letzten Mal, und der zitternde Knochen verschwand in der Kuh, die kläglicher denn je muhte. Ich setzte meinen

Weg über den Pfad fort, ohne mich noch einmal umzusehen. Ich wußte, daß es bei Menschen auch so ablief, und ich dachte: niemals werde ich das können, unmöglich. Schlimmer noch waren die Pferde, die wie toll über die Wiesen trabten und einander traten und stießen und sich gegenseitig in wildem Wirbel von neuem anstachelten und wieder ausschlugen und mit ihren Schweifen peitschten, aber wenigstens nicht von den Menschen zur Paarung gezwungen werden konnten, weil es viel zu gefährlich war, dabei in ihre Nähe zu kommen, Gott sei Dank. Später malte ich mir eine Liebe aus, die so groß war, daß solche widerwärtigen Handlungen in ihr einen Platz finden könnten. Vielleicht war es möglich, wenn man zärtlich und sanft und behutsam miteinander umging. Aber die Filme, noch später, belehrten mich eines anderen. Nein, von Widerspenstigkeit wie bei der Kuh konnte nicht die Rede sein. Statt dessen sah ich wüste Orgien, feuchtes, schleimiges Knutschen, fordernde Hände, die über nackte Körper fuhren, und ich fand das alles widerlicher denn je. Ich sprach darüber mit Jakob. »Du spinnst«, sagte er. Ich weiß, daß er recht hat. Aber dies änderte nichts, ich konnte mich nicht sehnen nach Handlungen, die so direkt in Abrede zu stellen schienen, daß Scheu und Verlegenheit, Zärtlichkeit und Zurückhaltung die wichtigsten Elemente der Liebe, so wie ich sie verstand, sein müßten. Zum Glück hatte ich auch einmal gesehen, daß es anders möglich war.

Ich legte bei unserem Haus an. Das war stets der schwierigste Augenblick, weil ich verrückterweise noch immer erwartete, daß meine Mutter mir, sobald ich angelegt hatte, die Tür öffnen würde, so wie sie das früher dann und wann, nicht einmal besonders oft, getan hatte. Jedesmal mußte ich wieder die Enttäuschung überwinden, daß sie nicht erschien und auch nie wieder erscheinen würde. Ich öffnete den Brief, für den der Briefträger einen Umweg von zwei Kilometern hatte machen müssen. Ich las: »Hiermit laden wir Sie für Samstag, den 3. Oktober, zu einem Treffen von Schülern und ehemaligen Schülern aus Anlaß des fünfzigjährigen Bestehens der Schule ein. Die Veranstaltung beginnt um 14.00 Uhr.« Mit Kugelschreiber hatte jemand hinzugekritzelt: »Wegen einem Fehler in unserem Adressencomputer konnten wir Ihnen die Einladung erst jetzt zusenden. Wir hoffen trotzdem, daß Sie nächsten Samstag kommen können.«

Das Schreiben zitterte ein wenig in meiner unverbundenen Hand. Ein Klassentreffen! Und erst jetzt eingeladen. Schon am Samstag, zwei Tage vor meiner Abreise nach Bern. Warum mußte das jetzt passieren? Warum ausgerechnet jetzt? Sollte ich noch ein letztes Mal die Gelegenheit bekommen, sie wiederzusehen, bevor meine vierzehn Tage um waren? Ja, aber sie hatte doch zwei kleine Kinder! Die konnte sie doch nicht einfach im Stich lassen. Auf jeden Fall würde ich hingehen. Ich wollte mir die Chance, ihr zu begegnen oder vielleicht auch nur einen Blick auf sie zu werfen, so gering sie auch war, nicht entgehen lassen. O Gott, wenn sie nur käme, wenn es doch möglich wäre, daß sie käme.

Platzangst

Hinter meiner Mutter wandere ich über die rauhen, schmutzig-weißen Platten, die einen geraden Pfad durch die Wiesen bilden. Zuweilen werden die Platten unterbrochen durch zwei nebeneinanderliegende Bretter, die einen Wassergraben überbrücken; manche von ihnen haben sogar an einer Seite ein Geländer. Bei dem Plattenweg gehen die vielen Stacheldrahtzäune, die jeweils einen Wegabschnitt markieren, in hölzerne, mit brauner Teerfarbe gestrichene Gatter über, die fast immer schief in den Angeln hängen, so daß sie von selber hinter uns zufallen, wenn wir hindurchgehen. Die sonnenüberfluteten Wiesen geben mir das Gefühl, daß bereits Sommer ist. Noch immer wächst Scharbockskraut neben den Wassergräben, und der Löwenzahn beginnt zu blühen. So weit ich blicken kann, sehe ich Kiebitze, die geschäftig umherlaufen oder schnell über uns hinwegfliegen. Und auf fast jedem Stück unseres Weges begleiten uns schimpfende Uferschnepfen, die hoch in der Luft und manchmal sogar ziemlich niedrig fliegen. Die Kühe glotzen uns an, als wir vorbeigehen, mitunter kommen sie ein wenig näher, schütteln dann die Köpfe und schauen uns erstaunt an, als hätten sie noch nie einen Menschen gesehen.

»Hättest du Angst vor den Kühen, wenn du allein wärst?« fragt meine Mutter.

»Nein«, sage ich.

»Du mußt jeden Tag über diesen Pfad gehen, wirst du dich bei den Wassergräben vorsehen?«

»Ja«, sage ich.

»Soll ich dich heute nachmittag von der Schule abholen?«

»Nein, ich finde den Weg bestimmt allein.«

»Es ist nicht schwierig«, sagt sie, »der Plattenweg mündet direkt in den Schulhof.«

Schon von weitem zeigt mir meine Mutter das rote Ziegeldach der Schule. Ich höre den beängstigenden Lärm vieler Stimmen. Ich bin zwar überglücklich, daß ich heute, am 1. April, zum ersten Mal zur Schule gehen darf, aber ich mache mir auch Sorgen.

»Sind da auch große Jungen?« frage ich.

»Ja«, sagt meine Mutter, »aber du brauchst keine Angst zu haben, sie tun dir nichts, und wenn sie dir etwas tun, dann sagst du es mir. Dann komme ich mit dir und beschwere mich beim Rektor.«

»Wie sind die Lehrer und Lehrerinnen?«

»Die sind nett.«

»Muß man viel lernen am ersten Tag? Kann ich heute abend lesen?«

»Noch nicht.«

»Schade.«

Der Plattenweg geht auf einmal in den Schulhof über. Ich

bleibe auf dem Plattenweg stehen und sehe fasziniert den spielenden Kindern zu. Sie rennen über den Platz; manche bleiben mit gebeugtem Kopf bei einer Mauer stehen, und andere Kinder springen den stehenden Kindern auf den Rücken.

»Was ist das?« frage ich meine Mutter.

»Bockspringen«, sagt sie.

Viele Kinder spielen mit Murmeln. Aufgeregt betrachte ich das nie gesehene, bunte Treiben, das Herumtollen, das Springen, das Murmelspiel, und ich finde alles herrlich. Auch ich werde auf diesem Platz mit anderen Kindern spielen, ich werde nie wieder allein sein. Aber heute muß ich meiner Mutter folgen, genau wie die anderen Kinder, die zum ersten Mal hierherkommen. Wir gehen über den Platz zwischen den größeren Kindern hindurch zum breiten Schultor. Meine Mutter drückt auf die Klingel. Ein Mädchen öffnet die Tür, und wir betreten einen Raum, in dem das Licht über meinem Kopf schwebt, so hoch sind die Fenster. Es ist seltsam kühl dort, und die Stimmen klingen sonderbar hohl. Ich fühle mich merkwürdig winzig in diesem Raum, der mir wie ein ganz besonders hohes Glashaus vorkommt. Ein Mann in einem schönen, hellbraunen Anzug mit glänzenden, goldenen Knöpfen, die von den Sonnenstrahlen zum Blitzen gebracht werden, gibt meiner Mutter die Hand.

»Was für ein schöner Anzug«, flüstere ich.

»Still«, sagt meine Mutter.

»Gefällt er dir?« fragt der Mann.

»Ja«, sage ich leise.

»Wenn du dir Mühe gibst hier in der Schule, darfst du später zur Höheren Schule, und dann kannst du zum Militär gehen. Dann darfst du auch so eine Uniform tragen wie ich.«

»Uniform«, ich wiederhole das Wort bedächtig, »ist das eine Uniform?«

»Möchtest du auch Soldat werden?«

Ich nicke.

»Wie heißt du?«

»Maarten.«

»Recht so, Maarten Tromp, Maarten van Rossum, das waren Helden! Komm, ich bringe dich in dein Klassenzimmer.«

Der Mann in der Uniform geht vor uns her durch den Flur. Meine Mutter flüstert: »Das ist der Rektor.«

In der ersten Klasse weist er mir eine Bank mitten im Raum zu. Ich setze mich. Er sagt laut: »Dies ist Maarten, er wird General, geben Sie gut auf ihn acht, Fräulein.«

Die anderen Kinder in der Klasse sehen mich an. Ihr Interesse für mich macht mich verlegen. Ich starre auf das Holz der Schulbank mit den eingekerbten Kritzeleien. Die Stimmen der Kinder auf dem Schulhof dringen laut und hell ins Klassenzimmer. Die Schulglocke läutet. Ich blicke nach draußen. Der Schulhof leert sich, erscheint nun größer. Jetzt ist mehr Raum für das helle Sonnenlicht, und wieder finde ich es seltsam und beängstigend, daß überhaupt kein Leben vorhanden ist, nur Licht und Schatten. Während uns die Klassenlehrerin etwas erzählt, dem ich nicht zuhöre, sehe ich dunkle Gestalten auf dem Schulhof. Es sind Mütter, und als ich versuche, meine eigene Mutter zu entdecken, kostet mich das trotz der vielen Menschen, die dort stehen, nicht die geringste Mühe. Sie geht quer über den Hof, ganz allein, quer über den Schatten des Schulhauses zur sonnenbeschienenen Seite. Ihr eigener Schatten ist klein und folgt ihr. Ich umklammere die Kante der Schulbank und schaue zu ihr hinaus. Ich höre, wie einige der Kinder weinen, aber das hat anscheinend nichts damit zu tun, sie weinen über etwas ganz anderes und nicht über das, worüber ich weinen könnte. Ach, wie schnell und dennoch gelassen sie über den Plattenweg geht, sie wird kleiner und dunkler in einer Hülle aus strahlendem Licht. Über ihrem Kopf sehe ich die dunklen Punkte der Uferschnepfen. Und ich weiß, warum ich weinen könnte: weil jetzt niemand da ist, der sie vor den Kühen beschützt, weil sie jetzt ganz allein, ohne mich, über den Plattenweg zurückgehen muß. Sie verschwindet hinter einem Weidengehölz. Ich atme tief und stütze meinen schweren Kopf mit den Fäusten. Von diesem Augenblick an sehne ich mich nach zu Hause, und diese Sehnsucht wird in der Pause noch stärker, als ich einsam in einer Ecke des Hofes stehe und über den Plattenweg, auf dem ich niemanden entdecken kann, Ausschau halte. Keines der Kinder redet mit mir, keines von ihnen fragt mich etwas. Erst am Ende der Pause sieht mich der ständig auf und ab gehende Rektor und sagt: »Na, Maarten, gefällt es dir in der Schule?«

Ich weiß darauf nichts zu sagen, ich stehe vor dem großen Mann. Der Rektor streichelt mir über den Kopf, aber weil er seine Hand niemand anderem auf den Kopf legt, ist es mir unangenehm. Im Klassenzimmer esse ich in der Mittagspause mein Brot; ich kann nicht nach Hause, weil es zu weit ist, hin und zurück. Die hohen Fenster geben mir ausreichend Gelegenheit, zu beobachten, wie sich der Schulhof langsam leert, wie er eine Zeitlang von der grellen Sonne beschienen wird, ohne daß ich auch nur eine Spur von Leben entdecken kann und auch nur ein einziger Vogel den Schulhof besucht, woraus ich zu Unrecht schließe, daß Vögel Plätze nicht mögen. Später kommen dann wieder Kinder, die auf dem Schulhof spielen.

Monatelang bleibt es so. Ich beobachte den Herzschlag des Schulhofs, voll nach den Schulstunden, leer in der Mittagspause, auch wenn manchmal ein paar Spatzen da sind, denen ich ergriffen zusehe, dann wieder voll um kurz vor zwei. Alle Winkel des Hofs lerne ich kennen, alle Fensterbänke, auf denen Jungen sitzen können, lerne ich schätzen; alle Kuhlen fürs Murmelspiel, alle ebenen Platten, auf denen sich ein Kreisel treiben läßt, alle Stellen bei den Mauern, wo man Bockspringen kann, alle Punkte, an denen man ein Springseil befestigen kann, werden durch Anschauung zu meinem Besitz. Aber durch das ständige Betrachten kann ich nicht spielen. Wenn ich morgens über den Hof gehe, verdopple ich mich: ich bin ja immer hinter den Fenstern anwesend, von denen aus ich den Hof überblicke, ich kann nicht über den Hof laufen, denn dann bin ich es nicht selber, dann ist es jemand anders, der dort geht. Nie überwinde ich diese Angst vor leeren Plätzen, wenn ich selber hinübergehen muß. In der Pause gehe ich immer eine kleine Strecke über den Plattenweg, und dann drehe ich mich um und betrachte den Schulhof. Ich traue mich nicht zu fragen, ob ich mitspielen darf, und die anderen Kinder fragen mich nicht. Die, die mich kennen, verachten mich wegen des Interesses, das der Rektor an meiner Zukunft als General gezeigt hat. Bei jeder der Steinplatten, aus denen der Pfad besteht, entsteht im Laufe der Jahre ein kleines Stückchen Geschichte, mehr Geschichte während des Wegs von der Schule nach Hause als umgekehrt, weil ich auf dem Heimweg öfter stehenbleiben kann. Aber auch auf dem Hinweg entdecke ich, wie unterschiedlich die Sommer in diesen sechs Grundschuljahren sind, in denen ich über den Plattenweg gehe. Jeder dieser sechs Sommer, jedes der sechs Frühjahre hat seine eigenen Blumen und Tiere. Im ersten Jahr meiner langen Fußmärsche ist es ein Frühling mit viel Löwenzahn. Bis weit in den Sommer hinein sind die Wiesen goldgelb, und es herrscht eine merkwürdige Stille auf den Weiden. Als es Herbst wird und ich nach den Ferien wieder zur Schule gehe, weht der grauweiße Flaum des verblühten Löwenzahns über die Wiesen und bedeckt sogar die Wassergräben. Das Jahr darauf ist ein Jahr der Butterblumen und der großen Unruhe, weil die Kühe keine Butterblumen mehr fressen wollen und viel mehr muhen und grasen und herumlaufen als im Jahr zuvor, als sie den saftigen Löwenzahn hatten. Auch ich scheine in diesem Jahr unruhiger zu sein, und es kommt mir so vor, als ob sogar die Lehrer in der Schule schneller aufbrausen, als ob die Unruhe auf den Wiesen auf sie überspringt. Als ich in der dritten Klasse bin, ist es ein Jahr mit viel Sauerampfer, während das Jahr darauf so feucht ist, daß ich an jeder der Steinplatten Asseln entlanglaufen sehe. Auf das Jahr der Asseln folgt das Jahr der Spitzmäuse, die man nicht sehen kann, aber deren schrille Schreie aus dem Buschwerk der vielen kleinen Gehölze entlang des Plattenweges herauftönen.

Zu jeder der Platten gehört auch eine bestimmte Wetterlage. Über manchen Platten scheinen eigentlich immer Gewitterwolken zu hängen, und manche Platten sind für immer mit bizarren Blitzstrahlen über dem Reetland verbunden. Aber die schönste Zeit des Jahres ist doch der Spätsommer mit seinem unwirklich blauen Himmel und der trägen Hitze der Nachmittage. Manchmal wird schon vor den Ferien Heu gemacht; Männer mit nackten Oberkörpern strecken große Büschel vergilbten Grases hinauf in die flimmernde Luft, und danach dörrt die Sommersonne die ausgetrockneten Halme. Nach dem Sommer mit den langen Ferien kommt der Herbst mit dem sanften, fahldunklen Himmel, der sonderbar wehmütigen Stille, dem bewegungslosen Wasser in den Gräben und der etwas feuchten Luft, in der nur dann und wann der Schrei eines Vogels zu hören ist, aber kaum noch Gesang, außer von einem vereinzelten Rotkehlchen oder einem Zaunkönig. In dieser Zeit stehen die Kühe mit starr erhobenem Kopf, wenn ich über die Platten gehe. Im Winter verschwindet der Plattenweg manchmal unter Schnee. Wenn es friert, nehme ich nicht den Weg, sondern fahre auf Schlittschuhen über einen der Kanäle zur Schule. Meistens ist es dann um vier schon dämmrig, so daß ich im Halbdunkel durch das tote Schilf nach Hause gleite, und es gibt nichts, was mich glücklicher macht als diese Schlittschuhfahrten, wenn es kalt, dunkel und still ist. Ich habe dann das Gefühl, daß nur ich lebe, ich sehe die weißen Atemwölkchen vor mir, und das Geräusch der Schlittschuhe ist das einzige Geräusch auf der Welt; es gibt keine anderen Menschen mehr, alle Menschen haben aufgehört zu existieren, nur meine Mutter ist noch da. Sogar die Tiere sind tot. Noch lange, auch als es wieder Frühling wird, sehne ich mich nach diesen Fahrten, und dies Verlangen schwindet erst, wenn ich Mitte Mai den ersten Brachvogel rufen höre. Sie fangen am späten Nachmittag an, wenn die Schule aus ist. Ihr ununterbrochenes Jodeln lockt mich nach Haus zurück, holt mich vom Schulhof, wo die anderen Kinder sind, die mich hassen, weil ich so abweisend und in mich gekehrt bin. Im Haus wartet meine Mutter auf mich, und sobald ich sie sehe, wie sie am Tisch sitzt, fast immer dicht bei dem Stövchen mit dem flackernden Teelicht, entkrampfen sich meine Fäuste, die ich die ganze Zeit geballt in den Hosentaschen verborgen gehalten habe. Ich weiß, daß ich jetzt lächeln kann, weil sie dort sitzt, meine Mutter, und mich ansieht und fragt: »Wie war es in der Schule?«

»Gut«, sage ich.

Ich erzähle ihr nicht, daß ich die anderen Kinder verabscheue. Sie fragt manchmal nach Freunden, sie sagt: »Sie dürfen auch mal hierherkommen, bring sie nur mit.«

»Der Weg ist ihnen zu weit«, sage ich.

Ich setze mich ihr gegenüber an den Tisch und spüre, wie meine Verkrampfung langsam nachläßt, während sie durchs Zimmer geht und mir Tee einschenkt, während sie leise vor sich hin singt und mit ihrer sanften Stimme von der Gärtnerei und von meinem Vater spricht. Nach dem Teetrinken nehme ich das Boot und rudere ins Reetland hinaus, um den Vögeln nahe zu sein, den dumpfen Paukenschlägen der Rohrdommeln, die jetzt mit ihrem Gesang anfangen, der bis spät in den Abend anhält, dem kratzenden Lied des Braunkehlchens, dem schrillen, lebenslustigen Gesang des Gelbspötters, den Drosselrohrsängern mit ihren menschenähnlichen Stimmen, den Schilfrohrsängern, die schrill und durchdringend flöten, und vor allem den Brachvögeln mit ihrem melodiösen Flöten, ihren unvorstellbar schönen Trillern, die fließend und tief, ohne die Schärfe und das Krächzen im Gesang so vieler anderer Vögel, über das Reetland tönen wie eine schützende Klangschicht, die über all dem unsichtbaren Leben zwischen Kalmus und Sonnentau liegt.

Je älter ich werde, desto öfter muß ich meinem Vater in der Gärtnerei helfen, nicht nur in den Ferien, sondern auch nach meinem täglichen dreiviertelstündigen Fußmarsch über den Plattenweg. Zusammen mit meiner Mutter arbeite ich im Frühjahr in den bereits erwärmten Treibhäusern mit den Rebkulturen. Wir dünnen die Fruchtansätze aus, und mein Vater sagt: »Sie machen viel zuviel Arbeit, die Trauben, nächstes Jahr werden sie abgeschafft.« Aber vielleicht sagt er es nur, weil seine Hände für diese Arbeit zu groß sind und wir deshalb, Nachmittag für Nachmittag, zusammen in den Glashäusern arbeiten, bis uns die blaue Dämmerung das Ausdünnen unmöglich macht. Es ist, als ob dieses Ausdünnen unsere Zusammengehörigkeit besiegelt, uns noch inniger verbindet, und das spürt er, er weiß, daß er ein Außenstehender ist, daß er keinen Anteil hat an unseren Gesprächen bei dieser Arbeit, die eigentlich keine Gespräche sind, sondern nur ein paar Wörter zwischen leisen Psalmliedern. Manchmal rudere ich abends im Dunkeln noch durchs Reetland, weil es dann menschenleer ist. Sogar die Angler sind nach Hause gegangen. Sonderbar, daß ich dort nie einsam bin, ganz anders als auf dem Schulhof, wo so viele Kinder herumtollen und ich mich ausgeschlossen fühle. In all den Jahren gelingt es mir nicht, mich auch nur mit einem meiner Mitschüler anzufreunden; sogar mit ihnen zu reden, wird immer schwieriger, und seltsamerweise nimmt auch meine Abneigung gegenüber meinen Klassenkameraden zu: mein Ausgeschlossensein schmerzt mich, aber ich freue mich auch darüber, es ist eine Art bitterer Genugtuung, daß sie mich nicht akzeptieren. Daß ich erst kurz vor neun auf dem Schulhof erscheine und nicht früher, weil ich einen so weiten Weg habe und in den Wiesen oft trödle, weil es so viel zu sehen gibt, so viele Vögel vor allem, verhindert, daß ich jemals mit anderen Kindern spiele, genau wie das Dableiben in der Mittagspause, in der ich mich als einziger aus meiner

Klasse im Klassenzimmer aufhalten darf, zwar hinausgehen könnte, wenn ich mein Brot verzehrt habe, es aber nicht tue, da ich auf meine bevorzugte Stellung stolz bin. Und um vier muß ich ja sofort aufbrechen, um pünktlich daheim zu sein. Im Winter, weil es früh dunkel wird und ich zwar keine Angst im Dunkeln habe, aber meine Mutter besorgt ist, wenn ich vor Einbruch der Dunkelheit noch nicht da bin, im Frühjahr und im Sommer, weil ich meinem Vater vor dem Essen noch in der Gärtnerei helfen muß. So ergibt sich auch nach Schulschluß keine Gelegenheit, länger dazubleiben und auf dem Schulhof noch ein wenig zu schwatzen, wie es die anderen tun. Aber was mich am meisten isoliert, sind meine guten Noten, obwohl ich mich dafür nicht anstrenge. Tag für Tag sehe ich die höhnischen, mißbilligenden und sogar haßerfüllten Blicke, weil ich wieder einmal als erster mit den Rechenaufgaben fertig bin und dennoch keinen einzigen Fehler gemacht habe, weil das Bruchrechnen mir anscheinend keine Mühe macht, weil ich Diktate ohne Fehler schreibe und weil ich alle Jahreszahlen, ohne zu stocken, mit dem dazugehörigen Ereignis verbinden kann.

Kein einziges Mal durchbreche ich diesen Zirkel der Einsamkeit, in dem ich mich befinde, ich könnte es nicht, und ich will es auch nicht. Als ich im fünften Schuljahr bei Lehrer Cordia bin, dem Uniformträger, folgen mir nach Schulschluß manchmal Jungen aus meiner Klasse über den Plattenweg, zuerst zögernd, später dreister. Anfangs halten sie sorgfältig einen großen Abstand zu mir, aber er wird von Mal zu Mal kleiner. Auch die Zahl der Jungen, die mir folgen, wird kleiner. Zum Schluß sind es nur noch vier, die mir, außer wenn es regnet, jeden Tag ein Stück des Weges nachkommen. Sie rufen mir etwas hinterher, sie reißen Stöcke aus den Holunderbüschen am Wegrand und schwingen sie. Ich gehe gelassen vor ihnen her, quer über die Wiesen, die dieses Jahr vom Hornkraut weißgefärbt sind. Ich habe keine Angst, denn sie wissen nicht, wohin ich gehe, und sie trauen sich nicht, mir auch über die mit Stacheldraht umzäunten Weiden zu folgen. Aber es ärgert mich, daß sie mir überhaupt nachkommen; jeden Tag rufen sie lauter und schwenken sie ihre Stöcke boshafter. Ihre Beschimpfungen verletzen mich nicht, sie rufen »General«, weil Lehrer Cordia mich noch immer so nennt. Am liebsten wäre mir, wenn er dieses Wort nie wieder benutzen und damit aufhören würde, mich im Beisein der anderen zu loben. »Du bist der einzige in dieser Klasse, der Grips hat, ihr seid alle Lumpensäcke, hirnlose Dreckskerle.« So redet er, und was er am Morgen sagt, rufen mir die vier Jungen am Nachmittag höhnisch nach, wenn ich vor ihnen über den Pfad gehe. Aber ich reagiere nicht darauf, ich versuche, so gelassen wie möglich zu bleiben. Doch meine Wut wird von Tag zu Tag größer, auch wenn ich es mir nicht anmerken lasse. Als die Jungen an einem Sommertag das schiefe Gatter hinter mir öffnen, vor dem sie bis dahin immer stehengeblieben sind, lodert die Wut in mir auf. Diesmal muß ich mich umschauen. Sie stehen am Gatter und beratschlagen sich. Plötzlich kommen sie mir hinterhergerannt, ihre Stöcke wie Speere tragend, sie rufen laut »General«, und als ich stehenbleibe und mich umwende, sind sie vor mir. Der Abstand zwischen ihnen und mir beträgt drei Platten. Warum sehen sie jetzt so begeistert aus? Warum glänzen ihre Augen? Der größte von ihnen, der mich auch in der Klasse immer drangsaliert, ruft: »Packt ihn!« Sie kommen einen Schritt auf mich zu. Ich muß kurz den Impuls zu flüchten unterdrükken, aber dann warte ich gefaßt ab. Sie stehen jetzt so nah bei mir, daß ich sie mit ausgestrecktem Arm berühren könnte. Ich sehe ihnen schweigend ins Gesicht, in ihre lachenden Augen. Plötzlich schlägt mich der große Junge mit dem Stock. Der Schlag streift meinen linken Arm. Ich spüre zwar keinen Schmerz, aber dafür einen jähen, unbändigen Zorn. Mit beiden Händen greife ich nach dem Stock und ziehe so fest daran, daß der Junge hinfällt. Jetzt fangen auch die drei anderen an, mich mit ihren Stöcken zu schlagen, und das macht meinen Zorn noch größer. Meine Arme beben, und ich dresche wie wild mit dem Stock, den ich dem großen Jungen abgenommen habe, auf die Köpfe der drei anderen ein. Ich höre ein fremdartiges, furchterregendes Kreischen und merke erst später, daß ich es bin, der diese Laute ausstößt. Ich fühle, wie sich Schaum um meinen Mund bildet. Die drei Jungen rennen weg, während der vierte aufzustehen versucht, aber ich bin schon bei ihm, ich lasse mich auf ihn fallen und hämmere mit beiden Händen auf seinen Kopf ein, ziehe ihn an seinen fettigen Haaren, stehe auf und zerre ihn über die Wiese. Er versucht, sich aufzurichten, aber ich kann ihn so bequem mit einer Hand festhalten, daß ich zum ersten Mal verstehe, warum meine Mutter so oft gesagt hat: Wie furchtbar stark du doch bist. Der Junge will nach mir treten, aber es gelingt ihm nicht. Ich drücke seinen Kopf in einen frischen Kuhfladen, und der Zorn brüllt mittlerweile in fremdartigen, unzusammenhängenden Lauten zwischen meinen Lippen hervor. Wild bewege ich den verhaßten Kopf in dem Kot hin und her. Sein Gesicht und seine Haare werden braun, er bekommt eine Menge der frischen Exkremente in den Mund und übergibt sich. Ich fühle, wie sich sein Körper unter mir schüttelt, ich sehe das Erbrochene zwischen dem Braun der Exkremente. Plötzlich werde ich ruhig; mein Zorn klingt ab, und ich stelle den Jungen auf die Füße und gehe über die Wiese zum Pfad. Ich blicke mich noch einmal um. Die drei stehen auf dem Pfad, der vierte Junge steht gekrümmt auf der Wiese und spuckt. Er wischt sich mit Gras den braunen Kot von Gesicht und Kleidung. Ich gehe über den Pfad und beginne heftig zu zittern. Was habe ich getan? Sobald ich aus dem Blickfeld der Jungen bin, setze ich mich ins hohe Gras. Mir strömen die Tränen über die Wangen, Tränen über diese schreckliche Wut, diese Anwandlung von Wahnsinn, bei der ich nicht mehr Herr über mich selbst bin.

Als ich nach Hause komme, sagt meine Mutter: »Du bist spät dran.«

»Ja«, sage ich kurz, »ich habe dem Lehrer geholfen.«

Nach diesem Tag folgen mir die vier Jungen nicht mehr.

Lehrer Cordia läßt mich nach Schulschluß dableiben und gibt mir Nachhilfeunterricht: Französisch, Englisch, Algebra. Nachdem er mich eine halbe Stunde unterrichtet hat und über meine schnellen Fortschritte staunt, unterhält er sich mit mir, erzählt mir von seiner Militärzeit, von den Wehrübungen, von den fünf Kriegstagen 1940. »Die einzigen Tage, an denen ich wirklich gelebt habe«, sagt er und geht mit strammen Schritten zum alten Ofen, den er mit Anthrazit füllt. Die Flammen lodern auf und beleuchten sein verwittertes Gesicht, seine stahlharten, blaugrauen Augen, die so blitzen können, wenn er vom Soldatenleben spricht.

»Nirgendwo findet man soviel Kameradschaft wie in der Armee.«

Er weiß nicht, daß er damit nur meine Abneigung gegen die Armee weckt, daß seine begeisterten Erzählungen über die rauhe Freundschaft unter den Soldaten mich an die vier Jungen denken lassen, die mir mit Stöcken bewaffnet über den Pfad gefolgt sind. Er malt sich in dieser seltsamen Stunde, in der er Hefte korrigiert und ich die Wandtafeln putze, meine Zukunft aus: zuerst die Höhere Schule und dann die Militärakademie. Dieser Zukunftstraum veranlaßt ihn auch dazu, bei meinem Vater für Weiterlernen zu plädieren. Nachdem mein Vater zugestimmt hat, vervollkommnet Lehrer Cordia meine Einsamkeit: »Du verplemperst nur deine Zeit in der Klasse zwischen all diesen Schwachköpfen, du darfst von jetzt an in meinem Zimmer arbeiten, ganz allein, dann wirst du nicht mehr von diesen Lumpensäcken gestört und kannst dich gründlich auf die Aufnahmeprüfung für die Höhere Schule vorbereiten. Ich gebe dir jeden Tag nach Schulschluß auf, was du tun sollst, und du wirst sehen, wie gut du dann vorankommst.«

Es stimmt. Ich kann viel tun im Kämmerchen, ich habe jetzt mehr Zeit, und Lehrer Cordia gibt mir Geschichtsbücher, die von Seeschlachten, vom Admiral Witte de With, von Kriegskunde und blutigen Feldzügen erzählen. Aber diese Bücher können mich nicht reizen; ich lese nur darin, um ihm einen Gefallen zu tun. Nein, die richtigen Bücher finde ich in den Regalen des Kämmerchens, Bücher über Vögel, über Physik, über Boerhaave und Van Leeuwenhoek. Jedesmal, wenn ich von diesen Büchern aufblicke, sehe ich den leeren Schulhof. Ab und zu stelle ich mich auf einen Stuhl und kann dann durch ein Fenster oben in der Tür ins Klassenzimmer blicken. Es ist seltsam, dann nur die hitzigen Gebärden von Lehrer Cordia zu sehen, und manchmal kann ich auch feststellen, daß die Kinder in der Klasse lachen. Vor allem dann wüßte ich gern, was dort passiert, vor allem dann fühle ich mich sehr allein. Manchmal stöbere ich im Kabäuschen herum und öffne die Schränke, in denen verstaubte Apparate Geheimnisse wahren, die nur mit Hilfe eines Physikbuchs gelöst werden können. Ich experimentiere mit den Magdeburger Halbkugeln, dem Stereoskop, der Vakuumpumpe und der Elektrisiermaschine, mit der sich solche herrlichen Funken ziehen lassen. Noch faszinierender aber sind die kleinen Gefäße mit Chemikalien, und mit Hilfe eines Chemiebuchs kann ich Versuche ausknobeln, bei denen ich Flammen in den seltsamsten Farben in den kleinen Raum zaubere, Flammen, die ich meistens am frühen Morgen, wenn sie in der Klasse Biblische Geschichte haben, heraufzubeschwören weiß und die für mich auf immer mit den aus der Klasse monoton herüberklingenden Psalmliedern verbunden sind.

In der Pause spähe ich durch die Gardinen auf das überschäumende Leben des Schulhofs. Mir fallen merkwürdige Dinge auf. Wenn die Sonne scheint, tänzelt ein kleiner Junge aus der zweiten Klasse immer an derselben Stelle des Schulhofs. Die anderen nehmen keine Notiz von seinem Sonnentanz. An regnerischen und bewölkten Tagen lehnt er sich scheu an eine Mauer, aber sobald die Sonne scheint, fängt er an. Während seines Tanzes stößt er wilde Schreie aus, die ich nicht hören kann und die vielleicht nur aus seltsamen Grimassen seines Mundes bestehen, ohne daß dabei Geräusche zustande kommen. Ein blasses Mädchen kratzt jeden Tag mit den Fingernägeln Mörtel weg zwischen den Steinen des Schulhauses; ein anderes Mädchen steht in der Pause immer in der dunkelsten Nische, die das Gebäude zu bieten hat, aber trotz der Dunkelheit kann ich sehen, daß sie unablässig weint, jeden Tag, eine Viertelstunde lang. Wenn die Glocke zum Pausenende läutet, wischt sie sich mit der Hand über die Augen und geht demütig zur breiten Eingangstür. Und jeden Tag schleicht derselbe Junge hinter den Lehrern her, die die Aufsicht auf dem Schulhof haben, und dreht ihnen eine lange Nase. Er ist immer allein. Ein anderer Junge schleicht sich ebenfalls über den Schulhof; er verfolgt jedoch nicht die Lehrer, sondern drückt sich in die Mauernischen, und jedesmal, wenn er sich sicher sein kann, daß die Lehrer nicht hinblicken, pinkelt er kurz gegen die Steine. Ich verabscheue diese Jungen und Mädchen. Ich hasse das Springen und Kratzen, das Schleichen und das Pinkeln. Und doch weiß ich, daß ich auch so bin, daß ich zu ihnen gehöre und daß ich es nur besser zu verbergen gewußt habe.

Regenbrachvögel

Das erste Mal geschah es auf dem Plattenweg, das zweite Mal auf dem Schulhof des Gymnasiums, das dritte Mal in und vor unserem Haus. Woher kommen diese unheilverkündenden Zornausbrüche, die nicht nur starke Schuldgefühle hinterlassen, sondern auch Angst vor der Zukunft, weil vorauszusehen ist, daß es noch zum Totschlag kommt, wenn ich so weitermache. Beim letzten Mal war es fast schon soweit, und es ist mir ein Rätsel, warum sie mich nicht verklagt haben. Vielleicht haben sie es bleibenlassen, weil kurz darauf meine Mutter gestorben ist. Ich habe nur die Arztrechnung bezahlt für den Schaden, den ich angerichtet hatte: ein gebrochenes Nasenbein, Platzwunden im Gesicht,

Blutergüsse an den Beinen, gegen die ich wohl wie wild getreten habe. Ich habe das Bild noch vor Augen, als wäre es gestern gewesen. Ich sehe, wie ich vor unserem Haus stehe und wie das Schilf an der gegenüberliegenden Seite des Wassers die Windstöße sichtbar macht. Wie wird es den Vögeln in diesem Sturm ergehen? Wie viele Nester werden vorzeitig zerstört werden? Bei jedem Windstoß schnattern am jenseitigen Ufer Enten, die im Schilf einen Unterschlupf gefunden haben. Die Regenböen peitschen gegen die Gewächshäuser, und manchmal ist sogar das Prasseln von Hagel zu hören. Das Wasser rinnt mir übers Gesicht und in den Nacken. Aber ich gehe nicht ins Haus, weil ich den Anblick meiner Mutter nicht ertragen kann. Jeden Augenblick erwarten wir zwei Kirchenälteste: der jährliche Besuch zur Erbauung und Ermahnung, und das, obwohl jetzt der Pfarrer fast täglich hereinschaut, obwohl ich gesagt habe, daß es uns jetzt nicht so gelegen kommt. Aber der Pfarrer hat bei meiner Mutter darauf gedrungen, und sie hat nicht nein gesagt; nun geht sie durchs Zimmer, ohne genau zu wissen, was sie tun will: die Wohnung aufräumen, bevor die Kirchenältesten kommen. Sie weiß nur, daß sie kommen und daß etwas geschehen muß. Auch an viele andere Handlungen erinnert sie sich nur bruchstückhaft, meistens weiß sie noch den Anfang. Frühmorgens zieht sie noch immer den Aschenkasten aus dem Ofen, geht aber nicht mehr damit in die Waschküche, sondern sitzt vor dem Ofen und schüttelt langsam den Kopf. Sie blickt traurig und verzweifelt auf, versucht, meinem Blick auszuweichen und doch meine Aufmerksamkeit zu gewinnen. Sie schiebt den Aschenkasten in den Ofen zurück, zieht ihn wieder heraus, stoßweise und mit großer Anstrengung. Ich stehe auf und nehme ihn ihr aus den Händen, leere ihn aus und bringe ihn zurück. Aber selbst das begreift sie nicht mehr, sie bleibt einfach sitzen und schiebt den nun leeren Aschenkasten hin und her. Ich muß sie aufheben und auf einen Stuhl setzen; sie ist federleicht, leichter als das leichteste Kind. Ich muß mit Nachdruck sagen: »Mutter, der Aschenkasten ist geleert.«

Sie steht auf. Ich helfe ihr beim Kämmen des früher tiefschwarzen, aber jetzt stumpfen grauen Haares, das als Folge der Bestrahlungen büschelweise ausfällt. Nachdem ich das getan habe, möchte ich am liebsten gehen, weil ich es nicht länger mitansehen kann, aber meistens dauert es noch eine Weile, bevor die Krankenpflegerin aus dem Dorf eintrifft. Sie ist aus dem Krankenhaus unter der Bedingung entlassen worden, daß wir eine Krankenpflegerin ins Haus nehmen, und ich sah ein, daß es nicht anders ging; ich wollte auf keinen Fall, daß sie im Krankenhaus dahinsiecht, und sie selber wollte das, soweit sie noch zu bewußtem Denken imstande war, auch nicht. Im Auto aber muß ich jeden Morgen von neuem gegen die Tränen ankämpfen, muß die Hände zu Fäusten ballen, bevor ich das Steuer umklammere, und meine Zähne aufeinanderpressen, um nicht laut zu schreien.

Nun warte ich auf die Kirchenältesten.

Ich setze mich auf den Holzsteg am Kanal. Mitunter überspülen die Wellen meine Schuhe, aber es stört mich nicht. Trotz der Dunkelheit sehe ich sie über den Treidelpfad kommen, zwei mit wehenden Mänteln gegen den Wind anradelnde Ungeheuer, an denen nur die weißen Flecken der Gesichter etwas Menschliches haben. Sie lehnen ihre Fahrräder an das Gartentor, ohne mich zu bemerken. Als ich aufstehe, erschrecken sie und weichen zurück. Ich gehe ihnen mit großen Schritten entgegen. Es sind zwei Großbauern in schwarzen Anzügen, beide mit Sicherheit viel älter als meine Mutter, und das vor allem macht mich wütend. Warum dürfen sie soviel länger leben als meine Mutter? Auf ihren roten Gesichtern haben viele Gläser Genever in Form von kleinen Äderchen Spuren hinterlassen. Ihre schweren, verwitterten Köpfe sind mit Mützen aus schwarzem Seidenstoff bedeckt. Für diese Menschen ist der Calvinismus erfunden worden, diese Männer mit schmalen Lippen, mit Schweinsäuglein und rotfleckigen Wangen, mit Gesichtern wie dem meinen, und gerade das macht es so schlimm.

»Na, ist das ein Wetterchen«, sagt der ältere der beiden.

»Das kann man wohl sagen«, pflichtet ihm der andere bei.

»Ich möchte kurz mit Ihnen reden, bevor wir hineingehen«, sage ich. »Ich nehme an, Sie haben schon gehört, daß meine Mutter schwer krank ist.«

Sie nicken.

»Ja«, sagt der jüngere der Kirchenältesten, »es kommt wirklich alles auf einmal, zuerst Ihr Vater, und jetzt Ihre Mutter. Aber der Herr wird Ihnen nicht mehr auferlegen, als Sie tragen können.«

»Und so plötzlich, Ihr Vater«, sagt der andere.

»Es war nicht schlimm«, sage ich, »ein schneller, schmerzloser Tod ist ein Gottesgeschenk.«

»Nein«, sagt der ältere Bruder streng, »da muß ich Ihnen widersprechen, ein schneller Tod ist kein Geschenk Gottes. Ihr Vater hat sich nicht vorbereiten können auf den Tod, auf die Begegnung mit dem lebendigen Gott, dem Herrn der Heerscharen. Ihre Mutter wird sich nun vorbereiten können, wir werden mit ihr reden.«

Schweigend fixiere ich den Kirchenältesten, der zur Vorbereitung des Gesprächs seinen Schädel mit einem weißen Taschentuch trockenreibt. Er ist kahl. In zehn Jahren werde ich genauso kahl sein. Obwohl ich ihn am liebsten mit einigen wohlgezielten Schlägen in die schäumenden Wellen befördern würde, beherrsche ich mich und sage: »Verstehen Sie bitte, aber meine Mutter ist nicht mehr im Vollbesitz ihrer geistigen Kräfte, die Krankheit hat ihr Gehirn angegriffen, sie ist wirklich schwer krank. Sie sollten das Gespräch zur Vorbereitung auf den Tod besser bleibenlassen, sie wird es nicht verstehen.«

»Ja, der Arzt hat uns davon berichtet, der Herr züchtigt sie in der Tat. Aber wen Gott liebhat, den züchtigt er, denken Sie einmal darüber nach. Gerade den Weisen und Verständigen ist es verborgen, und den Kindlein wird es offenbart werden, also sollten wir dann nicht sprechen, nun, wo ihr Verstand sie verlassen hat?«

Ich wende mich brüsk ab und gehe ins Haus. Ich öffne ihnen die Haustür, und die beiden Männer legen ihre schweren Mäntel und ihre Mützen ab. Auf ihren runden Bäuchen baumeln goldene Uhrketten. Ich führe sie ins Wohnzimmer, und während sie hineinschlurfen, schaue ich, ob sie beim Anblick meiner kleinen, grauen, abgezehrten Mutter erschrecken. Aber ich bemerke keine Regung auf ihren undurchdringlichen Mienen, ich glaube nicht, daß sie betroffen sind.

»So, Schwester«, sagt der ältere, »du bist krank, nicht wahr? Körperlich nicht in Ordnung, aber geistig? Ist das geistige Leben noch kerngesund? Das ist ja doch immer das Wichtigste.«

Wieder muß ich mich beherrschen, aber ich kann es nicht, und deshalb schütte ich Kohlen in den Ofen und rüttle dabei so laut es geht mit der noch nicht ganz geleerten Kohlenschütte.

»Nehmen Sie Platz«, sage ich mit abgewandtem Kopf.

Sie sinken breit in die alten Lehnstühle, ich höre das Knarren der Sitzflächen. Sie reiben sich die Hände, sie rutschen näher an den Ofen heran und schlagen beide im selben Moment das linke über das rechte Bein mit einem leise knackenden Geräusch von Knochen auf Knochen.

»Wir wollen zuerst einen Psalm singen. Wohl dem, der Gott verehret, oft betend vor ihm steht, auf seine Stimme höret, in seinen Wegen geht.«

Der ältere hebt laut und falsch zu singen an, und bei dem Wort »Gott« setzt auch der andere Kirchenälteste ein. Meine Mutter flüstert mit zittriger Stimme einige Worte, ohne Klang, ohne Melodie, dann sieht sie mich an, die früher so schönen Augen voller Tränen, und sagt: »Ich weiß es nicht mehr, Maarten.«

Die beiden Kirchenältesten hören es nicht, denn ihre Stimme ist fast lautlos. Sie blöken den Psalm durchs Zimmer und übertönen sogar das Heulen des Windes. Das letzte Wort jeder Verszeile halten sie an, bis ihre Gesichter vor

Atemnot rot glühen, die Münder dabei weit geöffnet, so daß ich bei beiden das vibrierende Zäpfchen sehen kann. Als sie fertig sind, sagt der jüngere: »Warum singst du nicht, Schwester, und Sie, warum singen Sie nicht?«

»Ich kann nicht mehr singen«, flüstert meine Mutter.

»Warum nicht?«

»Mein Hals.«

Sie sitzen schweigend in den Sesseln, die Daumen ihrer vier Hände hinter ihren vier breiten Hosenträgern, ihre Atemzüge am Gewoge der goldenen Ketten auf ihren Bäuchen meßbar.

»Kaffee, Brüder?« flüstert meine Mutter.

»Gerne, Schwester.«

»Laß nur, ich mache das schon«, sage ich.

»Nein«, sagt sie.

Sie geht durchs Zimmer, sie öffnet die Tür zur Küche. Sie nimmt den Pfeifkessel vom Gasherd. Sie steht da mit dem Kessel in den Händen, bewegt ihn langsam hin und her, stellt ihn auf den Herd zurück. Sie öffnet den Küchenschrank, nicht den Schrank, in dem sie gewöhnlich den Kaffee aufbewahrt. Sie schließt den Schrank, kommt wieder ins Zimmer. Sie blickt mich ängstlich an. »Maarten?«

»Was ist?«

»Was . . .?«

»Du wolltest Kaffee kochen. Komm, setz dich nur, ich mache es schon.«

»Ja, aber . . .«

Ich gehe zu meiner Mutter, nehme sie am Arm und führe sie zu ihrem Sessel zurück. Sie läßt es willenlos geschehen und setzt sich. Sie beginnt zu singen: »Wohl dem, der Gott verehret.«

Nur eine Verszeile, und ohne jede Intonation.

»Ich weiß es nicht mehr«, sagt sie.

Sie weint. Ich gehe in die Küche und schließe die Tür hinter mir. Ich lasse den Pfeifkessel vollaufen und stelle ihn auf den Gasherd. Ich zünde ein Streichholz an, und die

Gasflamme springt unter dem Kessel an. Durch die Waschküche laufe ich nach draußen, über den Plattenweg ins Weideland hinein, stemme mich dabei gegen den scharfen Sturmwind. Der Regen peitscht mir ins Gesicht, ich renne über die Platten, ich schreie laut, aber ich kann die Laute, die ich hervorbringe, nicht hören. Schwer atmend bleibe ich stehen, kämpfe gegen die Tränen an, ich will nicht weinen, ich muß Haltung bewahren, es sind Kirchenälteste, sie dürfen nicht sehen, wie ich daran zerbreche. Ich schlage mit meinen Handflächen gegen den Sturmwind. Ich trete gegen ein Holzgatter, bis mir die Füße weh tun. Das macht mich ruhiger. Ich gehe in die Küche zurück und mahle Kaffeebohnen, viele Kaffeebohnen. Starken Kaffee werde ich machen, so stark, daß die Kirchenältesten einen Herzanfall bekommen werden. Ich gieße das kochende Wasser über das braune Pulver im Filter. In die Tassen für meine Mutter und mich gebe ich heißes Wasser und wenig Kaffee, in die der Kirchenältesten nur Kaffee. Mit den Tassen auf einem Tablett gehe ich wieder ins Wohnzimmer, wo sich die beiden angeregt miteinander unterhalten. Meine Mutter ist blaß und liegt schräg im Sessel. Ihre Augen sind geschlossen.

Ich bin ihr erstes Opfer. Nachdem sie ihre Tassen ohne Zögern und ohne jeden Kommentar über die Stärke des Kaffees geleert haben, sagt der ältere: »Bruder, ich sehe Sie in den letzten Monaten nicht mehr in der Kirche. Warum nicht?«

»Weil ich sonntags daheim bleibe, um auf meine Mutter achtzugeben.«

»Aber auch davor habe ich Sie nicht gesehen. Und da lag Ihre Mutter im Krankenhaus.«

»Ich habe sie jeden Sonntag besucht, ich hatte keine Zeit für den Kirchgang.«

»Alles Mätzchen, faule Ausreden. Ein Kind des Herrn hat immer Zeit für einen Gang zu Seinem Tabernakel.«

»Sie geraten auf den Weg Ihres Großvaters«, sagt der andere Kirchenälteste, »auch ihn haben wir nie gesehen. Er hat wirklich etwas von seinem Großvater, findest du nicht, Kees?«

»Ja, der alte Maarten war ein verstockter Sünder, er schlägt tatsächlich seinem Großvater nach, ganz wie du sagst. Darf ich Sie einmal fragen, Bruder, wann Sie das Glaubensbekenntnis abzulegen gedenken?«

»Nie«, sage ich, »es ist ausgemachter Unsinn, dieses Bekenntnis. Können Sie mir eine Stelle in der Bibel nennen, wo vom Glaubensbekenntnis gesprochen wird? Es ist eine unbiblische Tradition, genauso wie die Marienverehrung bei den Katholiken.«

»Aber Sie wollen doch gewiß dem König der Könige Ihr Jawort geben?«

»Wenn Sie mir die Stelle der Stellen nennen können, wo davon gesprochen wird.«

»Sapperlot, Kees, so etwas habe ich noch nie gehört.«

»Ganz wie du sagst, ein Fall für den Kirchenrat.«

Sie ermahnen mich, einander ergänzend. Beiläufig spielen sie auf das Höllenfeuer an und erwähnen, daß sich mein Großvater zweifellos dort befindet. Sie reden in einem fort, und es ist ein Vergnügen, ihrem Geplauder zu lauschen, es berührt mich nicht, es ist so fremd, so unwirklich. Meine Mutter sitzt friedlich in ihrem Sessel, ohne dem Geschwätz der Kirchenältesten zuzuhören, sie ist benommen, vielleicht sogar ohne Bewußtsein.

»Den Weisen und Verständigen ist es verborgen, das lehrt uns der Herr an diesem Abend gewiß«, sagt der ältere Bruder, »gelehrt ist dieser junge Bruder, aber das himmlische Königreich wird ihm sicherlich verschlossen bleiben.«

»Schwester«, sagt der andere Bruder, »hören Sie uns zu.«

»Bemüht euch nicht«, sagt sie, aus ihrem Schlummer erwachend, »für mich gibt es keine Vergebung. Meine Sünden sind rot wie Scharlach, rot wie Scharlach . . .«

»Und sie werden weiß werden, weißer als Schnee durch das Blut des Lammes Gottes«, sagt der jüngere Bruder.

»Nein«, sagt meine Mutter, »für mich gibt es keine Vergebung, meine Sünden . . .«

Die Wiederholung dieser Worte hat etwas Bedrohliches, aber sie spricht plötzlich nicht mehr weiter. Sie erhebt sich, und ihre schmächtige Gestalt ist die eines Kindes.

»Diese kleinen Kinderaugen . . . Keine Sünde in diesen Augen, nein, keine Sünde. Nicht wahr, es gibt keine Erbsünde, ihr habt alle gelogen. Was wißt ihr von Gott, ihr, die ihr Kirchenälteste seid? Aber ich habe gesündigt, meine Sünden sind rot wie . . . wie . . .« Ihre Stimme erstirbt, und sie setzt sich wieder, die Hände zu Fäusten geballt.

»Was hast du getan, Schwester, sag es uns.«

»Das geht Sie einen Dreck an«, sage ich wütend.

»Ich habe die Sünde wider den Heiligen Geist begangen«, sagt meine Mutter.

Die beiden Brüder starren meine Mutter sprachlos an.

Ich sehe, daß sie darauf nicht gefaßt waren und auf Anhieb keine passende Antwort parat haben.

Meine Mutter steht wieder auf und bewegt ihre rechte Hand vorsichtig hin und her, als ob sie etwas beiseite schiebt.

»Geht nur«, sagt sie, »ihr wißt jetzt, daß es für mich keine Vergebung geben kann.«

»Aber Schwester, das ist unmöglich. Wir müssen über diesen Besuch beim Kirchenrat Bericht erstatten. Wenn wir erzählen, was wir heute abend gehört haben, und Ihr bekehrt Euch nicht, dann werdet Ihr von der Gemeinde des Herrn abgeschnitten.«

»Nur zu, geht jetzt, bitte.«

Sie macht noch immer diese Gebärde und fügt ihren letzten Worten geistesabwesend hinzu:

»Ich habe die Sünde wider den Heiligen Geist begangen, aber es macht nichts, geht jetzt, es gibt doch keine Vergebung mehr, nicht für mich . . . nicht . . . die Sünde wider . . . geht jetzt, bitte.«

»Aber . . . auf jeden Fall müssen wir den Abend mit einem Gebet beschließen.«

»Gut«, sagt meine Mutter, »betet nur, aber für mich gibt es ohnehin keine Vergebung mehr.«

»Diese Angelegenheit werden wir nicht auf sich beruhen lassen«, sagt der ältere Bruder, »dies ist unerhört.«

»Ich werde nun vorangehen im Gebet«, sagt der jüngere, »oh, liebevoller, barmherziger, gnädiger Gott und treuer Vater im Himmel, zu Dir kommen wir am Ende dieses Besuchs, um Dir zu danken für Deine unendliche Liebe und Dein Erbarmen mit den verlorenen Seelen. Du, oh Herr, hast uns wahrhaft wundersam geleitet. Du hast gewußt, daß wir hier vonnöten waren, und Du hast uns als ein Werkzeug in Deiner Hand benutzen wollen, um zwei Deiner teuren Kinder zu ermahnen und sie zu neuem Gehorsam zu verpflichten. Wir bitten Dich darum, oh Herr, daß Du diesen jungen Bruder, dessen Herz verhärtet und dessen Geist verstockt ist gegenüber Deinen Gesetzen und Deiner Ordnung, zu Dir und zu Deinem Dienst zurückrufst, damit er niederkniet vor dem Thron der Gnade und Dich als unseren einzigen Herrn und Heiland anerkennt. Oh, Herr Christus, erbarme Dich über unsere Schwester, die Du schon bald abberufen wirst aus dieser irdischen Bedrängnis. Sie, oh Herr, durchwandert gerade im Schatten des Todes das finstere Tal, und auch ihr Herz ist verhärtet gegen Deine Gesetze und Gebote. Auch sie ist eine Sünderin, die für immer verstoßen, für ewig, ja ewig verloren sein wird, wenn sie sich nicht bekehrt. Eine Sünderin, zu der Du sagen werdest: gehe hinweg von Mir, du ungetreue Magd, gehe in die äußerste Finsternis, wo das Feuer nicht erlischt und der Wurm nicht stirbt, wo sie leiden wird, unsagbar leiden wird für ihre Sünden, ein Leid, von dem Du sie schon jetzt einen Vorgeschmack kosten läßt . . .«

Während des Gebets, bei dem ich pflichtgemäß die Hände gefaltet und die Augen geschlossen habe, wird das Dunkel vor meinen Augenlidern langsam feuerrot. Seine mit dröhnender Stimme vorgebrachten, über Gott an mich gerichteten Drohungen kann ich noch ertragen, aber als er, weiterhin dröhnend, anfängt, so und noch schlimmer von meiner Mutter zu reden, beginne ich auf meinem Stuhl zu beben. Bei dem Wort »Vorgeschmack« springe ich mit noch geschlossenen Augen auf. Bevor ich ihm einen Schlag ins Gesicht versetze, bemerke ich, daß er sich während des Betens neugierig im Zimmer umsieht. Auf das Wort »Vorgeschmack« folgen noch zwei Wörter und dann ein merkwürdiges, dumpfes Geräusch, und ich schlage ihm noch mal ins Gesicht, fasse ihn an seinem schwarzen Jackett und zerre ihn durchs Zimmer.

»Bruder, Bruder«, ruft er.

Aber zugleich gelingt es ihm, den Schürhaken zu ergreifen, der neben dem Ofen hängt, und er schlägt mir damit auf die Schulter. Mir wird schwarz vor Augen. Ich weiß nicht mehr genau, was ich tue, ich weiß nur, daß ich die beiden zur Tür hinausprügle, hinaustrete, daß sie sich wehren, zuerst mit dem Schürhaken, dann mit Händen und Füßen, aber sie kommen nicht gegen mich an, sie sind alt, sie sind nicht so stark wie ich, sie stolpern durch den Flur zur Haustür, können den Türgriff nicht finden, pressen den Rücken gegen die Tür und schlagen aus lauter Angst die Hände vors Gesicht.

»Maarten«, ruft meine Mutter leise.

Ihre Stimme bringt mich für einen Moment zur Besinnung, und die Kirchenältesten nutzen die Gelegenheit, die Tür zu öffnen und in die Nacht hinauszurennen. Ich nehme ihre Mäntel und Mützen von der Garderobe und werfe sie ihnen hinterher. Ich habe Blut an den Händen, meine Knöchel sind von den harten Schlägen abgeschürft. Der ältere Bruder bleibt auf dem Kies vor unserem Haus stehen, hebt seinen Mantel auf und zischt: »Das wird ein Nachspiel haben.«

Von neuem lodert die Wut auf. Ich renne nach draußen, daß der Kies unter meinen Füßen aufspritzt, hebe den Ältesten mit beiden Händen hoch, trage ihn zum Wasser und werfe ihn in die wütenden, schäumenden Fluten.

»Ich ertränke dich«, höre ich jemanden kreischen. Bin ich das?

Dann sehe ich den anderen über den Pfad davonrennen, er wagt es nicht einmal, auf sein Rad zu steigen, sondern trabt damit ein Stück am Wasser entlang. Mit erstaunlicher Behendigkeit springt er aufs Rad und fährt davon, nun mit dem Wind im Rücken. Einmal noch blickt er sich um, verschreckt und mit sonderbar verzerrtem Gesicht. Der Anblick des flüchtenden Kirchenältesten bringt mich zur Besinnung; ich gehe zum Holzsteg am Kanal, packe den zappelnden Bruder, der schon einige Male gellend geschrien hat, und ziehe ihn aus dem Wasser. Er steht auf dem Steg, triefnaß und keuchend. Er geht in die dunkle Nacht hinein, ohne sich umzusehen, nicht so schnell wie der andere. Er hinkt. Er befühlt sein zerschundenes Gesicht, er spuckt ein paarmal, und ich stehe da und begreife, was ich getan habe. Ich werde ganz ruhig, wie immer nach einem derartigen Ausbruch. Nun habe ich noch ein paar Minuten, um mir einen dunklen Ort zu suchen, an dem ich mich ausweinen kann. Ich gehe gegen den Wind über den Pfad, und der strömende Regen spült die ersten Tränen fort, aber trotz dieser Tränen empfinde ich Genugtuung, als ob Rechnungen beglichen worden sind, als ob alte Schulden abgetragen wurden. Während ich umherlaufe, weiß ich plötzlich, und zwar mit der unerschütterlichen Gewißheit, von der die Calvinisten immer reden, daß das Christentum Betrug ist, ja, daß das ganze Leben eine infame Lüge ist und daß jetzt irgendwo fern im Weltall Gott über meinen Kummer satanisch lacht, der Gott des 10. Sonntags, der meiner Mutter mit väterlicher Hand eine Krankheit hat zukommen lassen, einen Vorgeschmack des Leidens in der Hölle. So ist Gott, der Gott des Heidelberger Katechismus, der Gott, der die Menschen so abgrundtief haßt, daß er Kehlkopfkrebs für sie erfunden hat. Selbst Menschen sind nicht imstande, einander auf so niederträchtige Weise umzubringen, wie es Gott mit Hilfe dieser Krankheit kann. Und obgleich ich weine - das gehört nun einmal zu einem derartigen Wutausbruch -, bin ich doch sehr zufrieden, daß ich zweien seiner Diener eine Abreibung verpassen konnte.

Den folgenden Tag, einen Samstag, verbringe ich in meinem Arbeitszimmer. Mag der Samstag trübe sein, kommt gewiß noch Sonnenschein, sagte meine Mutter immer, aber an diesem Tag will sich die Sonne nicht zeigen. Der Himmel ist perlgrau, und es ist neblig, aber so, daß man den Nebel nur riechen kann. Ich warte auf die Polizei. Ich kann mir nicht vorstellen, daß sie nicht kommen wird. Ich arbeite nicht, ich blicke hinaus auf das zur Ruhe gekommene Reetland. Was soll ich tun, wenn sie mich mitnehmen? Die Pflegerin anrufen? Aber sie hat zur Bedingung gemacht, daß sie am Wochenende frei hat. Vielleicht geben sie sich damit zufrieden, wenn ich verspreche, das Haus nicht zu verlassen. Warum kommen sie nicht? Warum höre ich nichts von den verprügelten Kirchenältesten? Es scheint, als ob die perlgraue Luft des Wartens überdrüssig ist, als ob der Frühling jeden Augenblick beginnen kann, denn sogar in meinem Zimmer spüre ich ihn. Im Garten hat die Amsel von fünf bis sieben ununterbrochen gesungen, trotz der Schäden, die der Sturmwind am Nest, das nun vom Weibchen ausgebessert wird, verursacht hat. So weit ich sehen kann, sind Vögel dabei, ihre Nester auszubessern, und ständig ziehen Schwärme von Staren und Gänsen über das Grau. Ich höre meine Mutter im Wohnzimmer umhergehen, ich höre sie singen, und das verwundert mich, weil ihre Stimme nicht weit trägt, seitdem sie so krank ist. Sie singt: »Möcht ich zum Altar Gottes wallen, ich jauchzt in meinem Gott vor Freud«, und der Text wie auch die mit einem Mal wieder klangvolle Stimme, die weder stockt noch aus der Melodie kommt, scheinen etwas anzukündigen, das ich mir weder vorstellen kann noch will. Als ich die Treppe hinuntergehe und das Wohnzimmer betrete, singt sie noch immer; diesmal läßt ihr Gedächtnis sie nicht im Stich, und einen Moment lang glaube ich, daß sie plötzlich auf dem Wege der Besserung ist. Dieser Augenblick ist wie ein Blitzstrahl in einer dunklen Nacht, die nach diesem kurzen Lichtschein eine Zeitlang noch viel dunkler ist. Sie steht am Fenster und betrachtet ebenfalls den so fernen, grauen Himmel. Sie scheint mich weder zu sehen noch zu hören, sie singt einfach, leiser nun und wieder denselben Vers, und als sie die Worte »Ach, wann werd ich dort niederfallen? Wann wird, mein Gott, vor Dir erschallen, von meiner Harfe, Dir geweiht, Dein Lob der Herrlichkeit?« gesungen hat, geht sie gefaßt zum für sie schon seit geraumer Zeit ins Wohnzimmer gestellten Bett. Sie legt sich ins Bett und wiederholt in unregelmäßigen Abständen diese altmodischen Psalmverse, die plötzlich eine reiche Bedeutung und einen tiefen Inhalt zu haben scheinen. Ich nehme ihre Hand in die meine, und sie sieht mich zwar an, aber erkennt mich anscheinend nicht, obwohl sie ihre Hand ergeben in meiner ruhen läßt. »Mutter«, sage ich. Sie reagiert nicht, sie liegt nur da mit weit geöffneten, glänzenden Augen. Ab und zu bewegen sich ihre Lippen, aber es kommen keine Worte mehr. Die schwere Wanduhr tickt mit sonderbarer Beständigkeit. Über dem Reetland zieht ein Schwarm Singvögel vorbei, die kurz den Himmel verfinstern, so viele sind es. Der perlgraue Himmel wird im Laufe des Nachmittags langsam dunkler. Ich blicke einfach nur hinaus und sehe manchmal nach meiner Mutter, ich sitze ganz still neben ihr, und ich habe das Gefühl, daß es für immer so bleiben wird, daß dies jetzt die Ewigkeit ist. Vielleicht müßte ich jemanden dazuholen, einen Arzt zum Beispiel oder die Krankenschwester, aber ich bringe es nicht einmal fertig, aufzustehen oder auch nur meinen Platz zu wechseln. Weder draußen noch drinnen verändert sich etwas, nur Vogelschwärme ziehen immer wieder vorbei, so daß ich nichts anderes tue, als mit angehaltenem Atem zuzusehen, wie der graue Himmel immer dunkler wird, unter dem alles so nichtig und leer erscheint. Ich weiß nicht, warum ich nichts anderes denken kann, als daß das Dunklerwerden der Grautöne und das Nachlassen der Lebenskräfte meiner Mutter einander entsprechen, so daß sie erst am Abend, wenn es völlig dunkel ist, sterben wird. Vielleicht denke ich es, um einen Aufschub des Unvermeidlichen bis zum Abend zu bewirken, oder weil ich hoffe, daß es erst geschehen wird, wenn es dunkel ist, so daß ich es nicht genau sehen kann. Sie atmet noch, aber so flach, daß sich ihre Brust kaum bewegt. Am späten Nachmittag hebt sie plötzlich den Kopf für einen Moment, sie seufzt zweimal kurz, dann gleitet ihr Kopf zur Seite, und im selben Augenblick sehe ich, wie ein Schwarm Regenbrachvögel über das dunkle Schilf zieht. Regenbrachvögel sind so selten, so außergewöhnlich, daß ich zum Fenster eilen möchte, um sie besser sehen zu können, aber ich tue es nicht, ich denke nur: Sie ist in dem Augenblick gestorben, als die Regenbrachvögel vorüberzogen, und seltsamerweise tröstet mich dieser Gedanke.

Samstag

Man könnte es so sehen: ich bin, wie mir meine Mutter so oft unaufgefordert erzählt hat, an einem grauen Samstag geboren; sie ist an einem grauen Samstag gestorben, heute ist wieder Samstag, und wieder ist der Himmel mit demselben transparenten, beständigen, nirgends helleren oder dunkleren Grau bedeckt. Also wird heute wieder etwas Außergewöhnliches mit mir passieren. Ich weiß, wie absurd und abergläubisch ein solcher Gedanke ist, und doch sehe ich immer wieder zum Himmel hinauf und hoffe, daß er so hellgrau bleiben wird. Es ist, als ob diese Farbe ein Wiedersehen mit Martha verbürgen würde. Aber das Grau allein erscheint mir nicht ausreichend: ich muß außerdem alles unterlassen, was zu der Zeit nach ihr gehört und was ich sonst samstags zu tun pflege. Folglich kann ich nicht in meinem zweiten Rebentreibhaus arbeiten, meinem Privatlabor, das ich im Laufe der Jahre mit Hilfe meines lachhaft hohen Gehalts aufgebaut und ausgestattet habe. Dieses zweite Treibhaus ist für immer mit einem Satz aus einem Roman von Simon Vestdijk verbunden: »Ein Mensch müßte eine Zelle sein, dachte er, ein kleiner Klumpen, der sich zweiteilt, dann wäre alles einfacher.« Als er das schrieb, konnte Vestdijk nicht ahnen, wie nahe er der Realität war, daß es nur noch eine Frage von weniger als einem halben Jahrhundert Forschung sein wird, bis es soweit ist – dann kann man eine Zelle zur Teilung bringen und daraus ein Individuum großziehen, das eine getreue Nachbildung desjenigen ist, aus dessen Körper die Zelle stammt. Aber heute kann ich nichts tun, um der Realisierung dieser Möglichkeit näherzukommen. Warum bin ich eigentlich so anfällig für diesen naiven Aberglauben? Bin ich vielleicht, gerade weil ich eine so streng naturwissenschaftliche Ausbildung genossen habe, anfälliger als andere? Auf jeden Fall kann ich mich, so lächerlich es auch sein mag, einfach nicht dazu durchringen, im zweiten Rebentreibhaus das zu tun, was für den Fortbestand meiner Gewebekulturen eigentlich unerläßlich ist. Morgen werde ich alles nachholen und die Dinge für die Zeit meiner Abwesenheit in Ordnung bringen. Heute darf ich mir die letzte Chance auf ein Wiedersehen nicht entgehen lassen. Deshalb rudere ich, wie ich es früher oft tat, bevor ich zur Schule ging, mit meinem Boot ins Reetland. Selbst mein Weg ist durch die früheren Erinnerungen bestimmt, und so erreiche ich zuerst die Gelbspötterinsel, die ihren Namen diesen hier so zahlreich brütenden Vögeln verdankt. Auf der Insel gibt es ein Fleckchen, wo das Gras im Sommer hoch und saftig ist und die Sonne am Spätnachmittag zwischen den Stämmen alter Weiden hindurchscheint. Wenn man dort an windstillen Tagen im Gras stand und über einen schmalen Wassergraben, der die Insel fast in zwei Hälften teilt, hinwegspähte, konnte man die ganze Welt zweifach sehen, wobei durch das Dunkel zwischen den Stämmen und das spärliche Sonnenlicht ein so trügerisches Gefühl von Verdopplung statt lediglich Widerspiegelung entstand, daß ich immer dachte: nun gibt es zwei Welten, und auf der anderen Welt ist alles gut zwischen Martha und mir. Ich rudere an der Gelbspötterinsel vorbei über den See, quer durch ausgedehnte Seerosenfelder zu einer Ausbuchtung des Röhrichts. Ich lege dort nicht an, sondern rudere an der einzigen Stelle im Reetland vorbei, wo ich zweimal einen Wiedehopf gesehen habe, und die Sonne bricht durch die Wolken, die das Licht matt und geheimnisvoll reflektieren. Noch nie hat mich der Durchbruch der Sonnenstrahlen traurig gemacht, aber heute ist es so. Ich bin nicht normal, denke ich bitter. Hinter dem Wäldchen verberge ich mein Ruderboot vor den Blicken von Vögeln und Menschen in einer Bucht des Stromes. Gut, daß hier so selten Menschen vorbeikommen, höchstens ein paar einsame Angler, die genau wie ich eine Genehmigung haben, durch das Naturschutzgebiet zu rudern.

Ich laufe zum Eichenwäldchen und zu den vereinzelten Birken, deren grauweiße Stämme zwischen dem dunkleren Gehölz seltsam hell hervorleuchten. Ich stehe unter den Bäumen und denke: Hier ist es passiert. Ich weiß noch den Tag und die Stunde, es war mitten im Sommer, und ich lag hier im Wäldchen zwischen mannshohen Brennesseln, in der Mitte des Brennesselfeldes, wo ich einige ausgerissen hatte, so daß ich von einer runden Hecke aus stechendem Grün geschützt war. Ich wollte mich so weit wie möglich aus der Welt zurückziehen; es war in den Sommerferien nach der Versetzung in die sechste Klasse des Gymnasiums, und ich war unglücklicher denn je, ohne genau zu wissen, warum, auch wenn es selbstverständlich mit Martha zusammenhing. Ich lag dort einfach an die Erde gepreßt, als ob ich eine schwere Last zu tragen hätte. Zwischen den Brennesseln hindurch konnte ich das im Sonnenlicht glitzernde Wasser und das sich geduldig regende Schilf überblicken. Ein Segelboot näherte sich so lautlos, daß ich die Stimmen der Insassen deutlich hören konnte. Ein Junge und ein Mädchen; er trug nur eine Badehose, sie einen zweiteiligen Badeanzug.

Sie legten beim Wäldchen an, nicht an der Stelle, wo ich mein Ruderboot versteckt hatte, sondern direkt am baumbestandenen Ufer. Ich wollte aufstehen und rufen: ihr dürft nicht hierherkommen, blieb aber im Dunkeln liegen und betrachtete die gebräunte Haut des Mädchens. Sie war schlank und hatte langes, dunkles Haar. Sie kletterte als erste ans Ufer, stand da im Sonnenlicht, und mir wurde warm bei ihrem Anblick. Auch der Junge kam ans Ufer. Er ging mit einem langen Tau zu einer Weide und wickelte es ein paarmal um den Baum. Dann standen sie dort im Sonnenlicht. Ich schaute fast direkt in die Sonne, so daß die beiden schwarz erschienen, weil meine Augen soviel Licht nicht vertragen konnten. Sie gingen einige Meter, und ich konnte sie nun besser sehen.

»Was für ein herrliches Fleckchen«, sagte sie.

»Ja«, sagte er heiser.

Sie standen einfach da, ziemlich weit auseinander, sahen sich zaghaft und verlegen an, zwei unbewegliche Gestalten inmitten von allem, was vom Wind in Bewegung gehalten wurde.

»Darf ich . . . möchtest du . . .«, sagte er.

Aber er wagte es nicht, weiterzureden. Für sie brauchte er es auch nicht, sie legte das Oberteil ihres Bikinis ab, sie ließ es mir nichts, dir nichts zwischen die gelben Blüten des Klappertopfs fallen und legte, noch während das Kleidungsstück fiel, die Hände auf ihre Brüste. Aber ich hatte dennoch gesehen, wie klein und fest sie waren. Sie neigte den Kopf zur Seite, so daß ihr langes Haar frei herunterfiel, und wiegte sich langsam hin und her. Auf ihrem Körper verästelten sich Schatten. Sie wandte sich ab, so daß ich ihren Rücken sehen konnte. Hatte sie Muttermale auf dem Rücken? Waren es dunkelbraune Pickel oder nur die Schatten der kleinen Blätter? Aber sie stellte sich wieder so, daß sie mir ihr Gesicht zuwandte, ohne mich zu sehen; die Brennesseln und die Dunkelheit unter den Bäumen verbargen mich. Langsam nahm sie die Hände von den Brüsten. Ich fand diese kleinen, straffen, so absolut nicht hängenden Brüste sehr schön, und ich starrte auf diesen prachtvollen Körper, bis mir die Augen weh taten.

»Und jetzt . . .«, sagte er mit belegter Stimme.

»Erst du«, sagte sie in neckendem Ton.

Sie war weniger nervös als er. Mit einem Ruck zog er seine Badehose herunter, ich konnte ihn nicht richtig sehen, er stand genau zwischen mir und der Sonne. Ich sah nur einen gebräunten, behaarten Teil seiner Waden zwischen den hellgrünen Stengeln der Brennesseln. Er stand im hohen Gras zwischen Kuckuckslichtnelken. Er ging einen Schritt auf sie zu. Sofort wich sie einen Schritt zurück, so daß der Abstand zwischen ihnen wieder der gleiche war.

»Möchtest du, daß ich auch mein Höschen ausziehe?«

»Ja«, sagte er leise.

Langsam zog sie ihr Höschen aus. Ich sah nur einen dunklen Fleck zwischen ihren Beinen, und das nicht lange; sie gingen nämlich plötzlich aufeinander zu und umarmten sich, aber nur mit ihren Oberkörpern, denn zu ihren Füßen hin wichen ihre Körper immer weiter auseinander. Mit jedem Kuß jedoch verringerte sich der Abstand zwischen ihren Körpern, schoben sich ihre Füße näher aufeinander zu, so daß sie, nachdem sie sich vielleicht fünf- oder sechsmal lange geküßt hatten, eng aneinandergedrückt standen. Er bewegte seine Hände vorsichtig über ihren Körper - ein Reiher schreitet im flachen Wasser nicht so vorsichtig -, während sie nur die Hände hinter seinem Kopf verschränkt hatte. Sie redeten nicht miteinander. Beim Streicheln krümmten sich seine Finger mehr und mehr, als ob er etwas festhalten wollte, und sie ließ ihre Hände langsam hochgleiten, bis sie ihm plötzlich im Haar wühlte. Dann ließen sie sich los und entfernten sich einige Schritte voneinander. Sie sahen sich nicht an. Jeder blickte in eine andere Richtung über das Wasser, sie standen da, so wie Lachmöwen dastehen können, die weißen Hälse einander zugewandt, die schwarzen Köpfe mit dem Schnabel abgewandt. Aber sie standen nicht lange so. Sie liefen plötzlich aufeinander zu, sie fiel eher als er in das hohe Gras mit den gelben Klappertopfblüten, er lag auf ihr, und ich konnte nicht sehen, was geschah, weil sie hinter meiner sicheren Hecke aus Brennesseln lagen. Ich hörte nur ihr leises Gemurmel, und ihre Stimmen klangen bekümmert und fast resigniert, so, als ob sie wüßten, daß sie nicht mehr zurückkonnten, auch wenn sie gewollt hätten.

»Sollen wir es tun?« sagte er.

»Nein«, sagte sie.

»Warum nicht?«

»Ich habe Angst.«

»Warum?«

»Es tut weh beim ersten Mal.«

»Ich werde ganz vorsichtig sein.«

»Kinder . . .«, sagte sie.

»Nicht, wenn man es zum ersten Mal tut.«

»Ja?«

»Ja.«

Ich hörte sie seufzen. Mein Herz hämmerte so laut, daß ich meine Hand auf die Brust legte, um den Lärm zu dämpfen. Ich knabberte an einem dürren Grashalm, ich hörte keine anderen Geräusche als das Plätschern des Wassers und das Rauschen des Schilfs. Nach einiger Zeit standen sie auf. Er zog seine Badehose an, sie ihren Bikini. Sie gingen zum Segelboot.

»Wie fandest du es?« fragte er mühsam.

»Schön«, sagte sie, »es hat überhaupt nicht weh getan.«

»Nein?« fragte er erfreut.

»Nein«, sagte sie.

Sie setzten sich auf den Rand des Segelboots und ließen die Füße ins Wasser hängen. Das Boot neigte sich leicht zur Seite. Sie saßen dort lange im Sonnenlicht, so lange, daß mir die Gliedmaßen einzuschlafen begannen und ich mich einfach ein wenig bewegen mußte, aber das verursachte nicht mehr Lärm als ein Bläßhuhn im Unterholz. Sie saßen Hand in Hand mit gesenkten Köpfen auf dem Boot, dessen Segel gerefft waren. Endlich fuhren sie weg, und während ich meine eingeschlafenen Beine massierte, wußte ich, daß es nichts gab, was ich lieber getan hätte, als mit einem Mädchen im Sommersonnenlicht übers Wasser zu einem verschwiegenen Plätzchen unter den Bäumen zu rudern, wo auch ich so handeln könnte wie der Junge. Von nun an würde ich das alles mit meinem Verlangen nach Martha vereinbaren können, denn so war es gut, so war es anders als bei den Kühen und Pferden auf den Wiesen. Und worüber ich mich am meisten freute, war der unverkennbare Unterton von Traurigkeit bei allem, was sie getan hatten – vor allem die Traurigkeit machte es annehmbar, mehr noch als ihre Scheu oder ihr Zaudern.

Ich radle über den Treidelpfad. Ich will nicht mit dem Auto zur Schule fahren, denn das würde zu einem möglichen Wiedersehen nicht passen. Wenn ich nicht radle, schmälere ich meine Chance auf ein Wiedersehen. Früher habe ich sie auch immer nach einer langen Radtour gesehen. So soll es auch jetzt sein. Aber die rotglühenden Wolken über den zugewachsenen Gräben und Tümpeln in den Wiesen, eine Art Abenddämmerung mitten am Tag, verheißen nichts Gutes. Warum ist die Wolkendecke aufgerissen? Warum hat das Grau diesem unnatürlichen Rot weichen müssen? Nachdem ich eine gute halbe Stunde am Wasser entlanggeradelt bin, erreiche ich eine Vorstadt mit Hochhäusern, zwischen denen überall junge Familien herumbummeln – sie mit dem Kinderwagen, in dem man das zweite Kind mitunter liegen sehen, mitunter hören kann, er mit dem ersten an der Hand, einem Kind, das quengelt und unermüdlich versucht, irgend etwas aufzuheben, so daß es die meiste Zeit wie ein Hund mitgezerrt wird. Wenn es keine Kinderwagen sind, sind es Einkaufstaschen. Ich gehe niemals einkaufen, nie. Der Bäkker legt jeden Tag Brot in die Waschküche. In meinem Gemüsegarten baue ich Kartoffeln und Gemüse an. Außerdem stehen dort Obstbäume. Milch, Butter und Käse beziehe ich von meinem nächsten Nachbarn, einem Kleinbauern.

Der Anblick dieser betriebsamen, sich hingebungsvoll ihren Einkäufen widmenden Menschen stimmt mich so vergnügt wie lange nicht mehr. Was für gnadenlose Kümmernisse, was für ein Schicksal, jeden Samstagnachmittag mit solchen Taschen oder solchen Wagen über breite Bürgersteige gehen zu müssen, auch wenn es jetzt, in diesem milden Oktobersonnenlicht, vielleicht weniger schlimm sein mag, als wenn es nieselt oder kalt ist. Je näher ich der Innenstadt komme, um so geringer wird die Betriebsamkeit und um so höher das Alter der einkaufenden Menschen. Kinderwagen sehe ich nur noch bei Fußgängerampeln, wo sie lange auf das grüne Licht warten. Die Kinderzucht scheint sich doch hauptsächlich in den Wohnsilos der Vorstädte abzuspielen, wo junge Ehepaare meist hoch über der Erde wohnen.

Vor der Schule parken Dutzende von Autos. Die Schulglocke läutet. Menschen gehen hastig über den Schulhof zum Eingang. Auch ich eile, nachdem ich mein Rad an ein abgestorbenes, aber noch immer mit einem Pfahl gestütztes Kastanienbäumchen gelehnt habe, zur Schulpforte. Ich will mich ans Fenster stellen und ihr Kommen beobachten, so wie früher. Ich stehe in der Eingangshalle neben einem großen Aquarium, in dem früher tropische Fische verkümmerten und nun nervöse Reisfinken ständig gegen die Scheiben fliegen.

»Tag, Maarten.«

Ich kenne den Mann nicht. Er hat stumpfes rotes Haar und Sommersprossen. Er redet unbekümmert auf mich ein, ohne sich durch meine kurzen Antworten und meinen suchenden Blick, der unablässig auf die eintreffenden Teilnehmer gerichtet ist, verdrießen zu lassen. Ein dritter Mann gesellt sich zu uns: »Tag, Theo, Tag, Maarten.«

Theo, das ist Theo, ausgerechnet er! Ein gutes Omen! Mit ihm hat alles angefangen! Ob sie also wirklich kommt?

Natürlich kommt sie nicht. Früher war sie ja auch nie auf den Schulfesten, die ich nur deshalb besucht habe, weil ich sie sehen wollte. Ihre Freizeit benutzte sie ausschließlich zum Klavierüben. Nein, natürlich kommt sie nicht. Obendrein hat sie jetzt noch Kinder. Was habe ich hier zu suchen? Warum muß ich schon wieder auf diese Tafel blicken mit den banalen Mitteilungen: B 5 vierte Stunde Jansen, warum diesen Hausmeister wiedersehen mit seinem stechenden Blick in den kleinen Augen? Warum muß ich mir die Fragen des dritten Mannes anhören, den ich ebenfalls nicht wiedererkenne?

»Noch immer in der Biologie? Tja, ich habe es aufgegeben. Drei Monate war ich in Delft, dann habe ich das Handtuch geworfen. Was machst du jetzt? Sicher irgendwo vor der Klasse stehen in einer beschissenen Provinzschule? Oder studierst du noch? Und noch immer genauso schweigsam?«

Sie kommt nicht, denke ich, sie kommt nicht. Die Reisfinken fliegen ständig gegen die Scheiben des Aquariums, in der Eingangshalle ist soviel Betrieb, daß sie keinen Augenblick mehr Ruhe haben. Wenn ich doch jemandem Bescheid sagen könnte. Warum hat denn hier kein Mensch an die Reisfinken gedacht? Warum sind die Rosensträucher dort neben den breiten Platten des Einganges so vernachlässigt und nicht gestutzt? Warum ist sie nicht da? Warum kommt sie nicht? Ich möchte sie so gern noch ein einziges Mal sehen. Ich habe ja nur noch zwölf Tage zu leben. Es ist bereits nach zwei. Wohl besser, ich gehe wieder. Nein, ich werde warten, bis um halb drei die Unterrichtsstunden der ehemaligen Lehrer für ihre ehemaligen Schüler anfangen. Das wird sie sich doch nicht entgehen lassen? Wieder werde ich von alten Bekannten begrüßt, die für mich Fremde sind. Warum kennt mich nur jeder und ich niemanden mehr? Vielleicht ist sie schon hier vorbeigegangen, und ich habe sie nicht wiedererkannt? Nein, das kann nicht sein, das ist unmöglich. Ich erkenne all die anderen nur deswegen nicht, weil ich nur auf sie warte und nicht die geringste Aufmerksamkeit für all diese so kläglich gealterten Gesichter aufbringen kann. Warum ist sie nicht da? Ich merke plötzlich, daß ich meinen Mantel noch anhabe. Ob die Garderobe noch immer hinten im Keller ist? Ich gehe die Treppe hinunter und sehe im Vorbeigehen, daß auch in der Cafeteria viele Menschen sind. Weil mir der Gedanke kommt, daß sie vielleicht dort sein könnte und ich die ganze Zeit in der Eingangshalle umsonst gewartet habe, beginne ich plötzlich zu rennen. So schnell wie möglich komme ich aus dem Keller zurück, nachdem ich meinen Mantel aufgehängt habe. Ich stehe vor der Schwingtür, die ich aufstoßen muß, um in die Cafeteria hineinzugehen. Meine Füße lasten schwer auf der Matte aus schwarzen Gummiringen. Warum traue ich mich nicht, die Tür aufzustoßen? Angst vor der Enttäuschung, daß sie auch dort nicht sein wird? Angst vor so vielen Menschen in einem kleinen Raum? Hinter mir ist ein alter Mann, der auch in die Cafeteria will, also bleibt mir nichts anderes übrig, als die Schwingtür aufzustoßen.

Da steht sie.

Ich bemerke sie sofort, obwohl sie in einer dunklen Ecke, halb hinter den Vorhängen verborgen, inmitten vieler Menschen steht. Aber meine Augen haben sie ohne Zögern entdeckt. Wie sie sich verändert hat! Wie sie dieselbe geblieben ist! Noch immer dieses breite, heitere Gesicht, wenn auch stark camoufliert durch das viel schlichtere, glatt herabfallende Haar. Daß sie so ganz anders aussieht, ist eigenartigerweise weniger schmerzlich als die Tatsache, daß ihre Schwester ihr so ähnelte, ihrem früheren Selbst mehr glich als sie selbst nun. Übrigens: wie sehr sie sich auch verändert hat: ihr Profil ist noch immer dasselbe, und sie lacht noch immer auf dieselbe Art: ein Lächeln, in dem sich etwas Wehmütiges mit einer heiteren, unerschütterlichen Freude mischt. Und während ich sie ansehe, ist mir, als würden alle meine Probleme, und nicht nur meine, sondern alle Probleme dieser Welt, gelöst werden, wenn wir zusammen weitergehen könnten. Sie unterhält sich mit einer kleinen

Frau aus ihrer Klasse. Noch immer sind ihre Gesten so unaufdringlich und gelassen, als ob in ihrem Umkreis das Leben langsamer verliefe, als ob um sie herum alles träumerisch würde, als ob die Zeit selber ihren Schritt für sie einhielte. Sie blickt auf, sie sieht mich, sie erkennt mich; ich wende den Kopf ab und gehe wie ein Blinder mitten durch die Cafeteria, stoße dabei gegen Tische und remple Menschen an. Ich gehe durch diese schwatzende Menge, ohne auf irgend etwas oder irgend jemanden Rücksicht zu nehmen, und ich bin darüber erstaunt, daß ich, glücklicher jetzt, als ich es vielleicht zwölf Jahre lang gewesen bin, mir am liebsten einen Platz suchen würde, wo ich weinen kann. Aber da steht Johan Koster, der einzige Junge, mit dem ich im Gymnasium befreundet war. Er redet mit seiner Frau, auch ein Mädchen aus ihrer Klasse. Er sieht mich, grüßt und sagt fröhlich: »Tag, Maarten, ich habe ein reizendes Mädchen gesehen.«

»Ja«, sage ich, »ich auch.«

»Ich habe sie nicht wiedererkannt, so hat sie sich verändert.«

»Sie hat sich nicht verändert.«

»Sie kam zu mir und sagte: ›Tag, Johan‹, und ich dachte: was für ein hübsches Mädchen. Dann fing sie ein Gespräch an, aber ich wußte nicht, wer sie war, und sagte zu ihr: nicht sagen, wer du bist, laß mich raten, aber ich konnte es doch nicht erraten, ich konnte nur zu ihr sagen: du bist früher bestimmt das hübscheste Mädchen in deiner Klasse gewesen.«

Er hat mit ihr geredet! Warum muß ich mir jetzt die Fingernägel in die Handflächen drücken, um nicht aufzuschreien? Warum bin ich jetzt eifersüchtig auf einen Jungen, der immer besonders freundlich zu mir gewesen ist? Mit mir will sie natürlich nicht reden. Warum sollte sie auch? Ich gehe zurück, um einen Platz zu finden, von wo ich sie unbemerkt beobachten kann. Sie trägt einen schwarzen Hosenanzug, der ihr ausgezeichnet steht. Aber was steht ihr eigentlich nicht, sie kann alles tragen. Sie raucht! Das hat sie früher nie getan. Ich wage es nicht, sie richtig anzusehen, soviel Freude ich auch dabei empfinde. Wie unangenehm wird es ihr sein, daß ich sie immer nur ansehen will, aus keinem anderen Grund hierhergekommen bin. Ich stehe hinter einem Vorhang bei einem Fenster. Sie ist nun allein. Nichts Einfacheres, als zu ihr hinzugehen und zu sagen: »Tag, Martha.«

Aber ich traue mich nicht. Jemand stößt mich unabsichtlich in den Rücken. Ich muß einige Schritte in ihre Richtung machen. Plötzlich blickt sie mich an und lächelt. Mit schnellen Schritten kommt sie mir entgegen und sagt: »Dir will ich auch noch die Hand drücken.«

Zum ersten Mal im Leben geben wir uns die Hand. Um die Kuppen von Mittel- und Ringfinger trägt sie kleine Pflaster. Gegen die Nikotinflecken? Sonderbar glücklich fühle ich mich, als ich ihr die Hand gebe, sonderbar ergriffen, und meine starre, abweisende Haltung, die so viele Menschen befremdet, verschwindet im Nu. Ich bin ein normaler Mensch, genau wie alle anderen Menschen.

»Du bist schon Professor«, sagt sie bewundernd.

»Ja«, sage ich, »aber du hast schon zwei Kinder.«

»Ja«, sagt sie, »du bist noch nicht verheiratet?«

»Nein. Du hast das Konservatorium besucht nach dem Abitur?«

»Ja, aber ich habe es wieder bleibenlassen.«

»Ehe man aber auch mit dem Klavierspielen als Hauptfach etwas erreicht«, sage ich, »als Geiger kann man immer noch in einem Orchester spielen, aber als Pianist muß man entweder Solist werden, und dann muß man außerordentlich gut sein, oder man muß unterrichten.«

»Nein, das war es nicht«, sagt sie, »vielleicht hätte ich ja etwas erreichen können, aber ich war doch schon so verschlossen, und wenn ich dann noch jeden Tag soundso viele Stunden am Klavier hätte sitzen müssen, hätte ich mich völlig in mich selbst zurückgezogen.«

So viele Worte habe ich nun schon mit ihr gewechselt, mehr als alles, was ich früher mit ihr geredet habe. Ich rede mit ihr, ich rede ganz normal mit ihr, und obwohl wir über nichts Besonderes sprechen, bekommen die dreißig Jahre meines Lebens plötzlich Glanz und Farbe.

»Ich hoffe«, sagt sie, »daß Jannie und Tinie auch kommen. Sie haben es weit gebracht, sie wohnen in Amsterdam, da haben sie auch studiert. Soll ich dir mal was gestehen: ich bin noch nie in Amsterdam gewesen. Schrecklich, findest du nicht?«

Ich denke: Wenn du mit mir verheiratet wärst, wärst du bestimmt schon in Amsterdam gewesen, du wärst überall auf der Welt gewesen, wohin du nur gewollt hättest. Ich sage: »Amsterdam ist nicht so schön, London ist schön, es ist hübscher, alle Plätze sind dort Gärten.«

Sie versteht es nicht, kann es nicht verstehen, denn sie fürchtet sich nicht vor leeren Plätzen. Sie hat sich die Augen leicht geschminkt, und sie ist einen Kopf kleiner als ich. Das erstaunt mich. Ich habe immer geglaubt, sie sei genauso groß wie ich. Warum weiß ich jetzt nicht mehr, was ich sagen soll? Sie sagt: »Ich sehe mich mal weiter um.«

Daß es noch so intakt geblieben ist, so völlig unversehrt, ein Gefühl, das doch unstofflich und flüchtig ist und für das nicht einmal Worte existieren, das höchstens musikalisch ausgedrückt werden kann wie in der Arie *Non so più* von Mozart und im Adagio von Bruckners *Sechster*, und auch dort nur annäherungsweise, Klänge, die es eher heraufbeschwören als artikulieren. Ich bin darüber erstaunt und zugleich außer mir vor Freude – das ist das einzige, worum es geht, denke ich während der Biologiestunde bei meinem ehemaligen Lehrer, das einzige, das dem Leben einen Sinn gibt. Alles andere ist nicht einmal nebensächlich, sondern überflüssig. Versonnen und betrübt und glücklich denke ich an sie, während die anderen über Witze lachen, die mir entgehen. In der zweiten Unterrichtsstunde, beim Niederländischlehrer, steht sie im selben Klassenzimmer an eine

Wand gelehnt, weil alle Bänke besetzt sind; ich muß mich zwingen, sie nicht unentwegt anzusehen. Aber ich will keinen einzigen Gesichtsausdruck versäumen, ich will jede Bewegung der Fältchen um Mundwinkel und Augen registrieren, jedes Lächeln festhalten, jedes Stirnrunzeln in mich aufnehmen, um das alles für immer verfügbar zu haben wie eine Sammlung, die ich wehmütig hüte. Ich weiß zwar, daß ich diese Sammlung nie aktiv zur Verfügung haben werde, denn ich habe mir ihr Gesicht noch nie ganz vorstellen können, aber manchmal werde ich sie doch sehen, im Traum oder beim Übergang zwischen Wachen und Schlafen oder umgekehrt, und je mehr ich nun sammle, desto größer ist vielleicht die Chance, daß diese seltenen Momente ganz kurz aus den unzugänglichen Erinnerungen heraufleuchten.

Der Niederländischlehrer ruft mich nach vorn.

»Was ist das beste Buch von Simon Vestdijk?«

Jetzt gilt es, eine komische Antwort zu geben, genau wie die, die vor mir an der Reihe waren. Ich stehe Martha direkt gegenüber, ich sehe sie an und sage: *»Die letzte Chance.«*

Die anderen lachen fröhlich. Es macht nichts, daß die Antwort weder witzig noch unsinnig ist, denn in der Stimmung, die mittlerweile eingetreten ist, löst jede Antwort ausgelassenes Gelächter aus. Doch ich fühle, wie mir das Blut in die Wangen steigt; ich sehe sie unverwandt an, ich kann nicht anders, und sie lächelt und schlägt kurz die Augen nieder. Glücklicherweise ist im nächsten Moment ein Fotograf zur Stelle, der sich zwischen mich und sie postiert und ein Bild von ihrer Gruppe macht. Dieses Foto muß ich um jeden Preis haben. Und das Negativ. Ich werde tausend Abzüge davon machen lassen, es vergrößern, ich werde es im Wohnzimmer aufhängen, in meinem Arbeitszimmer, im zweiten Rebentreibhaus. Es ist, als ob ich das Foto vor mir sähe, während ich sie anblicke und mich krampfhaft bemühe, die erwarteten humorvollen Antworten zu geben. Ich darf mich setzen, und sie sieht mich an, ruhig, freundlich, ohne Vorwurf oder Abscheu.

Nach den Unterrichtsstunden wandere ich durch die Flure des Schulgebäudes, ohne ihr zu begegnen. Ich gehe in die Cafeteria. Sie steht bei Johan Koster und unterhält sich mit seiner Frau. Ich stelle mich zu Johan, und als er Kaffee holt und seine Frau zur Toilette geht, bin ich wieder mit ihr allein. Um etwas zu sagen, frage ich: »Hast du jetzt ein eigenes Klavier?«

»Nein, aber es kommt bald, wir haben eins gekauft, wir sind jetzt aus dem Gröbsten raus.«

»Was für ein Klavier?«

»Ein altes deutsches Klavier, so ein großes schwarzes, wir werden es weiß streichen.«

»Aber ein weißgestrichenes Klavier läßt sich doch nicht mehr so leicht verkaufen?«

»Wir verkaufen es nicht, wir kaufen es«, sagt sie lachend, »es ist ein gebrauchtes, glaub nur nicht, wir könnten uns ein neues leisten. Spielst du auch ein Instrument?«

»Nein«, sage ich, »ich spiele nur Platten.«

»Bestimmt klassische?«

»Ja.«

»Die ganze Klassik, davon mußt du runter, Popmusik kann so toll sein.«

»Was wirst du spielen auf diesem deutschen Klavier?«

»Mendelssohn und Mozart und Brahms. Brahms ist so herrlich wehmütig. Aber . . . ich habe ein Foto dabei von meinen Kindern. Wenn du mal eben meine Tasche hältst, kann ich es herausholen. Schau, hier sind sie.«

Ich sehe einen kleinen Jungen und ein kleines Mädchen. Sie haben keine Ähnlichkeit mit ihrer Mutter. Martha sitzt hinter dem Jungen und dem Mädchen. Wie anders sie auf diesem Foto ist. Als hätte jemand sie zu zeichnen versucht, der nicht genau wußte, wie sie aussieht. Johan und seine Frau sind inzwischen wieder da und bewundern die Kinder.

»Was für reizende Kinder, Martha!«

»Findet ihr?«

»Hast du auch ein Foto von deinem Mann dabei? Ich habe deinen Mann noch nie gesehen.«

»Aber du«, sagt Johan, »nicht wahr, Maarten?«

»Ja«, sage ich kühl.

Ich sehe den vierschrötigen, dunkelhaarigen, so treffend mit einem Schnäuzer ausgestatteten Mann vor mir. Wie leicht kann ich mir das Bild dieses Mannes vergegenwärtigen, obwohl ich ihn doch nur einmal gesehen habe. Zum Glück hat sie kein Foto von ihrem Mann. Sie bittet mich, ihr Kaffee und ein paar belegte Brötchen zu holen. Aber die Brötchen sind fast alle; ich kann nur noch ein halbes Schinkenbrötchen auftreiben und bringe es ihr.

»Ich werde es mit dir teilen«, sagt sie, »weil du so fürsorglich bist. Wenn ich es gegessen habe, gehe ich nach Hause. Ich kann die Kinder nicht so lange allein lassen.«

Jetzt habe ich sogar Gelegenheit, zu studieren, wie sie ißt. Sie blickt zu mir auf, mit einem klugen und heiteren Lächeln. Ob sie weiß, was in mir vorgeht?

»Mach's fein, Maarten.«

»Mach's gut, Martha.«

Wie lächerlich, so nachdrücklich den Namen des anderen zu nennen, aber ich weiß, daß auch das etwas sein wird, auf das ich später mit wehmütiger Freude zurückblicken kann, und zum zweiten Mal in meinem Leben drücke ich ihr die Hand und sehe ihr einen Moment unbefangen in die Augen. Ihr Lächeln hat etwas freundlich Spottendes, aber es ist auch Mitleid in ihrem Blick, mit dem sie mich noch einmal forschend mustert.

Frühjahr

Der Frühling war schon so weit fortgeschritten, daß sich die Stengel des Pestwurzes unter dem Gewicht der Rispen bogen. Manche Stengel waren bereits geknickt; dann lagen die Rispen auf dem Treidelpfad, und ich konnte ihnen kaum ausweichen. Seltsam: ein Blütenstand, der seine eigene Zerstörung bewirkt und das anschließend durch riesige Blätter camoufliert. Es war ein Frühjahr mit viel Nebel über dem Wasser und spärlichem Sonnenlicht nur dort, wo die Nester der Haubentaucher trieben, ein Frühjahr, das so intensiv duftete, daß man noch weit hinter den Häusern am Ende des Treidelpfades dieses fast Fieber verursachende Prickeln beim Einatmen des frischen Duftes spürte. Aber an diesem Morgen hatte ich soviel Wind im Rücken, daß der Duft sogar noch auf dem Schulhof vorhanden war; derselbe Wind sorgte auch dafür, daß ich viel zu früh ankam und, weil ich nicht auf dem leeren Schulhof bleiben wollte, schon zum Flur im ersten Stock ging. Vor unserem Klassenzimmer stand Theo am Flurfenster, das auf den Schulhof hinausging, und die schwachen Lichtreflexe der Scheibe erhellten nur seine Sommersprossen und sein rotes Haar. Warum stand er da? Welchen Grund hatte er, so angestrengt auf den Schulhof zu spähen? Ich stellte mich schräg hinter ihn und folgte seinem Blick. Ob er auf jemanden wartete? Er wühlte mit den Händen in den Hosentaschen, scharrte unablässig mit den Füßen. Um die Ecke des Schulhauses kamen ständig Schüler, die mit ihren Rädern quer über den Hof fuhren, aber ihnen folgten seine Blicke nicht. Soweit ich feststellen konnte, fixierte er die Ecke, und das erwies sich in der Tat als zutreffend, denn erst in dem Augenblick, als zwei Mädchen um die Ecke bogen, bewegte er den Kopf. Anders als die meisten Schüler stiegen die beiden Mädchen, so wie es vorgeschrieben war, sofort ab und gingen über den Schulhof zum Eingang, beide Hände am Lenker, so unnötig das auch war. Aber so gehen Mädchen nun mal, wenn sie ein Fahrrad schieben.

»Da ist sie«, rief Theo laut.

»Wer?« fragte ich.

»Martha, dort, das Mädchen im blauen Mantel. Früher in der Volksschule waren wir in derselben Klasse.«

Die beiden Mädchen wurden von beiden Seiten fortwährend überholt von Radlern, die das Verbot nicht beachteten, und dadurch hatte es den Anschein, als ob sie auffallend langsam in einem schnellen Strom vorankamen. Aufmerksam beobachtete ich das Mädchen im blauen Mantel. Der Wind, der mich so schnell zur Schule geführt hatte und gegen den sie vielleicht hatte anstrampeln müssen, hatte wohl diese hochrote Farbe auf ihren Wangen verursacht und bestimmt auch das lockige Haar so in Unordnung gebracht. Als sie die Rampe zum Fahrradkeller hinunterging, den Körper leicht zurückgebogen, konnte ich genau auf ihre Locken blicken.

»Sie kommt gleich hier vorbei«, sagte Theo, »in der ersten Stunde sind sie im Nebenraum. Sie ist in unserer Kirche.«

Was sollte diese überflüssige Mitteilung? Ich sagte nichts. Wir standen schweigend im Gang.

Ständig gingen Jungen und Mädchen an uns vorüber, die im schräg einfallenden Sonnenlicht, das eine Menge Staub enthüllte, lange Schatten vor sich her zu bewegen schienen. Ihr Schatten näherte sich so unauffällig, daß ich sie erst bemerkte, als sie ganz nahe war. Sie trug ein rotes Kleid mit kurzen, unterbrochenen weißen Streifen, die sich bei jedem Schritt leicht verschoben. Mit der Rechten hielt sie eine schwere Tasche umklammert, und ihren durch das noch immer zerzauste Lockenhaar so groß wirkenden Kopf hatte sie nach links geneigt, als ob sie das Gewicht der Tasche ausgleichen wollte. Sie kam mir größer und schlanker vor als vorhin. Sie ging ruhig, fast bewegungslos durch die Schleier aus Staub. Die Röte lag noch immer auf ihren Wangen und lenkte fast die Aufmerksamkeit von ihren dunklen Augen unter den dunklen Wimpern ab. Aber sobald ich diese Augen gesehen hatte, mit denen sie mehr in sich selber hineinschaute als auf das, was sich draußen abspielte, vergaß ich die roten Wangen, und einen Moment lang war es, als ob alles stillstehen und ich beklommen ein Foto betrachten würde, von dem ich meinen Blick nicht mehr abwenden konnte. Dennoch wurde mir bewußt, daß ich ihr nachsah und dem Foto noch diesen leichtfüßigen, ruhigen, schwebenden Gang hinzufügen konnte, weil mich nun weder die roten Wangen noch die Augen ablenkten.

»Ein nettes Mädchen, findest du nicht auch?« sagte Theo.

»Ja«, sagte ich.

»Ein verdammt nettes Mädchen.«

So wurde es ihr Frühling, der am Treidelpfad, wo der Wiesenkerbel den Pestwurz zu verdrängen suchte, gegenwärtig war zwischen den Häusern, aber verschwand, weil nur hier und da Gemeines Kreuzkraut, das das ganze Jahr hindurch blüht, zwischen den Pflastersteinen wuchs, so daß auf dem Schulhof sie der Frühling war, jeden Tag von neuem, wenn ich im ersten Stock am Fenster stand, um zu beobachten, wie sie auf den Schulhof geradelt kam. Ich ging früher von zu Hause los, um diese intensive Röte zu sehen, diesen seltsamen Blütenstand der Wangen. Ich sah sie im Flur herankommen, manchmal allein, manchmal von Klassenkameradinnen mit schrillen Stimmen und viel Gelächter umringt, an dem sie sich nie beteiligte, weil sie höchstens einmal kurz lächelte, auf die gleiche Art und Weise, in der sie ging, ja schwebte. Sie war fast ein Traumbild. Wenn man sie ansah, konnte man kaum glauben, daß man wach war und im Gang stand. Nur die rote Glut auf ihren Wangen schien von jenem unwirklichen, allzu mühelosen Gehen losgelöst zu sein.

Schon von diesem ersten Tag an wollte es mir nicht gelingen, mir ihr Gesicht ins Gedächtnis zu rufen. Was für eine seltsame Qual war das? Die Gesichter ihrer Klassenkameradinnen konnte ich mir ohne große Mühe vorstellen, und sogar an das Gesicht des Mädchens, mit dem sie immer zusammen war, konnte ich mich augenblicklich genau erinnern, wenn ich das wollte. Warum dann nicht an ihres? Erst als ihr Frühling vorbei war und ich in den Sommerferien, in denen ich sie selbstverständlich nicht sah, frühmorgens in den noch kühlen Treibhäusern Tomaten pflückte, geschah es bisweilen, daß ich sie, nachdem ich einige Zeit nicht an sie gedacht hatte, plötzlich ganz kurz vor mir sah, oft genau in dem Augenblick, wo ich nach dem fahlen, grünlichen Orange der nächsten pflückreifen Tomate suchte. Und warum löste das jedesmal eine fast beängstigende Unruhe in mir aus? Warum konnte ich ihr Bild nie einfangen, festhalten? Aus lauter Verdruß rieb ich mir ständig über die Stirn, so daß mein Gesicht ganz grün wurde. Zwischen den Tomatenpflanzen hindurch starrte ich ins Reetland hinter dem Treibhaus. Mitunter schüttelte ich schnell den Kopf, um diesen Zwang, ihre Züge fixieren zu wollen, loszuwerden. Nach dem Pflücken frühstückten wir, und ich stellte jeden Tag von neuem fest, daß meine Mutter genau wie sie lächelte, aber auch das half mir nicht, mir ihr Bild zu vergegenwärtigen.

Wenn ich nachmittags um vier, nachdem die Arbeit in der Gärtnerei getan war, mit meinem Ruderboot ins Reetland hinausfuhr, um jeden Tag wieder festzustellen, daß die Brachvögel noch nicht fortgezogen waren, grübelte ich über dieses seltsame Unvermögen nach. Ich konnte sie durch die Flure gehen sehen, ich konnte das Bild dieses ersten Fotos im Flur heraufrufen, schwindelerregend scharf, aber ohne ihr Gesicht. Ich war zwar glücklich in diesem Sommer, denn es schien, als hätte ich etwas Großartiges zu erwarten, etwas, das in den kommenden Monaten Gestalt annehmen würde, aber diese Erwartung enthielt zugleich die düstere Drohung der langen, schwarzen Schatten am späten Nachmittag, der einzigen Zeit, in der alle Vögel ängstlich schwiegen und ich mich vorsichtig über das Wasser gleiten ließ, die Ruder kaum bewegend, weil ich mich in dieser im Sonnenlicht erstarrten Welt fast nicht zu regen wagte.

Herbst

Im September stand ich wieder am Fenster des Flurs, wo ich sie zum ersten Mal gesehen hatte. Ich mußte mich dazu zwingen, dort zu bleiben und mich nicht ins Klassenzimmer zu setzen und die Hände vors Gesicht zu schlagen. Sie kam wie immer um die Ecke, trug jetzt aber eine dunkelgrüne Jacke und einen braunen Rock, was sie jünger aussehen ließ. Trotz dieses Wiedersehens auf Distanz und hinter Glas bemerkte ich ihre hochroten Wangen.

Einen Monat später forderte mich der Niederländischlehrer auf, an der Redaktion der Schülerzeitung mitzuarbeiten, weil ich, wie er sagte, so gute Aufsätze schrieb. Noch bevor ich dagegen protestieren konnte, nannte er die Namen der anderen Redaktionsmitglieder in spe, und auch ihrer war darunter. So saß ich eines Nachmittags in einem nahezu leeren Klassenzimmer, wo die erste Sitzung der frischgebakkenen Redaktion stattfinden sollte. Gleich würde ich also mit ihr im selben Raum sein – es schien ein so außergewöhnlich großer Schritt nach vorn, daß ich nicht glauben konnte, sie würde wirklich kommen. Aber sie kam, errötete verlegen und sagte: »Tag zusammen.«

Zum ersten Mal hörte ich ihre Stimme, die tiefer war, als ich gedacht hatte. Sie setzte sich in eine Bank am Fenster, unmittelbar vor mir, so daß ich nur das Herbstsonnenlicht auf dem dunklen, gelockten Haar sehen konnte. Sie saß still und reglos, die Hände auf der Tischplatte. Sie hörte zu, wie die Beiträge vorgelesen wurden, und machte mich überglücklich, als sie über eine witzige Stelle in meinem Aufsatz sanft und leise lachte. Sie selber las nichts vor und entschuldigte sich: »Ich kann nicht schreiben.«

Wir redeten lange darüber, welche der Beiträge wir bringen wollten und welche nicht, aber sie schwieg, obwohl sie sich halb umgewandt hatte, und die senkrechten Falten um ihre Nasenwurzel wurden immer tiefer. Ihr klares Gesicht drückte soviel Ärger aus, daß ich sagte: »Beeilung.«

Sie nickte, und mir stieg das Blut in die Wangen.

Als wir das Klassenzimmer verließen, hatte die Dämmerung bereits eingesetzt; sie ging vor mir her zur Mädchengarderobe, neben ihr der Hauptredakteur, der ihr in ihren roten Mantel half. Warum war ich nicht auf diesen Gedanken gekommen? Sie stieg die Treppe zum Fahrradkeller hinunter und sagte, aus diesem schon dunklen Raum zu uns heraufblickend: »Es hätte viel schneller gehen können, wenn nicht soviel geschwafelt worden wäre.«

Ich blickte sie an, die so viel tiefer stand als ich, zehn Treppenstufen tiefer, und das gab mir den Mut zu fragen: »Habe ich auch geschwafelt, Martha?«

Vor allem das so laute Aussprechen ihres Namens ließ mein Herz hämmern, mehr noch als die Tatsache, daß ich so kühn gewesen war, sie etwas zu fragen, das mich betraf. Sie hob ihren Kopf ein wenig, blickte schräg zu mir hinauf, ohne mir jedoch ins Gesicht zu sehen. Sie stand reglos in ihrem roten Mantel in der beginnenden Dunkelheit. Sie wurde rot im Gesicht.

»Och«, sagte sie, »och . . .«

Sie lief plötzlich schnell weg durch die hinter ihr zufallenden Türen. Ihre Schritte waren schon bald nicht mehr von ihrem Echo zu unterscheiden.

Nach der dritten Stunde fand jeden Morgen der zwanzigminütige Hofgang statt. Wer das Schulgebäude nicht verließ, bekam einen Tadel oder wurde bestraft. Dennoch ging ich immer nach der dritten Stunde zur Toilette und wartete, bis der Studiendirektor, dessen schwere Schritte unverkennbar waren, seine Kontrolle in den Klassenräumen und auf den Fluren beendet hatte. Dann stellte ich mich im ersten Stock ans Fenster; von dort hatte ich den besten Überblick über den Schulhof und konnte sehen, was sich dort abspielte, ohne selbst herumlaufen zu müssen. Sie hatte jeden Tag dieselbe Freundin bei sich, die, größer als sie, ihr oft um einen Schritt voraus war, weil ihr Gang so gemächlich, so unermeßlich ruhevoll war. Manchmal lachte sie, und dann beugte sie sich vor, um das Lachen zu verbergen. Ab und zu ballte sie die Hände zu kleinen Fäusten und hielt die Arme schräg in die Höhe. Sie war winzig, wenn ich sie vom ersten Stockwerk aus sah, aber sie dominierte den Schulhof, denn sie war ein ruhender Punkt. Um sie herum drehte sich langsam der ganze Hof. Sie aber stand still, und ich folgte ihrem Stillstand mit meinen Blicken, ihrem Stillstand, der sich jeden Tag in elf Kreisen vollzog.

Es gelang mir jedoch nicht immer, im Flur zu bleiben. Manchmal wurde ich gezwungen, auch über den Schulhof zu spazieren, wenn mich der Studiendirektor oder ein Lehrer im Flur entdeckten. Aber auf dem Hof wußte ich nichts mit mir anzufangen; ich zog alleine meine Kreise, und jemand, der allein geht, kann natürlich nicht schlendern, sondern muß schnell gehen, denn der einsame Wanderer hat immer ein Ziel. Ich ging denn auch schnell, und zwar in einem ihrer Richtung entgegengesetzten Kreis, um ihr möglichst oft begegnen zu können. Schnellgehen allein war jedoch nicht ausreichend; ich konnte ihr noch öfter begegnen, wenn ich eine komplizierte Kurve über den Hof beschrieb, wodurch ich ihr dreimal pro Runde begegnete. Dreiunddreißig Begegnungen! Möglicherweise könnte ich sie noch öfter sehen, wenn ich schneller ging, aber so genügte es auch, so hatte ich gerade genug Zeit, mit der Unruhe fertig zu werden, die mich ergriff bei einem scheuen Blick in ihr Gesicht, das so erstaunlich viele Fältchen enthalten konnte, wenn sie lächelte. Merkwürdiger als dieses friedvolle Lächeln und das Ballen ihrer Fäuste, das selten vorkam, war, daß sie beim Gehen immer die Hände auf dem Rücken verschränkte. So ging keines der anderen Mädchen. Zuweilen begegnete ich Theo, wenn ich mich gezwungenermaßen auf dem Schulhof aufhielt, und immer öfter begleitete er mich, anfangs verwundert über meine bizarre, für ihn unvorhersehbare Route. Aber schon bald wurde ihm klar, worauf sie zurückzuführen war, und auf einem dieser erzwungenen Spaziergänge sagte er unvermittelt: »Du bist verliebt.«

Ich antwortete nicht. Ich hatte schon lange befürchtet, daß dieses Wort einmal fallen würde, dieses Wort, das nichts aussagte und in keiner Weise zutreffend war. Aber er blieb stehen, er wiederholte: »Du bist verliebt.«

»Nein«, sagte ich.

Er verließ mich, und ich beschrieb meine zielbewußten Kreise mit den vorberechneten Bögen wieder allein. Was war das, verliebt sein? War das so großartig und seltsam und tief wie dieses Gefühl? Ich war noch nie zuvor verliebt gewesen, aber hatte gesehen, was passierte, wenn andere angeblich verliebt waren. Sie bemühten sich, aufzufallen, suchten nach einem Vorwand, um ein Gespräch mit dem Mädchen anzuknüpfen, blieben manchmal sogar eine Runde lang bei ihr oder, wenn sie endlich Erfolg gehabt hatten, eine Pause lang, Tage hintereinander, bis es dann wieder aus war zwischen ihnen. Aber das wollte ich nicht, ich wollte nicht auffallen, mir nichts anmerken lassen. Ich wollte sie ja nur anschauen, ihr immer wieder begegnen. Theo erzählte den Jungen aus meiner Klasse von meinen Spaziergängen, und sie lachten mich aus. Einer von ihnen sagte: »Die Kleine spinnt doch. Welches Mädchen verschränkt denn beim Gehen die Hände auf dem Rücken? Sie ist nicht ganz bei Trost.«

»Und eingebildet«, sagte ein anderer.

»Nein, sie ist doch ein niedlicher Käfer.«

»Ach komm, sie ist eine reformierte Zicke.«

»Aber trotzdem eine tolle Ische.«

Sie hatten so lange mitansehen müssen, daß ich immer die besten Noten hatte, daß sie seit Jahren auf Rache sannen. Endlich war es soweit, und sie ließen keine Gelegenheit aus, mich zu piesacken. Aber ich blieb meinem Ruf treu, ich starrte nur unbeteiligt und schweigsam vor mich hin, wenn sie mich schikanierten, bis einer der Jungen in der großen Pause sagte: »Du Schlappschwanz, reiß sie doch endlich auf.

Das kriegst du nicht hin, aber sie will dich ja auch gar nicht, darauf kannst du Gift nehmen!«

Ich boxte ihm gegen den Arm, nicht aus Wut, sondern um ihn zum Schweigen zu bringen. Aber er umklammerte mich sofort, als hätte er Jahre auf diese Gelegenheit gewartet, und schon standen die anderen im Kreis um uns herum und riefen: »Gib's ihm, gib's ihm!«

Er wollte mich zu Boden werfen, und noch immer war ich nicht wütend und verteidigte mich auch nicht, sondern versuchte, mich aus seiner Umklammerung zu befreien. Das gelang mir ohne große Mühe, aber als ich gehen wollte und mich umdrehte, schlug er mich mit voller Wucht auf den Rücken. Ich wurde wütend, drehte mich mit einem Ruck um und schlug ihm mit der flachen Hand ins Gesicht. Vollbeladene Loren hatte ich durch die Gärtnerei meines Vaters geschoben, bleischwere Gemüsekisten auf die Schute gehievt – das alles, wie es nun schien, zur Vorbereitung auf diese Auseinandersetzung, die so schnell mit einem wimmernden, blutenden Jungen im kurzgeschnittenen Rasen, mit dem Ersterben der Anfeuerungsrufe und mit Entsetzen in den Augen der anderen Jungen beendet war.

»Nicht doch«, sagte einer der Jungen.

Er zog mich geduldig weg, und ich ließ mich wegziehen, ich war müde, und wir gingen nebeneinander über den Rasen. Ich mußte die Zähne fest aufeinanderpressen, um nicht zu weinen.

»Wie wütend du warst«, sagte er.

»Er soll seinen Mund halten«, sagte ich.

Wir gingen zusammen über den Schulhof, nicht nur an diesem Tag, auch später. Wir saßen in der Cafeteria, und er brachte mir das Schachspielen bei. Zum ersten Mal in meinem Leben spielte ich mit jemandem, und ich war ihm dafür so dankbar, daß ich mir seine sanftmütige Art, sich in alles einzumischen, gefallen ließ. Aber er konnte mich nicht dazu überreden, sie anzusprechen.

»Du mußt einfach auf sie zugehen und sagen: hast du nicht Lust, mal mit mir ins Kino zu gehen.«

»Nein, Johan«, sagte ich, »das geht nicht.«

»Aber warum denn nicht?«

»Man kann doch nicht einfach auf ein wildfremdes Mädchen zugehen und sie so etwas fragen, man muß sie doch erst ein wenig kennen.«

»Dann komm doch und arbeite am Dienstagnachmittag bei uns in der Schulbibliothek. Sie leiht sich oft Bücher aus, du kannst ihr helfen und mit ihr reden. Oder willst du etwa weiter so rumlaufen?«

Ich zögerte, ich wollte nicht. Auf den Redaktionssitzungen der Schülerzeitung ließ sie sich nicht mehr blicken. Wegen mir? Würde ich in der Bibliothek nicht genauso einfältige Fragen stellen wie nach der ersten Redaktionssitzung? Aber Johan Koster ließ nicht locker, bis ich fast eingewilligt hatte. Kurz vor den Weihnachtsferien ging ich mit Johan in der Pause über den Gang. Wir hatten gerade Zeugnisse bekommen. Sie stieg vor uns die Treppe zur Mädchengarderobe hinauf.

»Wie war dein Zeugnis, Martha?« fragte Johan.

»Gut«, sagte sie gleichmütig und drehte sich dabei um, »gut.«

Sie stand auf der Treppe, legte einen Finger in die Höhlung zwischen Nasenflügel und Wange und sah Johan an, ging dann weiter die Treppe hinauf, und ich sagte sehr laut und mit großem Nachdruck: »Natürlich.«

Sie ging noch zwei Schritte, drehte sich um und sah mich an. So hatte sie mich bisher noch nie angesehen. Mit solch großen Augen. Sie stand mucksmäuschenstill auf der obersten Stufe, und der gesamte Raum um sie herum schien leer und war sonniger als je zuvor. Sie legte eine Hand auf das Treppengeländer, das in der Sonne ebenso glühte wie ihr grauer Pullover. Die Sonnenstrahlen fielen schräg auf ihre grüne Hose. Sie lächelte, ganz kurz, nicht unfreundlich, aber leicht irritiert. Ich sah in ihren Augen, daß sie es nicht begriff, aber auch nicht böse war. Und wieder hatte ich dieses Gefühl, ein stillstehendes Bild zu betrachten, ein Foto, und daß dieses Bild, was auch immer geschehen würde, nie mehr ausgelöscht werden könnte. Sie ging zur Garderobe, zog ihren roten Mantel an, und ich stand noch immer wie angewurzelt da und machte mir Vorwürfe, daß ich so nachdrücklich »natürlich« gesagt hatte. Was würde sie nun wohl denken? Würde sie auch dieses Wort gebrauchen, das gar nicht zutraf? Doch auf jeden Fall war sie nicht böse, und darum schien es nicht völlig falsch, nach den Weihnachtsferien in der Bibliothek zu arbeiten.

In den Weihnachtsferien ruderte ich durchs Reetland, das vergeblich auf Frost wartete. Schon am frühen Nachmittag schien die Sonne rot übers Wasser, und die unheimliche Stille wurde nur ab und zu durch den Schrei eines Irrgastes unterbrochen. Das spröde, tote Schilf raschelte hin und wieder in der kraftlos kühlen Sonne. Ich ruderte über das Wasser, auf dem ein Dunstschleier lag, und dachte: Ob es so anfängt, die Liebe zwischen Mann und Frau? Nach dem Rudern saß ich im Wohnzimmer bei meiner Mutter, denn was in der Gärtnerei zu tun war, konnte mein Vater mühelos allein erledigen. Das blasse Gesicht meiner Mutter leuchtete im dunklen Raum, in dem nur das Teelicht des Stövchens brannte.

»Wie hat es eigentlich angefangen zwischen Vater und dir?«

Sie lächelte, klapperte aber plötzlich mit den Teetassen.

»Warum willst du das wissen?«

Ich schwieg, denn ich hörte die Schreie der Krähen, die um den Schornstein kreisten. Ich schaute meiner Mutter nicht ins Gesicht, weil ich die Traurigkeit in ihren Augen nicht sehen wollte.

»Wir haben uns in der Kirche gesehen«, sagte sie, »nach dem Gottesdienst gingen meine Eltern, eigentlich schade, daß du sie nicht gekannt hast, zu seinen Eltern zum Kaffeetrinken. Eines Tages sagte dein Vater: soll ich dir die Gärtnerei zeigen? Ich ging mit ihm durch die Gärtnerei, und ich fand ihn ein wenig seltsam, weil er ein so stiller Junge war.«

Sie lachte leise vor sich hin, blickte angestrengt aus dem Fenster.

»Jedesmal liefen wir durch die Gärtnerei. Er ging wortlos neben mir her. Damals dachte ich, daß er sich nicht traute, etwas zu sagen, weil er verliebt war. Ich wußte nicht, daß er niemals redet. Er hat nie geredet. Wenn ich das gewußt hätte . . .«

Erschrocken schwieg sie, schenkte Tee in blaue Tassen und sagte: »Später habe ich dann doch angefangen, ihn sehr gern zu haben, aus Mitleid, glaube ich. Im Sommer waren wir eines Abends bei seinen Eltern zu Besuch. Es waren noch andere Leute da, sein Vater hatte Geburtstag, glaube ich, ja, so war es, auch so ein merkwürdiger Mann, dieser Vater, aber nicht so schweigsam, wohl sehr jähzornig, ein bißchen ähnelst du ihm, aber du bist doch auch sehr nach mir geraten, das ja, und dann war noch ein anderer Nachbarjunge da und eine Freundin von mir. Der Nachbarjunge war so nett. Pechschwarzes Haar, und so fröhlich, so gutgelaunt. Er konnte so witzig sein, ja . . . Wir gingen durch die Gärtnerei, dein Vater und ich, der Nachbarjunge und meine Freundin. Wir betraten das Rebentreibhaus, und der Nachbarjunge sagte: Kommt, wir machen jetzt ein Spiel. Was für ein Spiel? fragte ich. Ich erzähl es dir, sagte er, du mußt eine Weintraube zwischen die Zähne nehmen, zwischen die Lippen geht auch, und dann muß jemand anders versuchen, die Traube zur Hälfte abzubeißen, das ist gar nicht so einfach, aber dafür macht es großen Spaß. Sollen wir es mal probieren? Er pflückte eine Traube. Nicht doch, sagte dein Vater, das sind unsere Trauben, du machst die Rispen kaputt. Dann spielen wir eben was anderes, sagte der Junge. Nein, sagte dein Vater, sie ist mein Mädchen. So, sagte der Junge, stimmt das? Und er hat mich zornig angesehen. Da habe ich genickt, Maarten, und er war wütend. Er ging zu meiner Freundin, legte den Arm um sie, zog sie mir nichts, dir nichts zu Boden und küßte sie. Wie haben die beiden geschmust! Und dein Vater hat auch seinen Arm um mich gelegt, und wir haben still in der Ecke des Glashauses gesessen, und er tat nichts, er sagte nichts, er küßte mich nicht. Ja, so ist es gewesen.«

»Warst du verliebt?«

»Verliebt? Ich hatte Mitleid mit ihm, er war so still, so unbeholfen. Verliebt? Was ist das? Bist du verliebt?«

»Ich«, sagte ich empört, »nein, natürlich nicht.«

»Es kommt einem alles so schön vor, wenn man jung ist, aber später . . .«

Sie stand auf und ging zum Lichtschalter, sie knipste das Licht an und sagte mit belegter Stimme: »Es ist alles Unsinn, Maarten, Verliebtheit gibt es nicht.«

Bibliothek

So ruderte ich am freien Dienstagnachmittag nicht mehr durchs Reetland, sondern ging durch meist leere Flure, die Arme voller Bücher, die ich in den Klassenzimmern einsammelte. Dienstagnachmittags hatte nur ihre Klasse noch eine Unterrichtsstunde, und vor dieser Stunde mußten Johan und ich in den Klassenraum gehen und die zurückgebrachten Bücher holen. Zusammen mit Johan ging ich am ersten Dienstag nach den Ferien in die Klasse, und ich vermied krampfhaft, zur zweiten Bank rechts, gleich neben der Tür, hinzusehen. Während ich die Bücher, die auf dem Fensterbrett lagen, aufstapelte, hörte ich die Mädchen hinter mir singen, achtete jedoch nicht darauf.

»Weißt du, warum sie singen?« fragte Johan.

»Nein«, sagte ich.

»Weil du hier bist.«

Jetzt lauschte ich den schrillen Mädchenstimmen, konnte aber nicht hören, was sie sangen, weil jede einzelne Stimme früher oder später in prustendem Lachen erstickte, kurz darauf zwar wieder einsetzte, aber auf diese Weise doch Wörter ausließ. Allerdings hörte ich das Wort »Schätzchen« und den Ausdruck »lieben«, und im selben Moment fielen die Bücher aus meinen plötzlich kraftlos gewordenen Händen. Das verwandelte den Gesang in wildes Gelächter, das bald in Atemnot geriet. So schnell ich konnte, machte ich mich ohne die Bücher aus dem Staub, sah aber noch, wie Martha, mit gefalteten Händen und starrem Blick auf die graue Tischplatte, den Kopf noch tiefer senkte, als ich an ihr vorbeistürmte, als wolle sie ihre hochroten Wangen, an denen diesmal nicht der Wind schuld war, so gut es ging verbergen.

An diesem Nachmittag kam sie nicht in die Bibliothek, und ich erwartete auch nicht, daß sie nach diesem Gesang noch jemals dort auftauchen würde. Eine Woche später öffnete sie aber doch zaghaft die Tür, redete mit Johan und befand sich mit mir im selben Raum, so daß ich nur noch ziellos und mit einem wehmütigen Glücksgefühl umherirren konnte und dabei sämtliche Bücher falsch einsortierte. Ich war zu nichts mehr in der Lage, was Konzentration erforderte, nicht nur dort zwischen den Büchern, sondern auch während des Unterrichts, so daß ich plötzlich schlechte Noten bekam. Ob es aber wirklich nötig war, daß sich die Lehrer Sorgen machten, die Sache miteinander besprachen und sogar zu dem Schluß kamen, etwas unternehmen zu müssen? Der Niederländischlehrer lud Martha unter einem Vorwand zu sich nach Hause ein, und mir kam später zu Ohren, was sie gesagt hatte; nicht daß sie mich ein »Ekel« genannt hatte, war erniedrigend für mich (das wußte ich ja schon lange, das wußte ich besser als jeder andere, und ich konnte sie für diese Einsicht nur loben), sondern daß sie sich eingemischt hatten, und so hörte ich kaum noch zu, als er mir das Fazit dieses Gesprächs mitteilte: »Ja, das Mädchen hat entschieden Charakter, sie traut sich wirklich zu sagen, was sie denkt. Aber sie will nichts mit dir zu tun haben. Schlag sie dir aus dem Kopf. Es ist schade, daß sie nicht will.

Wenn ihr eine Woche miteinander gehen würdet, würdest du bestimmt Schluß machen. Ihr paßt absolut nicht zusammen.«

Sie hatten gar nichts begriffen. Warum fiel ihnen danach nichts anderes ein, als sie schlechtzumachen – »Sie ist eingebildet, schwierig und arrogant; sie ist dumm; sie ist durch und durch verwöhnt; sie ist krankhaft zerstreut und vergeßlich« – um mich von ihr abzubringen? Das war ja alles unwichtig. Wie sie war, hatte überhaupt nichts zu tun mit diesem glückseligen, wehmütigen, schmerzlichen Gefühl, das ihr Anblick in mir wachrief und das das einzige zu sein schien, worauf es ankam, das einzige, das alles mit Glanz und Wärme versah, so wie in meiner frühesten Kindheit das Haarekämmen meiner Mutter das einzige gewesen war, auf das ich Tag für Tag sehnsüchtig gewartet hatte. Sie war wie die Sonne im Reetland; ohne sie war alles in einen grauen Nebel gehüllt. Dank ihr wich die angespannte Härte, meine zweite Natur, mein Schutzpanzer gegen alle Menschen außer meiner Mutter, Verwirrung und schwermütiger Fröhlichkeit. Warum sollte ich mit ihr gehen müssen? Natürlich wäre ich überglücklich gewesen, wenn ich neben ihr hätte gehen und mit ihr reden dürfen, aber jede Annäherung würde ja die Möglichkeit beinhalten, abgewiesen zu werden, und ich wollte das Recht, sie zu sehen und mich nach ihr zu sehnen, nicht der Gewißheit einer Ablehnung opfern. Ihre Anwesenheit genügte mir. Im Herbst und im Winter hat man zuweilen das starke Verlangen nach dem Ruf eines Brachvogels, obwohl man weiß, daß es nicht erfüllt werden kann. So war es auch mit ihr, und deshalb machte ich nicht einmal den Versuch, in der Bibliothek ein Gespräch mit ihr anzufangen; ich arbeitete lediglich hart, um meine Konzentrationsschwäche zu überwinden, und das glückte mir auch nach einiger Zeit. Denn ich wollte ihrer nicht unwürdig sein; die Pflicht, gute Noten zu bekommen, war größer denn je. All die Einsen wurden aber für mich wertlos, als ich im Reetland zwischen den Brennesseln hindurch Zeuge wurde, wie ein Junge und ein Mädchen miteinander schliefen. Danach entwickelte sich ein so starkes und quälendes Bewußtsein eines Mangels, daß ich in der Gärtnerei meines Vaters bis zur Erschöpfung arbeitete. Zum ersten Mal begriff ich, warum er, der immer an Kopfschmerzen litt, manchmal sagte: »Es gibt nur eine Art und Weise, diese elenden Kopfschmerzen für einen Augenblick zu vergessen: Man muß sich mit einem Hammer so fest auf den Daumen schlagen, daß dieser Schmerz schlimmer ist als der im Kopf.« Ich arbeitete, bis ich Rückenschmerzen bekam, die den dumpfen, nagenden Kummer überdecken sollten. Aber ich brauchte sehr viel Rückenschmerzen, um sie nur für einen Augenblick vergessen zu können. Ich konnte an nichts und niemanden anders denken. Wenn ich mit dem Ruderboot unterwegs war, stellte ich mir vor, daß sie mir gegenüber saß, und ab und zu ertappte ich mich dabei, daß ich mit ihr redete, obwohl sie nicht da war, und es war immer dasselbe, was ich sagte: »Ich rudere nun schon zwölf Jahre durchs Reetland, und noch nie habe ich einen Eisvogel gesehen. Verstehst du, daß ich manchmal fast verrückt werde vor Sehnsucht nach diesem blauschillernden Vogel.« Ich versuchte mir auszumalen, wie es wäre, im Frühling zusammen die Balz der Haubentaucher zu beobachten, zusammen den balzenden Kampfläufern bei ihren drolligen Sprüngen zuzusehen, zusammen dem wehmütigen Flöten der Brachvögel zu lauschen. Am schönsten aber war die Vorstellung, wir würden dann am Abend, wenn es herrlich kühl wäre, vorm Haus zwischen dem Schilf am Wasser sitzen, bis es fast dunkel wäre, und ich konnte unsere leise übers Wasser klingenden Stimmen schon beinahe hören und die großen, weißen Rauchwolken, die aus dem Abfallhaufen im Garten aufsteigen würden, beinahe sehen. Wenn es völlig dunkel wäre, würden wir ins Haus gehen, und ich würde ihr meine selbstgezeichnete Karte des Reetlandes zeigen, auf der ich jeden Tag meine Beobachtungen notierte: die Nistplätze der Brachvögel, Rohrdommeln und Schilfrohrsänger, das Vorüberziehen von Irrgästen und Wintergästen. Ich malte mir das alles ohne jede Hoffnung auf Verwirklichung meines Traumes aus. Ekel, hatte sie gesagt. Nie zuvor hatte ich mein Äußeres aufmerksam in einem Spiegel betrachtet, aber jetzt sah ich, wenn ich in den Spiegel meiner Mutter am Kamin blickte, ein sonnenverbranntes, grobes Gesicht mit blaugrauen, tiefliegenden Augen, einer knubbeligen Stirn, einer großen Nase mit Sommersprossen. Und der Spiegel enthüllte nicht einmal das Schlimmste: den krummen Rücken, den ich von meinem Vater geerbt habe.

Später, im neuen Schuljahr, passierte etwas, das mir die Häßlichkeit meines Körpers noch bewußter machte. Ihre Klasse hatte vor uns Turnunterricht gehabt, und wir mußten im Flur vor der Turnhalle warten, bis die Mädchen im Umkleideraum fertig waren. Sie gingen durch eine andere Tür hinaus als die, vor der wir warteten. Als wir drinnen waren, entkleidete ich mich rasch und schlüpfte hastig in meine schwarze Turnhose. Die Tür wurde geöffnet, und die Turnlehrerin erschien: »Ist hier noch die Tasche von Martha?«

Wir sahen uns im Umkleideraum um.

»Ja, die liegt hier.«

»Kann sie einer von euch eben bringen?«

»Das mußt du tun, Maarten«, riefen alle.

Aber ich wollte nicht, und keiner der anderen tat es.

»Niemand? Dann muß sie eben warten«, sagte die Lehrerin verärgert.

Inzwischen hatten sich alle umgezogen. Der Umkleideraum war leer. Ich nahm ihre Tasche und öffnete vorsichtig die Tür. Sie stand im Treppenhaus vor dem großen Fenster und blickte auf den leeren Schulhof hinunter. Als sie das Geräusch der Tür hörte, drehte sie sich um.

»Ist das deine Tasche, Martha?«

Sie kam näher. Sie trug einen dunkelblauen Rock, in den goldene Kreise gewebt waren. Die Sonne schien auf das Gold, das sich bei jedem Schritt bewegte.

»Ja, das ist meine Tasche, vielen Dank.«

Sie schaute mich nicht an. In ihren Augen war kein Spott, kein Abscheu; nichts anderes als ein freundlicher, wohlwollender Blick. Ich zögerte kurz, bevor ich ihr die Tasche gab, es fiel mir so schwer, sie herzugeben, hatte ich doch wenigstens ihre Tasche in den Händen, ihre Tasche! Plötzlich sah ich mich in der Spiegelscheibe einer Zwischentür zum Gang. Ich kam mir merkwürdig klein vor, kleiner als sie, obwohl das nicht stimmte. Aber ich stand nach vorn gebeugt, als pflückte ich Tomaten. Es sah fast so aus, als hätte ich einen Buckel. Meine unnatürlich bleiche Haut, die mit gespenstischem, langem schwarzen Haar bewachsen war, kontrastierte mit meinem sonnenverbrannten Gesicht. Und vielleicht am schlimmsten waren dann noch diese langen, staksigen weißen Beine, die ebenfalls mit schwarzem Haar bewachsen waren. Ich reichte ihr die Tasche. Ganz flüchtig berührten meine Hände die ihren. Schnell lief ich weg von meinem Spiegelbild. Meine Hände kribbelten an den Stellen, die ihre Hände berührt hatten. Keiner hatte mich vermißt. Wir machten Übungen am Reck, bei denen wir meistens auf den Holzbänken an der Wand sitzen mußten. Ich saß da und betrachtete eingehend meine Brust, meine Beine, dieses abscheuliche schwarze Haar auf der weißen Haut. Die meisten Jungen hatten glänzendbraune Rücken, sie hatten die Sommerferien am Strand verbracht. Ich hatte in der Gärtnerei gearbeitet, und mein Vater hatte mir nicht erlaubt, den Oberkörper zu entblößen, weil das sündhaft war.

Schlimmer aber als dieser wachsende Abscheu gegen meinen eigenen Körper war, daß ich mit niemandem so über Martha reden konnte, daß ich das Gefühl gehabt hätte, auch nur einigermaßen verstanden zu werden. Sogar Johan konnte mich nicht verstehen, und all die Bücher über Boerhaave, Kepler, Pascal, Gauß, die mich früher noch getröstet hatten, weil sie von Menschen handelten, die abgesehen davon, daß sie wirkliches Talent und wirkliche Begabung besaßen, mit mir zumindest eines gemeinsam hatten, nämlich daß auch sie von Kind an immer isoliert gewesen waren, erwähnten mit keinem Wort diesen merkwürdigen, nagenden Kummer, der alles überschattete, jede wache Stunde, aber auch jeden Traum. Mehr denn je hatte ich das Gefühl, völlig allein zu sein; früher hatte es wenigstens noch Kinder gegeben, die einen Sonnentanz vollführten oder Mörtel zwischen den Steinen wegkratzten oder heimlich pinkelten, und auch wenn ich diese Kinder verabscheute, so hatte ich doch gewußt, daß ich nicht der einzige war.

Durch sie aber lernte ich jemand anderen kennen, der es verstanden hatte, der auch gewußt haben muß, was es war. Weil sie sich in der Bibliothek immer Bücher über Musik auslieh, las ich diese Bücher auch, nachdem sie sie zurückgebracht hatte, und ich las nicht nur, sondern hörte auch daheim, in jener stillen Stunde, in der meine Mutter Tee einschenkte, im Radio Musik; und mit der Zeit wurde es sogar möglich, auch später am Abend immer mehr zu hören, trotz der Proteste meines Vaters, der von sündhaftem, weltlichem Treiben sprach, denn meine Mutter entpuppte sich plötzlich als Bundesgenossin. Als Kind hatte sie, so erzählte sie mir, Tanten besucht, die auch öfter Musik hörten, und seitdem hatte sie sich immer gewünscht, mehr davon zu hören, aber meinem Vater war es zuzuschreiben, daß daraus nichts geworden war. Nun bildeten wir im Wohnzimmer eine kleine Mehrheit, so daß fast jeden Abend das magische Auge des Radios leuchtete und eigenartige Klänge das Geräusch von Amseln und rauschendem Schilf übertönten. Denn eigenartig waren diese Klänge; anfangs konnte ich nichts Besonderes an ihnen entdecken, aber das änderte sich mit der Zeit, und ich machte die Erfahrung, daß man, wenn man sich ein Werk nur öfter anhörte, zuweilen plötzlich ergriffen sein konnte, ohne imstande zu sein, diese Ergriffenheit anders als durch Tränen zu äußern. Eigenartig war jedoch auch, daß ich bei einem Komponisten anscheinend keine Wiederholung brauchte, daß ich es augenblicklich und beim ersten Hören erkannte: auch er hat es durchgemacht.

Bereits bei den ersten Takten der *Unvollendeten* wußte ich es, und der Fortgang bestätigte alles: das war es, nicht durch Worte mitteilbar, nicht zu begreifen, nicht zu bewältigen, nur zu ertragen. Ich hörte es auch aus den anderen Werken Schuberts heraus, aber weniger deutlich als in dieser einen Symphonie, in der es so konzentriert festgehalten war und der Klang der Instrumente es beinahe sogar annehmbar machte. Das also war ihre Welt, denn sie spielte selbst auch Schubert, wie ich über Johan von einem Mädchen aus ihrer Klasse hörte. Aber an einem der Schulabende, an dem die Schüler musizierten, spielte sie Haydn. Zum ersten Mal sah ich, daß sie auch nervös sein konnte, daß ihre Hände sogar ein wenig zitterten. Und ihre Wangen waren tiefrot, röter, als der Wind sie je gemacht hatte. Sie setzte sich an den Flügel. Sie spielte die achte Sonate von Haydn in Es-Dur, wie sie mit sehr leiser Stimme mitteilte. Vor allem im zweiten Teil der Sonate war sie selbst anwesend. Es war, als sei diese feierliche, magisch ruhevolle Musik nur komponiert worden, um ihren Charakter zu beschreiben.

Als der Musikabend beendet war, radelte ich ganz allein in die dunkle Nacht hinaus. An der ersten Wegbiegung sah ich sie an einer Bushaltestelle stehen. Auch sie war allein. Sie stand mit hochhackigen Schuhen da, und ich wußte genau, daß sie die noch nie zuvor getragen hatte. Sie hatte den Kragen ihres blauen Mantels hochgeschlagen, um sich gegen den kalten Nachtwind zu schützen.

Ich fuhr langsamer. Als ich beinahe an der Bushaltestelle war, sagte sie laut und fröhlich: »Tag, Maarten.«

»Tag, Martha«, sagte ich, »du hast phantastisch gespielt, es war wunderschön, vor allem der zweite Teil.«

»Findest du? Ich habe aber einige Fehler gemacht.«

»Ich habe sie nicht gehört.«

»Ein Glück, tschüs.«

»Ja, tschüs.«

Ich fühlte mich ganz leicht im Kopf. Der Gegenwind wühlte mir durchs Haar, und doch kam es mir so vor, als würde ich fliegen. Ich stellte mich in die Pedalen und stemmte den Körper gegen den Wind; ich wußte, daß mich niemand würde einholen können, daß niemand mich durch sein Gerede um diese unbändige Freude würde bringen können. Ich war so ungeheuer glücklich, daß ich einfach singen mußte, und weil ich nichts anderes konnte, brüllte ich einen Psalm durch die Dunkelheit.

Das kurze Gespräch hatte Folgen. Als sie am darauffolgenden Dienstag in die Bibliothek kam, bat sie mich: »Maarten, könntest du mir ein Buch über Haydn heraussuchen?«

So kam es zu einem einfachen Kontakt, jede Woche sprachen wir einige Sätze miteinander, Sätze, die jedesmal von neuem diese unbändige Freude in mir auslösten, auch wenn es, anders als an jenem Abend, nicht immer genug Wind gab, dem ich danach in meinem Glück entgegenstürmen konnte.

An einem dieser Nachmittage sagte ich zu Johan: »Gleich wird Martha kommen und erzählen, daß sie im Literaturunterricht ein Referat über Martinus Nijhoff halten muß.«

»Woher weißt du das?«

»Ich weiß es nicht, aber ich glaube es, ich habe manchmal Vorahnungen, und meistens treffen sie zu.«

»Unsinn«, sagte er, doch ich suchte vorsorglich einige Bücher von und über Nijhoff zusammen.

Einen Augenblick später war sie da, und sie stand, wie immer, nah an der Tür, den Kopf leicht geneigt.

»Ich werde . . . ich muß ein Referat halten«, sagte sie.

»Über wen?« fragte Johan.

»Über Martinus Nijhoff«, sagte sie.

Johan sah verdutzt zuerst mich und dann Martha an. Ich legte einige Bücher vor ihr auf den Tisch.

»Hier sind Bücher über Nijhoff«, sagte ich, »ich habe sie schon für dich herausgesucht.«

»Für mich? Woher wußtest du . . .?«

»Ich wußte es nicht, ich habe es nur geahnt.«

»Aber . . .«

Sie sah mich mit gerunzelter Stirn an, sie wirkte ängstlich

und ärgerlich zugleich. Ich tat aber so, als würde ich ihre Angst nicht bemerken, ich schlug die *Geschichte der niederländischen Literatur* für sie auf und zeigte ihr die Seiten über Nijhoff. Ich blätterte in dem Buch, sie las einige Sätze, ihre Finger bei den Wörtern. Ganz kurz kam eine Atmosphäre von Vertrautheit auf. Dann nahm sie die Bücher und verließ die Bibliothek. Als ich später am Nachmittag entdeckte, daß in *Gestalten mir gegenüber* von Vestdijk ein langer Beitrag über Nijhoff stand, lief ich mit dem Buch durch die Flure des Schulgebäudes, doch sie war bereits fort. Ich nahm das Buch mit nach Hause, um etwas über Nijhoff zu lesen. Jetzt, wo sie über diesen Dichter reden mußte, wollte ich auch alles über ihn wissen.

Eine Woche später kam sie wieder in die Bibliothek.

»Morgen muß ich mein Referat halten«, sagte sie. »Habt ihr auch *Gestalten mir gegenüber* von Vestdijk, da scheint nämlich auch noch ein Aufsatz über Nijhoff drinzustehen.«

»Ich habe es zu Hause«, sagte ich erschrocken.

»Du hast es?«

»Ja, soll ich es dir heute abend zu Hause vorbeibringen?«

»Das dauert mit dem Rad hin und zurück mindestens anderthalb Stunden«, sagte Johan spöttisch.

»Soll ich es bringen?« fragte ich.

»Och«, sagte sie, »och, nein, nein, so dringend ist es auch wieder nicht, das ist nicht nötig.«

Sie errötete und öffnete die Tür der Bibliothek.

»Nein«, wiederholte sie auf der Schwelle, »das ist nicht nötig.« Sie schloß die Tür.

»Warum hast du das gesagt?« fragte ich Johan.

»Ja, dumm von mir, aber sie hätte sowieso nein gesagt.«

»Glaubst du?«

»Ich weiß es ganz genau.«

Danach kam sie nie wieder in die Bibliothek.

Abitur und Kirchgang

Obwohl wir unser Abitur bereits einen Monat vor ihr gemacht hatten, kam ich mit Johan an einem Mittwochnachmittag im Juni noch einmal zurück. An diesem Tag wurden die Ergebnisse der Prüfungen ihrer Klasse bekanntgegeben. Ich fuhr mit Johan unter einem grauen, trauernden Himmel zur Schule. An der Schule angekommen, wollte Johan im Nieselregen stehenbleiben.

»Was haben wir hier eigentlich noch zu suchen?« fragte er. »Gleich wirst du ungeheuer traurig sein. Was hat das für einen Sinn? Muß das denn wirklich sein?«

Ich wurde über diese seltsame Art von Mitgefühl beinahe wütend, wandte mich brüsk ab und ging zum Schuleingang. Er folgte mir, noch immer protestierend. Als erstes sahen wir denjenigen, mit dem alles angefangen hatte.

»Warum warst du nicht da?« fagte Theo mich, »du hättest Martha gratulieren können.«

In dem Augenblick ging sie, zusammen mit ihrer Mutter, einer älteren und drei jüngeren Schwestern, an mir vorbei. Sie waren auf dem Weg zur Pforte, eine ganze Prozession von Mädchen und Frauen, die ihr alle ähnlich sahen, so daß zum ersten Mal nicht dieser schmerzliche Kontrast zwischen ihr und anderen Mädchen bestand. Wohin sonst hätte ich gehen sollen als zu der beschlagenen Fensterscheibe? Mit meinem Pulloverärmel wischte ich einen Teil der Scheibe sauber. Da liefen sie, schräg über den Schulhof, mit ziemlicher Hast. Als sie bei den blühenden Rosensträuchern waren, gingen sie viel gemächlicher. Nun konnte ich nur noch ihre Oberkörper sehen, und durch ihre ruhigen, unsichtbaren Schritte war es, als schwebten sie über den Sträuchern, die kleine Mutter, die ein grünes Hütchen trug, in der Mitte. Plötzlich begann Martha zu laufen. Warum? Sie war noch nie gelaufen, sie ging immer so gelassen. Wollte sie den Bus erreichen? Aber warum liefen dann die anderen nicht? Wußte sie, daß ich hier am Fenster stand und sie beobachtete? Sollte sie nun wirklich rennend aus meinem Leben verschwinden? Sie war ihrer Mutter und ihren Schwestern bereits ein ganzes Stück voraus. Sie überquerte die Straße und rannte an einer schmalen Gracht entlang, deren Wasser von dunkelgrünen Algen grau gefärbt war. Sie verschwand hinter den Häusern. Noch lange blickte ich auf die Straße hinunter, wo ihre Mutter und ihre Schwestern gemächlich weitergingen, als einziger Beweis dafür, daß sie noch in der Nähe war. Wie lange würde ich ihr Gesicht noch sehen können, das ich jetzt so deutlich vor mir hatte? Ich sah die Fältchen um die Augen, ich sah das sonderbare Lächeln, und ich hörte ihre klangvolle, ruhige Stimme. Und während die Scheibe wieder beschlug, schien es, als sähe ich sie noch über den blühenden Rosen.

In den Sommerferien arbeitete ich wie ein Besessener in der Gärtnerei meines Vaters. Immer wieder pfiff ich eine kurze Passage aus Schuberts *Unvollendeter*, um leichter zu ertragen, daß ich sie nicht vergessen konnte. Vergeblich versuchte ich mir ihr Gesicht vorzustellen. Ich schob die schweren Loren so schnell über die Schienen, daß mein Vater mich zu mehr Besonnenheit ermahnte, ich pflückte Tomaten in rasender Eile, zwei Körbe in der Zeit, in der mein Vater einen pflückte. Ich schnitt Spinat, und mein Vater staunte nur noch über das fieberhafte Tempo, mit dem ich die Kisten füllte. Ich band Mohrrüben zu Bunden, ich pflückte Brechbohnen, und das sogar schneller als meine Mutter, die in ihrer Jugend so viele Wettkämpfe im Brechbohnenpflücken gewonnen hatte. Wir hockten zwischen den Brechbohnen auf der feuchten Erde, meine Mutter und ich, und meine Mutter klagte über die braunen Nacktschnecken, die in so viele Pflanzenblätter große, braungeränderte Löcher fraßen. Ich wollte ihr von Martha erzählen, brachte es aber nicht fertig, und deshalb trat ich auf die braunen Schnecken, bis von ihnen nur ein graubrauner Matsch übrigblieb. Selbst mein letzter Trost, das Reetland, half mir nicht, Martha zu vergessen. Dennoch war gerade dieser Sommer prachtvoll; ich sammelte mehr Informationen über die Vögel als in vielen vorhergehenden Jahren. Jeden Tag ruderte ich nach dem Abendessen hinaus, auch wenn es regnete, einmal sogar während eines heftigen Gewitters; mein Vater wollte mir verbieten, hinauszufahren, aber ich tat es doch. Er versuchte, mich daran zu hindern, er stand nach dem Essen in der Wohnzimmertür, doch ich schob ihn achtlos beiseite, und meine Mutter rief: »Maarten, nicht doch.«

Doch selbst ihr konnte ich nicht mehr gehorchen. Ich ruderte über das noch spiegelglatte Wasser. Die Gewitterwolken hingen drohend am Abendhimmel. Die Vögel schwiegen. Plötzlich jagten Windböen über das Wasser und peitschten es auf, so daß ich mein Boot direkt gegen den Wind über die Schaumkämme rudern mußte. Ich sah die ersten Blitze, die in Zickzacklinien aus der Wolkendecke herabschossen. Ich hatte keine Angst. Die rasch aufeinanderfolgenden Entladungen erleuchteten einen Moment lang das heftig hin- und herschwankende Röhricht und das schäumende Wasser. Ich vermißte nur die nie fehlenden Worte meiner Mutter beim ersten Donnerschlag: »Die Stimme Gottes.«

Bei einem der schwersten Donnerschläge vergaß ich auf einmal kurz das Rudern, so daß das Boot beinahe kenterte. Warum hatte ich nicht eher daran gedacht? Ich konnte sie ja wiedersehen, nicht in der Schule, aber in der Kirche; Theo hatte doch erzählt, daß sie derselben Kirche angehörte wie er. Und Theo war altreformiert. Wenn ich also am Sonntag zu der einzigen altreformierten Kirche in ihrer Stadt radelte, würde ich sie bestimmt wiedersehen, denn die Altreformierten waren eifrige Kirchgänger. Der Regen prasselte herab und durchnäßte mich. Zwischen dem Schilf sah ich auf den Wellen tanzende Haubentaucher, die nicht vor mir wegtauchten. Ich straffte meinen Rücken, ich war der höchste Punkt im Reetland, denn um mich herum war nur Wasser und niedriges Schilf. Dennoch würde mich der Blitz nicht treffen, weil ich jetzt wußte, wie ich sie wiedersehen konnte.

Vor Jahren hatte mein Vater ein Vorhängeschloß gekauft, um mich daran zu hindern, am Sonntag mit dem Ruderboot hinauszufahren. Er hatte das Ruderboot mit dem Schloß an einem Eisenring festgemacht. Ich hatte den Ring mitsamt Block aus der Erde gerissen. Seitdem hatte er es dabei bewenden lassen, biblische Verwünschungen auszustoßen, wenn ich hinausruderte. Meine Mutter hatte das Rudern am Sonntag seufzend hingenommen. Ich hatte ihr erzählt, daß ich die Vögel jeden Tag beobachten müßte, wenn ich einen genauen Überblick über ihr Verhalten bekommen wollte. Aber was würden sie nun sagen? Ich würde ihnen erzählen müssen, daß ich zu einer anderen Kirche wollte, einer Kirche, die so weit weg war, daß ich einfach gezwungen war, das Rad zu nehmen. Würden sie das jemals hinnehmen? Ich saß am Tisch, meine Mutter bürstete ihr langes Haar, mein Vater trank schweigend Tee, und ich sagte: »Ich möchte gerne mal einen anderen Pfarrer hören, ich werde in eine andere Kirche gehen.«

Die Bürste blieb plötzlich unbeweglich im Haar hängen, die Teetasse meines Vaters verharrte in der Luft, und mehr denn je glich sein Gesicht einem Stück bearbeiteter Baumrinde.

»Mutter«, sagte er, »in den Jungen ist der Teufel gefahren. Vor einer Woche das Unwetter, jetzt in eine andere Kirche.«

Er stellte seine Tasse mit Schwung auf den Tisch und schlug mit der Faust auf das harte Holz.

»Zum Donnerwetter, ich will es nicht«, sagte er.

»Nicht doch, Mann«, sagte meine Mutter.

»Immer hältst du zu dem Jungen. Warum? Immer läßt du ihm seinen Kopf, diesem Miststück, aber ich will das nicht, ich schlage ihn tot.«

»Nicht doch, Mann«, sagte meine Mutter wieder.

Ihre Worte machten ihn noch wütender. Während er merkwürdige Töne ausstieß, zerrte er mich vom Stuhl und schlug mich auf den Rücken.

»Ach so«, sagte ich, »willst du mich wieder feste schlagen und treten, so wie früher?«

Oft hatte er mich durchs Zimmer gestoßen und getreten und dabei geschrien: »Ich bring dich um.«

Meine Mutter stand dann hinter ihm, umklammerte ihn, versuchte, ihn wegzuziehen, und ich kreischte: »Vater, Vater, ich will es auch nie wieder tun.«

Es waren immer harmlose Vergehen. Ich hatte eine Mohrrübe herausgezogen und gegessen, ich war mit der Lore gefahren, ich hatte den Griff des Tomatensortierers auf und ab bewegt. Nun ging es nicht einmal mehr um ein Vergehen, sondern nur um eine Absicht. Er stand mit grünen, halb zugekniffenen Augen und an den Schläfen blau pulsierenden Adern vor mir. Er wollte mich schlagen, aber ich umklammerte seine Hände und zog seine Arme herunter. Sein Gesicht wurde dunkelrot, er strengte sich an, um sich aus meinem Griff zu befreien, aber umsonst. Meine Mutter umklammerte meinen Oberkörper, versuchte mich wegzuziehen, und deshalb ließ ich seine Hände endlich los. Keuchend stand er da. Er schluckte ein paarmal. Dann ging er zur Wohnzimmertür, verschwand nach draußen und schlug die Tür knallend hinter sich zu. Meine Mutter stellte sich vor mich, ohne mich loszulassen, und das nicht ohne Grund, denn am liebsten wäre ich ihm gefolgt und hätte jetzt ihn geschlagen. Ihr Gesicht war dicht an dem meinen, ihr langes, schwarzes Haar ruhte auf meiner Schulter. Sie lächelte traurig und sagte: »Geht sie auch dahin?«

»Sie«, sagte ich wütend, »wie weißt du . . .?«

»Ich weiß nichts«, sagte sie, »ich dachte nur, daß . . . Wir brauchen nicht darüber zu reden, wenn du es nicht willst. Geh nur getrost in diese Kirche.«

Ich preßte mein Gesicht gegen ihr schwarzes Haar. So hatte ich meine Mutter noch nie umarmt. Ihr Haar duftete sonderbar, wir standen dicht aneinandergedrückt, und sie streichelte mir über den Kopf.

»Ich bin doch auch einmal verliebt gewesen«, sagte sie,

»was für ein richtiger Mann du schon geworden bist! So groß und stark! Stärker als dein Vater. Ich denke schon, daß sie dich nett finden wird.«

»Nein«, sagte ich, »sie findet mich nicht nett.«

»Ich habe es mir schon gedacht, du warst in der letzten Zeit so still, du hast so schwer gearbeitet. Ach, es kommt so oft vor, daß es nicht gegenseitig ist, das ist ganz normal. Aber eigentlich glaube ich, daß es nur dann echt ist. Alles andere ist Spiel, und es ist doch immer so, daß es nur von einer Seite echt sein kann. Der andere fühlt sich geschmeichelt, weil jemand in ihn verliebt ist. Nun, und dann heiratet man eben, weil der andere so verrückt nach einem ist. Und wenn man einmal verheiratet ist, verschwindet die Verliebtheit ziemlich schnell, und wenn man Glück hat, wenn man es zufällig gut getroffen hat, fühlt man ein wenig Zuneigung füreinander, und manchmal wird die sogar ein wenig stärker, so wie man auch für sein Haus und seinen Garten eine immer stärkere Zuneigung empfindet, weil man nun einmal darin wohnt und arbeitet. Man fühlt sich immer stärker aneinander gebunden. Mit Liebe aber hat das überhaupt nichts zu tun. Liebe, das ist, wenn man immer mit dem anderen zusammensein möchte, jeden Augenblick seines Lebens.«

»Ich gehe«, sagte ich unwirsch.

Vor der Kirche war ein kleiner gepflasterter Platz, gerade breit genug, daß sich Grüppchen bilden konnten. Bevor die Kirchgänger sich hineinbegaben, standen sie hier im Sonnenlicht und unterhielten sich, die Frauen mit weißen Täschchen und in blaßblauen Kleidern, die Männer in hellgrauen Sommeranzügen. Sie lachten. Martha war nicht darunter. Vielleicht war sie schon in den kühlen Vorraum gegangen, in diese merkwürdige Halle, wo der Duft von Pfefferminz und Eau de Cologne sich erst andeutete. In der Kirche selbst dominierte er, ebenso wie auch der Klang der leisen Stimmen bereits in den Bänken sitzender Menschen, eine

Art schwermütiges Gemurmel, eigentlich normales Sprechen, das vielleicht nur mir so erschien, weil ich Martha nicht sah. Ich sah aber das grüne Hütchen ihrer Mutter und zwei ihrer drei jüngeren Schwestern, woraus ich schloß, daß sie auch da sein müßte, wenn nicht dort, dann eben woanders, entweder draußen oder auf einem von mir nicht bemerkten Platz in der Kirche. Während ich durch den Mittelgang zurückging, fiel mir auf, daß es auch eine Empore gab, und ich eilte wieder in den Vorraum, wo ich eine Wendeltreppe entdeckte, die nach oben führte. Außer Atem erreichte ich die Empore, sah sie aber sofort. Sie saß ganz allein am Fenster. Ich traute mich nicht, ihr auf mehr als zwei Bänke näher zu kommen, und weil ich nicht zu ihr hinübersehen wollte – ich hatte Angst, sie würde sich umdrehen, mir geradewegs ins Gesicht schauen und heftig erschrecken –, richtete ich meinen Blick auf die schrägen Fenster. Ich wollte sie auch deswegen nicht ansehen, weil sie das Haar hochgesteckt hatte, wodurch sie ganz anders als früher aussah. Was für ein schmales Gesicht sie hatte! Was für ein eigenartiges, scharf geschnittenes Profil! Oder war das nur eine trügerische Verzerrung durch das Sonnenlicht, das so seltsam durch die schrägen Fenster einfiel? Ich konnte meine Augen doch nicht von ihr abwenden, und deshalb passierte, was ich vorhergesehen hatte. Sie blickte sich um, sah mich, und plötzlich war wieder die Röte auf ihren Wangen. Sie sprang auf und stolperte fast, als sie schnell durch die Bankreihen fortging. Ich hörte ihre Schuhe deutlich auf der Holztreppe klappern. Ich fühlte mich schuldig und traurig: sie hatte Angst vor mir. Warum? Ich wollte sie doch nur sehen. Ich hörte noch immer das Geräusch ihrer Schritte, jetzt weit weg, aber unverkennbar ihr Rhythmus, und ich konnte sogar noch hören, daß sie die Kirche verließ; dann war das Geräusch verschwunden, kehrte einen Augenblick später aber zurück, kam wieder näher, und ich war erstaunt und fühlte mich nicht mehr so schuldig, bis sie neben einem stämmigen, schwarzhaarigen, schnurrbärtigen

Mann hereinkam, der mich nicht einmal ansah, sondern vor ihr zu dem Platz am Fenster ging, wo sie soeben gesessen hatte. Zuerst starrte ich diesen Wüstling, der so dicht neben ihr saß, nur mit stummem Befremden an, als sie aber während der Predigt ihren Kopf an seine Schulter lehnte, war mir, als hätte ich ihn schon jahrelang gehaßt und als wäre dieser Haß das einzige, das zum schmerzlichen, glückseligen Gefühl ihrer Gegenwart noch gefehlt hatte. Der Haß vervollständigte alles Vorhergehende. Die Sonne wanderte während des Gottesdienstes ein Stück weiter, so daß sie im Schatten saß, als wir den letzten Psalmvers sangen. Als der Segen gesprochen wurde, stand sie wie alle anderen auf, so daß ihr die Sonne noch einmal ins Gesicht leuchtete. Ich blickte sie noch einmal an und ging dann, bevor die anderen Kirchgänger hinaustrotteten, weil ich vermeiden wollte, daß wir uns noch einmal ins Gesicht sahen und ich wieder diesen Schreck in ihren Augen würde wahrnehmen müssen. In einer dunklen Gasse neben der Kirche wartete ich, bis sie herauskam. Sie war vor ihm draußen, aber er ging schnell weg, während sie sich ein braunes Kopftuch umband und auf dem zum Platz verbreiterten Bürgersteig sich noch mit adrett gekleideten und frisierten Mädchen unterhielt. Er kam auf einem Motorroller zurück, und sie nahm auf dem Sozius Platz, beide Beine nach einer Seite. Sie fuhren rasch weg, und sie schaute sich am Ende der Straße noch einmal um. Zum Glück sah sie mich nicht, weil ich mich zwischen den Kirchgängern verbarg. Als sie um die Kurve verschwunden waren, rannte ich zu meinem Rad und folgte ihnen. Sie waren natürlich verschwunden. Ich fuhr durch die Straßen der Stadt, anfangs in der Hoffnung, sie durch Zufall noch einmal wiederzusehen, allmählich jedoch immer verzweifelter, trotz der goldenen Septembersonne, die vor allem außerhalb der Stadt, auf dem Treidelpfad, Wiesen und Bäume mit einem nie gekannten Glanz umgab. Während ich weiterfuhr, dachte ich kurz: ich kann ja einfach ins Wasser fahren, aber dieser Gedanke verschaffte mir keine Erleichterung, denn diese eigentümliche Beklemmung, die beinahe der Atemnot eines Ertrinkenden glich, schien selbst dann noch andauern zu können, wenn ich ertrank. Es wunderte mich, daß der dumpfe Schmerz in meiner Brust mich an Selbstmord denken ließ, und zugleich den Gedanken daran aufhob. Aber diese Verwunderung machte es auch möglich, erstaunt, ja bestürzt darüber zu sein, daß ich ihr Gesicht noch immer deutlich vor Augen hatte, allerdings nicht das Gesicht von früher, sondern das von vorhin, mit jenem in der Erinnerung ständig wachsenden Schreck in ihren Augen. Auch die Szene, wie sie fast stolperte, weil sie so schnell davonlief, sie, die immer die Ruhe in Person war, war mir noch genau gegenwärtig; und während ich im goldenen Hauch des Sonnenlichts unter den merkwürdig langsam am Himmel dahinziehenden Wolken weiterradelte, fühlte ich mich immer schuldiger. Sie hatte einmal gesagt, daß ich ein Ekel sei, und das war unmißverständlich gewesen, aber es war doch etwas ganz anderes, dieses Wort plötzlich in Form einer Flucht materialisiert zu sehen. Ich hatte ihr durch meine Anwesenheit Angst gemacht, und mein Glücksgefühl über ihre Nähe konnte das nicht aufwiegen, ja konnte überhaupt kein Glücksgefühl sein, wenn sie mich so unbedingt ablehnte; also würde ich sie auch in dieser Kirche nie mehr wiedersehen können. Wo aber dann? Nirgends? Sollte ich sie denn wirklich nie mehr wiedersehen, nur wissen, daß sie existierte, für immer unerreichbar, nicht wegen dieses Mannes mit dem Motorroller, denn der war Nebensache, sondern wegen eines Umstandes, der mich selbst betraf, etwas, das ihr Erschrecken und ihr Stolpern verursacht hatte und mit dem ich viel schwerer fertig wurde als mit ihrem an diese fremde Schulter gelehnten Kopf.

Später sollte es für mich zu etwas ganz Normalem werden, ein Gedanke, den ich für schwierige Augenblicke parat hatte – »wenn ich will, kann ich ja jederzeit allem ein Ende machen« –, aber dieser erste Gedanke an Selbstmord beim Radeln über den vertrauten Treidelpfad war wie das Wetterleuchten vor einem heraufziehenden Gewitter gewesen. Es war, als hätte ich all die Jahre bis zu diesem Augenblick geschlafen und wäre nun wie der Mann in Schuberts *Winterreise* aus einem Traum aufgeweckt worden. Nie würde ich sie, genau wie dieser Träumer, in meinen Armen halten; genau wie er hatte ich die Blumen, die der Frost auf die Scheiben gemalt hatte, für echte Blumen gehalten. Ich hatte ja immer geglaubt, daß zwischen Martha und mir einmal etwas geschehen würde, was uns zueinanderbrächte. Aber ihr Erschrecken und ihr Stolpern hatten diesen Glauben erschüttert und erschütterten damit auch einen anderen Glauben. Denn dieser Kirchgang hatte vor allem ein Ergebnis: Plötzlich begann ich noch stärker am Evangelium zu zweifeln, als ich es ohnehin schon getan hatte, denn die Frohbotschaft hatte gerade für diese Enttäuschung offenkundig nichts anzubieten. Was nützte es, von Christus erlöst zu werden und nach dem Tod in den Himmel zu kommen, wenn sie doch nur Angst vor einem hatte und flüchtete. Man wäre bis in alle Ewigkeit im Himmel, würde also auch bis in alle Ewigkeit diesen Schmerz über ihre Unerreichbarkeit fühlen. Es war ein primitiver, seltsamer und beängstigender Gedanke, aber doch so real, daß ich sie vergessen wollte, um meinen Glauben zu bewahren. Und deshalb saß ich Abend für Abend in der Dachkammer bei meinem Onkel und meiner Tante über theologische Werke gebeugt. Ich vertiefte mich in finstere dogmatische Studien, die mir der Studentenpfarrer nicht nur empfahl, sondern sogar lieh. Wenn es so wichtig war, den Unterschied zwischen der Hand und dem Finger Gottes zu entdecken, wie aus der dogmatischen

Studie über die Vorsehung hervorging, mußte der Glaube wohl auf Wahrheit beruhen. Und doch konnte ich mich immer weniger des Gedankens erwehren, daß sich all diese Theologen nur deswegen so intensiv mit subtilen Problemen dieser Art beschäftigten, um der einzigen Frage aus dem Weg zu gehen, auf die es ankam: War Jesus tatsächlich der Sohn eines existierenden Gottes? Als ich im Kirchenblatt meines Onkels und meiner Tante las, daß der Verfasser der moosgrünen Bände in einer kleinen Kirche des Nachbardorfs predigen würde, beschloß ich sofort, dorthin zu gehen. Ich wollte diesem Mann begegnen; vielleicht würde ich dann wissen, ob er tatsächlich der Frage, auf die es ankam, auswich.

So fuhr ich an einem Frühlingsabend im März durch den schmuddeligen Außenbezirk der Universitätsstadt zu einem Dorf, an das sich nach einem schmalen Feldweg zwischen Stacheldrahtzäunen ein weiteres, kilometerweit am Fuß der Dünen sich hinziehendes Dorf anschloß. Ich wußte nicht genau, wo die Kirche war, aber ich war sicher, sie trotz der einsetzenden Dämmerung zu finden, wenn ich mich zwischendurch nach dem Weg erkundigte. Je näher ich dem Dorf kam, desto schneller dunkelte es, nicht weil der Himmel finsterer wurde, sondern weil die Bäume dichter und höher aufragten. Zwischen den Bäumen sah ich die erleuchteten Fenster der Landhäuser, und fast jede dieser Villen trug eine Antenne, auf der eine Amsel ihr Abendlied flötete. Es schien, als riefen sie sich durch die Bäume hindurch etwas zu, mit manchmal melodiösen, manchmal schrillen Tönen, die nicht selten dann, wenn sie aufflogen, in jenes gellende Schmettern übergingen, das zu Vorfrühlingsabenden gehörte. Gerade dieses Schmettern, das hier so häufig und im Reetland seltener zu hören war, ließ das Heimweh erwachen. Dieses Gefühl hatte ich bei meinem Onkel und meiner Tante sehr gut kennengelernt. Tag für Tag sehnte ich das Wochenende herbei, weil ich dann nach Hause radeln konnte, zu dem flackernden Teelicht meiner Mutter und mit der Chance, im Reetland einen Eisvogel zu sehen. Ich wußte nun auch, was ich für Martha empfunden hatte; auch das war eine Art Heimweh gewesen, ein Heimweh ohne die Möglichkeit einer Heimkehr.

Das Radfahren tat mir gut, teils, weil diese Art der Bewegung bereits so stark mit den langen Radtouren nach Hause verknüpft war, teils, weil es eine Bewegung war, bei der man keine fremde Hilfe benötigte und zugleich vorankam und zum Weitermachen gezwungen wurde.

Inzwischen wurde es Zeit, den richtigen Weg zu finden. Es war die stille Abendstunde, in der nur diejenigen ihre Wohnungen verließen, die ihren Hund ausführen mußten. Ich radelte an einer alten Dame mit einem weißen Windhund vorbei, einem unfreundlich aussehenden Herrn mit einem Bouvier, einer jungen Frau mit vier Dackeln an vier Leinen, die alle in verschiedene Richtungen strebten, aber ich sprach sie nicht an, weil ich keine Erfahrung mit Hundebesitzern hatte und ihnen deswegen mißtraute. Im Reetland waren mir solche Menschen nie begegnet. Zu meiner Erleichterung sah ich auch einen jungen Mann ohne Hund, der, als ich mich ihm in der durch die dichtstehenden Bäume bereits ziemlich dunklen Allee näherte, einen leeren Korb zu tragen schien; deshalb zögerte ich kurz, bevor ich ihn ansprach, nahm mich aber dann zusammen und fragte: »Wissen Sie vielleicht, wo die Bloemcamplaan ist?«

»Das ist noch eine ganze Strecke, aber leicht zu finden. Erst mal einfach geradeaus, an der Ampel rechts ab, dann die erste, nein zweite Straße links, das ist die Bloemcamplaan.«

Während er sprach, kam ein kleines Tier angelaufen, das kaum die Bezeichnung Hund verdiente; der Mann stellte das Körbchen auf den Bürgersteig, und das zwergenhafte Tier sprang hinein. Der Korb wurde aufgehoben, und der Mann überquerte die Straße. Auf der anderen Seite wurde der Korb wieder hingestellt, und das Hündchen sprang heraus und trabte zur nächsten Straßenecke, wo es mit abgehacktem Kläffen auf seine nächste Luftreise wartete. Ich fuhr weiter und sah immer neue Hundebesitzer, die ihre Hunde ausnahmslos an der Leine führten (eine Polizeiverordnung?), so daß sich der Mann mit Korb und Hündchen bei jedem folgenden Hund, der an einer Leine geführt wurde, einer größeren Übertretung schuldig zu machen schien. Doch er hatte mir den Weg richtig erklärt, denn ich erreichte schon bald die Bloemcamplaan, durchradelte sie aber, ohne eine Kirche zu entdecken, und kam deswegen nicht umhin, eine Dame in einer Pelzjacke mit einem sklavischen Schäferhund anzusprechen: »Mevrouw, wissen Sie vielleicht, wo hier die Bloemcamp-Kirche ist?«

»Lieber Himmel, gibt's hier eine Kirche? Keine Ahnung. Weißt du, ob's hier eine Kirche gibt?«

Die letzten Worte waren an einen Mann gerichtet, der sich mit einer Leine näherte, an der kein Hund zu sehen war.

»Eine Kirche, hier? Ja, ich habe gehört, daß es hier so etwas geben soll, aber ich weiß zum Glück nicht, wo; alles Elend dieser Welt haben wir den Kirchen zu verdanken.«

Um eine Straßenecke näherte sich ein winselnder Köter von unbestimmter Rasse, der eine lange Leine hinter sich herschleifte. Erst als Mann und Hund sehr viel weiter waren, merkte ich, daß beide Leinen miteinander verbunden waren. Die Dunkelheit verschluckte sie, und ich sah nur eine Leine vorübergehen.

Die Allee war überraschend lang, und fortwährend tauchten neue Spaziergänger mit Hunden auf. Ich traute mich aber nicht mehr, sie zu fragen, sondern fuhr die Straße auf und ab und hoffte, das Kirchengebäude doch noch zu entdecken. Auf einmal tauchte aus der Dunkelheit ein Steinklotz auf, an dem ich bereits drei- oder viermal vorbeigefahren war, der nun aber nicht mehr zu übersehen war, weil aus den Fenstern festlicher Lichtschein drang. Ich lehnte das Rad gegen den Zaun; es war viertel vor acht. Um acht Uhr sollte es anfangen, und weil ich noch nicht hineingehen wollte, spazierte ich um die Kirche herum. Als ich meine erste Runde beendet hatte und zum zweiten Mal um das

Gebäude schlenderte, sah ich im Dunkeln ein Mädchen, ohne Hund, wie es schien, das mir langsam entgegenkam. Sie trug einen weißen Plastikregenmantel, schwarze Strümpfe und hatte schwarzes, glattes Haar, das auf der Stirn bogenförmig geschnitten war. Sie hatte überhaupt keine Ähnlichkeit mit Martha, und doch stockte mir der Atem, als ich sie sah; ich wußte nicht, warum, bis ich an ihr vorbeiging und mir mit einem Mal einfiel, was es war, und mich umdrehte, um zu sehen, ob ich recht hatte. Sie hatte den gleichen schwebenden, ruhigen Gang wie Martha, und es schien plötzlich, als ob es allein diese Art zu gehen gewesen war, die mich an ihr so maßlos bezaubert hatte. Ich erinnerte mich sogar daran, daß ich Johan einmal davon erzählt und daß der mich damals ausgelacht hatte. Beim Weitergehen blickte ich dem Mädchen in Weiß und Schwarz nach, und sie sah sich im selben Augenblick nach mir um, als ich mich nach ihr umdrehte; ihr gemächlicher Spaziergang verlangsamte sich zu einem zögernden Schritt, und in ihren Augen sah ich, so dunkel es auch war, den Anflug einer schelmischen, fröhlichen Entschlossenheit. Mein Atem ging nun nicht mehr ruhig, sondern mit Unterbrechungen, die mir die Kehle zuschnürten. Ich blickte wieder nach vorn, entfernte mich drei, vier Schritte, schaute mich noch einmal um und sah, daß sie noch immer dort stand, sich höchstens sehr langsam bewegte und dabei umschaute, daß ihr weißer Mantel, in dessen Taschen sie ihre Hände verbarg, sich an einer Seite nach oben wölbte, als ob die Hand in der Tasche an dieser Seite eigentlich hinauswollte, um mir zuzuwinken, aber nun kompromißweise mitsamt dem weißen Plastik hervorstand. Hastig ging ich weiter, mit weichen Knien, am ganzen Körper zitternd und noch immer mit fast hörbar pfeifendem Atem. Ich bog um die Ecke, um noch eine Ecke, und da war sie wieder; genau wie eben kam sie mit dem schwebenden Gang Marthas auf mich zu. Im Vorübergehen blickten wir uns an; sie hielt den Kopf leicht nach vorn geneigt, als hätte sie gerade etwas betrachtet, das auf der

Straße lag, aber nun die Augen nach oben gerichtet, und wieder war da dieser Blick, der engumschlungene Spaziergänge in der Dunkelheit und noch mehr versprach, alles, wonach man sich heimlich gesehnt hatte, seit den ersten bewußten Augenblicken des Lebens, ohne zu wissen, was es war. Aber ich wagte es nicht, sie anzusprechen, ich sah mich nur um, nun eher als bei der ersten Begegnung, und auch sie sah sich in genau demselben Moment um, mit einem herausfordernden Blick, der durch ein trauriges Lächeln gedämpft wurde. Ich hatte das Gefühl, als ob mein Herz schon außerhalb des Körpers hämmerte, als ob die Beine mir jeden Augenblick den Dienst versagen würden, und doch ging ich weiter, so langsam wie nur möglich, und sah mich dabei fortwährend nach ihrem Umsehen um, bis an die Ecke, wo sie aus meinem Blickfeld verschwand und ich plötzlich, so schnell ich konnte, um zwei Ecken des dreieckigen Grundstücks bog, auf dem der Steinklotz schwarz, aber mit erleuchteten Fenstern aufragte. Bei der dritten Begegnung flüsterte ich heiser: »Tag«, und sie flüsterte in der gleichen Weise, aber gedehnter, »Tag« zurück, und ich ging ein paar Schritte weiter, blieb stehen und sah mich um, genau wie sie, und in diesem Augenblick fuhr ein schwarzes Auto mitten zwischen uns hindurch in die Einfahrt zur Kirche, worüber wir beide so erschrocken waren, daß sie schnell wegging und ich, ohne mir bewußt zu sein, was ich tat, in die offenstehende Tür der Kirche eilte, durch die so verschwenderisch viel Licht fiel. Erst als ich in einer Bank saß und viele verwunderte Gesichter von meist kahlen, bebrillten, quadratischen Köpfen älterer Männer auf mich gerichtet waren, wußte ich, daß ich einen der größten Fehler meines Lebens beging. Oder nein, ich wußte es damals noch nicht, ich ahnte es nur, als ich mich, weil ich mich unter all diesen verwunderten Blicken unbehaglich fühlte, nicht mehr zu bewegen traute und deshalb einfach sitzen blieb und sogar aus Gewohnheit, und weil ich den Text konnte, mitsang, als der erste Psalmvers erklang.

Als es still wurde, weil einer der Granitköpfe sich anschickte, das Gebet zu sprechen, glaubte ich ihren Schritt draußen vor der Kirche zu hören, als ob sie noch immer das Gebäude umkreiste. Die Schritte wurden später zu dröhnenden Hammerschlägen, als der Mann der moosgrünen Bände – ein fast weißhaariger, bebrillter Fünfziger – einen Vortrag über die unerschütterliche Gewißheit des Glaubens hielt und dabei fortwährend in meine Richtung blickte, vielleicht, weil ich der einzige Jüngere war in einer Gesellschaft, die ausschließlich aus Männern um die Fünfzig bestand, die zum Teil sogar in gestreifte Hosen und schwarze Jacketts gekleidet waren. Als dieses begeisterte Dröhnen endlich aufhörte, das meinen ohnehin schwankenden Glauben noch weiter untergrub, weil ich von einem einzigen Moment des Zweifels mehr gehabt hätte als von dieser schauderhaften Gewißheit, blieb mir nur noch eines zu hoffen übrig: daß sie noch immer draußen wäre. Ich blickte auf die Orgel und hoffte inständig, ein Stück von Bach zu hören, aber der Organist spielte ein vordergründiges Jubelwerk von Händel; ich eilte hinaus und lief um die Kirche herum. Sie war nicht mehr da. Ich umkreiste die Kirche so lange, bis das Licht in den Fenstern erloschen war, strich noch durch die Straßen der Umgebung und wurde fast verrückt vor lauter Selbstvorwürfen; schließlich radelte ich im Dunkeln zurück. Während mich die gleichmäßige Bewegung wieder einigermaßen beruhigte, wußte ich, daß etwas Irreparables geschehen war; obwohl ich krampfhaft versucht hatte, meinen Glauben zu bewahren und das durch den Besuch dieser Kirche hatte besiegeln wollen, konnte ich nun nur noch krampfhaft versuchen, ihn zu verlieren.

Drei Wochen lang radelte ich jeden Abend zur Bloemcamplaan, um das Mädchen in Weiß und Schwarz wiederzusehen, doch ich begegnete ihr kein einziges Mal. Vielleicht würde ich noch immer dort hinradeln, wenn ich nicht an einem Abend in der dritten Woche einen Platten gehabt hätte. Als ich das Rad auf dem Rückweg schob, wurde ich von einem wolkenbruchartigen Regenguß völlig durchnäßt. Ich holte mir eine Erkältung und mußte zwei Wochen lang mit Fieber das Bett hüten. Jakob brachte mir die Werke Nietzsches, der mich nicht nur bei meinen Bemühungen unterstützte, den Glauben zu verlieren, sondern mir auch half, meine Isolation zu akzeptieren. Nachdem ich wieder gesund war, fuhr ich noch einige Male zur Bloemcamplaan, aber es wurde Sommer, die Abende dufteten würzig, besonders dort am Dünensaum, und waren zu hell für das geheimnisvolle Schwarz und Weiß der Spaziergängerin. Dennoch rief die Verschwundene in mir eine so starke Sehnsucht nach einem Mädchen wach, daß ich begann, durch die Straßen zu streifen, weil ich hoffte, noch einmal eine solche Begegnung zu erleben. Mehr als ein paar Fausthiebe handelte ich mir dabei allerdings nicht ein.

Vorabend

Windstilles Wetter und der Duft des Herbstes in der Luft. Löst mich plötzlich aus der Zeit, versetzt mich in die Tage meiner Jugend, in windstille Herbstmorgen mit unbewegtem Wasser in schimmernden Kanälen. Wenn ich beim Komposthaufen stehe und über die Polder blicke, kann ich sie sehen zwischen den höhergelegenen Wiesen, auf denen nicht ein einziger Vogel, der sich auf den Zug nach Süden vorbereitet, zu entdecken ist. Sogar die Vögel haben teil an dieser geheimnisvollen Sonntagsruhe der Natur, diesem Schlaf mit offenen Augen, während sie sich gestern noch so eifrig versammelten. Wie oft werde ich diesen feuchten Herbstduft noch einatmen? Warum wünsche ich mir gerade jetzt so sehnlich, weiterzuleben, noch recht lange zu leben? Seltsam, daß dieser erste Duft des Herbstes nach dem Sommer mich fast völlig von meiner Vergangenheit befreit. Es scheint, als hätte es nie Kinder gegeben, die ohne mich miteinander spielten, als wäre ich nie ohne Freunde und

Freundinnen gewesen, oder als wäre das, wenn es wirklich so war, im Grunde nicht wichtig – kleine Wellen an der Wasseroberfläche, aber unter diesen Wellen herrscht eine beständige, unerschütterliche Ruhe, die manchmal, wenn der erste Duft des Herbstes da ist, wenn an dunklen Abenden im Vorfrühling die ersten Amseln rufen, wenn beim Aufwachen der erste, noch unberührte Schnee gefallen ist, alles andere überlagert. Nur dann für einen kurzen Augenblick die Illusion, zu begreifen, was Leben ist, eine flüchtige Erkenntnis, für die es keine Worte gibt.

Weniger denn je ist dies ein Tag, um ans Reisen zu denken. Sogar die Zugvögel haben es nicht eilig. Warum also sollte ich packen? Warum überhaupt fortgehen? Ich habe ja ohnehin nur noch ein paar Tage zu leben. Merkwürdig, daß ich sogar jetzt nicht imstande bin, diesen Gedanken beiseite zu schieben. Dabei ist dieser Tag, an dem selbst die Natur Einkehr hält, doch gar kein Tag, um ans Sterben zu denken. Aber vielleicht beschwört die bevorstehende Abreise mein Hirngespinst herauf. Vielleicht ist es nichts anderes als die Angst vor der Reise. Ohne äußeren Zwang würde ich wahrscheinlich nie verreisen. Nichts ist deprimierender als der Tag vor einer weiten Fahrt. Es ist, als würde man nie wieder zurückkommen; man geht durchs Haus, durch den Garten, man denkt: hier bin ich nun zum letzten Mal, das alles werde ich nie wiedersehen. Ich kann wirklich nicht verstehen, daß es so viele Menschen gibt, die gerne reisen. Ob ihnen die bodenlose Melancholie der Vorabende unbekannt ist? Ich bin zu dieser Reise gezwungen, wenn ich den Anschluß an die Entwicklungen in meiner Disziplin nicht verlieren will. Also gehe ich ziellos durch Haus und Garten, und alles ist mir noch teurer als sonst. Nur das Wissen, daß ich morgen, wenn die ersten hundert Kilometer hinter mir liegen, plötzlich nicht nur von dieser Vorabendmelancholie befreit sein, sondern sogar begeistert über unbekannte Straßen weiterfahren werde, läßt mich den Impuls überwinden, gar nicht erst zu packen. Aber ich weiß auch, daß ich nach der anfänglichen Begeisterung immer größeres Heimweh bekomme. Und doch verleiht gerade Heimweh, vorausgesetzt, daß es in erträglichen Grenzen bleibt, auf Reisen allem Erlebten und Gesehenen Gestalt und färbt alles zu unvergeßlichen Erinnerungen, so als wäre Heimweh das gleiche wie die Harmonisierung in der Musik Schuberts. Noch immer sehe ich vor mir, wie ich in England, einem Land für Menschen wie mich, ein einziger großer Garten, sogar die großen Plätze in London mit vielen Blumen und Bäumen, bei einem Kollegen in einem Londoner Außenbezirk zu Gast war. Bereits am vierten Tag hatte dieses furchtbare Zählen angefangen: noch sechs Nächte schlafen, dann darfst du nach Hause. Zuerst zählte ich in Tagen und stellte nach der Hälfte des Aufenthaltes ebenso bedrückt wie zufrieden fest: nun habe ich schon die Hälfte geschafft, noch einmal so viele Tage, und dann geht es nach Hause, aber allmählich teilte ich die Zeit nicht mehr in Tage, sondern in Stunden ein: noch zweiundsiebzig Stunden, dann darf ich zurück. Und jede der folgenden Stunden schien länger zu dauern; nachts konnte ich nicht mehr schlafen und lauschte im Bett ungeduldig einer fernen Turmuhr, die wieder eine Stunde abzog von der Zeit, die noch bis zur Heimreise blieb. Dann wiederholte ich im Geiste immer wieder die berühmten Worte: das Leben ist kurz, doch die Stunden sind lang.

Nach einer dieser durchwachten Nächte mit einer kaum hörbaren Turmuhr war ich frühmorgens aus dem Haus meines Kollegen geschlichen und zwischen grauen Häusern hindurch zu einer Art Feldweg in einem Park gelangt, in dem ein unermeßlicher Chor von Singvögeln den Gedanken an die Heimreise für kurze Zeit in den Hintergrund drängte. Und dort hatte ich damals eine Singdrossel nicht nur rätselhaft schön singen hören, sondern jedesmal, wenn sie vier gleiche Strophen sang, schon die nächste Strophe leise vor mich hin gesummt; die Drossel hatte die von mir vorweggenommene Strophe dann tatsächlich viermal wiederholt, so als hätte ich sie ihr vorgesungen. Sechsmal hatte ich voraussehen können, was sie singen würde, obwohl eine Singdrossel ihr Lied ständig wechselt und nur an ihrer zwanghaften Wiederholung zu erkennen ist. Es war eine der sonderbarsten Erfahrungen meines Lebens, denkbar nur vor dem Hintergrund von Schlaflosigkeit und nagendem Heimweh.

Ein paar Tage später, wie immer am Vorabend des Tages der Heimreise, war das Heimweh mit einem Mal verschwunden (als hätte ein quälender Kopfschmerz nachgelassen), und ich hatte zu Beginn dieses Abends, nach dem letzten ermüdenden Kongreßtag, am Fenster meines Zimmers in der zweiten Etage gestanden und über Dutzende von Hintergärten geblickt. In all diesen Gärten sah ich Ehepaare mit Kindern, die meist Unkraut ausrupften, das sie dann hinten im Garten auf einen Haufen warfen. Danach hatten beinahe alle Gartenbesitzer im beginnenden Abenddunkel die Unkrautbüschel angezündet, so daß überall weiße Rauchschwaden in den windstillen Abendhimmel aufstiegen, weiße Schwaden,die nicht forttrieben, sondern sich im Dunkelblau auflösten. Es war mir, als hätte sich meine Jugend fast spielerisch zu einer großen Zahl von rauchenden Gärten vervielfältigt und als ob nicht nur ich, sondern auch zahllose andere hinter Fenstern standen und jenem Leben zuschauten, an dem sie keinen Anteil hatten, so daß ich mich nicht mehr allein, zugleich aber um so stärker von allem ausgeschlossen fühlte, denn mit all diesen anderen Zuschauern konnte ich, eben weil sie genau wie ich waren, keinen Kontakt aufnehmen.

Ich habe nun meinen Koffer und meine Tasche gepackt und im Auto verstaut. Ich bin noch ein wenig durchs Reetland gerudert, mit dem Verlangen, seltsamerweise gerade jetzt stärker denn je, einen Eisvogel zu sehen, der an diesem Tag ohne Vogelflug nun wirklich nicht da sein konnte; ich habe das letzte Brot bis auf ein paar Scheiben für morgen früh gegessen, ich habe vergeblich versucht, an meinem Vortrag für Bern zu arbeiten, und jetzt, im bereits dunklen Zimmer, überlege ich, ob ich auch nichts vergessen habe. Meine Gewebekulturen habe ich versorgt, das ist das Wichtigste. Ich habe mir sogar ein paar Bücher für die Reise herausgesucht, die ich bestimmt nicht lesen werde, die Briefe Spinozas über seine chemischen Experimente, die Autobiographie von John Stuart Mill, weil dieses Buch so trostreich ist (auch er wuchs völlig allein auf). Nun bleibt mir nur noch übrig, Musik zu hören. Auch das gehört zu den schwarzgalligen Stimmungen dieser Vorabende: sich die Musik anzuhören, die man in diesem Moment am meisten liebt. So sitze ich im Dunkeln und lausche dem Singen der spielenden Kinder am Anfang der *Pique Dame*, der *Winterreise* von Schubert, dem Schluß von *Wozzeck* und schließlich Verdis *Requiem.* Als ich mir fast atemlos die gewaltigen Schlußtakte mit dem Gestammel des Soprans und dem noch zweimal leise wiederholten »Libera me, Domine« angehört habe, ist es mir unmöglich, die sich drehende Platte vom Plattenteller zu nehmen. Ich sehe nur auf die kleinen Lämpchen des Verstärkers, und ich wiederhole, fast mechanisch, »Libera me, Domine, Libera me, Domine«, als genüge es, diese Worte auszusprechen, auch wenn man nicht mehr glaubt.

Wasserschmätzer

Während die Hügel höher wurden und das durch Bäume unterstrichen, deren Laub vom Nachtfrost rot gefärbt war, hatte ich immer stärker das Gefühl, Jakob würde neben mir im Auto sitzen, und es wurde fast zur Gewißheit, als ich ausrief: »Ein Rotmilan!« Wem sonst hätte ich das zurufen sollen? Wir beobachteten den tiefgegabelten Schwanz des einsamen Vogels, der hoch am Himmel langsam seine Kreise zog. Ich war nun im südlichen Deutschland, und ich hatte der Gestalt neben mir, die mir schließlich zu Jakob geworden war, ausführlich berichtet, was am Samstag auf dem Schultreffen passiert war; ich hörte seine tiefe Stimme mit einem spöttischen Unterton sagen: »Na und? Ein völlig belangloses Gespräch, lauter nichtssagende Mitteilungen. Was soll's, Sprache dient eben nicht zur Übertragung von Informationen, Reden ist so etwas wie das gegenseitige Flöhen bei den Affen, Plapperlaute zur gegenseitigen Beruhigung.«

Aber ich störte mich nicht an seinen leichtfertigen Vergleichen zwischen Tieren und Menschen, ich sagte, und konnte das auch sagen, weil er nicht wirklich neben mir saß: »Verrückt, aber erst jetzt wird mir klar, warum ich das Gefühl habe, als wäre eine Last von zwölf Jahren von mir abgefallen; sie erschrak nicht, als sie mich sah, sie stolperte nicht, nein, sie kam auf mich zu, sie sagte: ›Dir will ich auch noch die Hand drücken.‹«

»Das ist wirklich das Unsinnigste, was ich jemals gehört habe«, sagte er, »wer bleibt denn zwölf Jahre lang einem Mädchen treu, das er nicht einmal zu erobern versucht hat, um das er sich im Grunde überhaupt nicht bemüht hat? Weißt du, was ich glaube? Diese Treue ist nur ein Schutz, eine Abwehrhaltung gegen andere Frauen, denn du bist eigentlich ganz froh darüber, so allein zu sein, du pflegst deine Isolation, und diese Treue ist eine Mauer um deine Festung.«

»Aber sie macht mich doch auch reichlich verwundbar. Jedesmal, wenn ich ein Mädchen sehe, das ihr ähnelt, dann . . .«

»Ach, komm, das bestätigt nur diese Treue, vielleicht ist es die Achillesferse deiner Treue, aber ihr Vorhandensein beweist eben auch, daß du ihr treu bist. Je aufgewühlter du bist, wenn du eine Frau siehst, die ihr ein wenig ähnelt, desto sicherer ist, daß sie und keine andere die einzige für dich ist. Aber im Grunde genommen ist das alles durch und durch neurotisch. Soll ich dir mal was sagen? Du hast bestimmt schon, auch wenn es nicht direkt zu deinem Fach gehört wie bei mir, von den Tierversuchen mit Äffchen gehört, die ganz allein bei künstlichen Müttern aufwachsen. Die können später keinen Kontakt mit anderen aufnehmen, keine sexuelle Beziehung eingehen. Und selbst wenn sie eine echte Mutter, aber keine Spielgefährten haben, scheitern sie später. Spielen ist für junge Säugetiere genauso wichtig wie gute Ernährung. Du bist als junges Säugetier ganz allein groß geworden, keine Geschwister, keine Freunde, nichts. Dadurch bist du ebenso kontaktgestört wie die Äffchen und kannst keine Beziehungen eingehen. Aber du hast aus der Not eine Tugend gemacht und dir eine romantische Liebe zugelegt, um dein Unvermögen auf diesem Gebiet zu tarnen, um zu verbergen, daß du genauso bist wie alle anderen, die auch nur ficken wollen wie die Bären.«

Wie angenehm das alles klang! Ich hatte es schon öfter gehört, meistens, wenn wir zusammen hinausruderten. Vielleicht glaubte er, er könne mit seinem Gerede ein winziges Feuer auspusten, doch in Wirklichkeit fachte er das Feuer gerade an. Es tat nichts zur Sache, daß er vielleicht recht hatte und daß er es durch seine ewige Neigung, alles auf animalische Proportionen zu reduzieren, banalisierte, denn das änderte nichts. Rationale Überlegungen haben noch nie ein Gefühl zum Schweigen bringen können. Wenn ich sagte: es gibt genug Tiere, deren Junge ganz allein aufwachsen, warum ziehst du die nicht zum Vergleich heran, kam er mit ethnologischen Argumenten: »In den meisten Kulturen gibt es nicht einmal das Phänomen Verliebtheit.«

»Das beweist gar nichts. In den meisten Kulturen glauben sie nicht an Jesus – aber damit ist der Glaube an Jesus noch nicht unmöglich oder unsinnig.«

Doch dieses Thema überging ich schnell, es war mir zu heikel, erinnerte mich zu sehr an meine Mutter. Ich sagte: »Wenn das nun wirklich stimmen sollte mit den Bären, dann hätte ich es doch schon längst getan – man kann ja für wenig Geld die schönsten Frauen kaufen.«

»Du willst mir doch nicht weismachen, daß du noch nie . . .«

Er war plötzlich nicht mehr da, der Sitz neben mir war leer, und ich konnte niemandem zurufen: »Schau, noch ein

Rotmilan«, ebensowenig wie ich dort, am Ortseingang einer kleinen Stadt (denn ich hatte die Autobahn verlassen, ich wollte hier im Schwarzwald in einem kleinen Dorf übernachten), jemanden auf den eigenartigen Vogel aufmerksam machen konnte, den ich in einem schnell fließenden Bach umherhüpfen sah. Ich war bereits über die Bachbrücke gefahren, als ich ihn gerade noch erblickte, und darum parkte ich den Wagen, sobald sich eine Gelegenheit bot. Ohne das Auto abzuschließen, lief ich eilig zurück, weil ich fürchtete, der Vogel könnte schon weg sein. Seltsam, daß man über Jahre hinweg nach einem bestimmten Vogel Ausschau halten konnte! Wie würde Jakob das mittels Tierverhalten erklären? Ob es wirklich einer ist? Während ich rannte, dachte ich: ein einziges Mal darfst du diesen Vogel sehen, bevor du stirbst. Ich schüttelte den Kopf, um dieses störende Hirngespinst zu verscheuchen, nicht einmal ohne Erfolg, ich vergaß es fast, denn da war er, der Vogel, über den ich so viel gelesen, den ich aber noch nie gesehen hatte – der einzige wasserliebende Singvogel, solitär bis selbst in die Vogelsystematik hinein, in der er mit einigen engen Verwandten eine gesonderte Familie bildet. Er flog dicht über dem Wasser wie ein großes, surrendes Insekt. Nahe an der Brücke ließ er sich auf einem Stein nieder, der von weißem Schaum umspült wurde. Das kümmerte den Vogel nicht, er knickste mit seinen merkwürdig biegsamen Beinchen, als würde er zum Wasser hin Bücklinge machen. Ich konnte jetzt genau erkennen, daß er wie ein vergrößerter Zaunkönig aussah, und sogar sein Gesang hatte etwas von dessen schrillem, schmetterndem Geräusch, das so herrlich klingt, wenn man es aufnimmt und mit langsamerer Geschwindigkeit abspielt. Denn der Wasserschmätzer sang und zwinkerte mit seinen weißen Augenlidern, als leuchteten die ganze Zeit an seinem Kopf kleine Lämpchen auf. Dann begab er sich ins Wasser, schritt ruhig gegen die Strömung voran, den Kopf meist unter Wasser, so daß nur noch ein kleiner Teil seines Rückens zu sehen war. Ein ganzes Stück bachaufwärts tauchte er wieder aus dem Wasser auf, flog eine kurze Strecke und tauchte erneut, und das alles mit diesem vorwitzigen, hochstehenden Schwänzchen, das jede Annäherung abzuwehren schien. Ich ging zum Auto zurück. In diesem Ort wollte ich bleiben. Ich verspürte plötzlich den unbändigen Wunsch nach umfassenderen Kenntnissen über diesen kleinen Vogel, nach einem ausführlichen Bericht über sein Verhalten von Stunde zu Stunde, denn so, wie er dort herumgehüpft und geflogen war, war er der Inbegriff vollkommen selbstverständlicher und glücklicher Einsamkeit gewesen. Merkwürdig, daß ich die Natur immer wieder mit meinem Leben in Einklang zu bringen suchte, daß ich mich unterwegs wiederholt über die ständig zusammen auftretenden Taubenpärchen geärgert hatte, die einander wie eifersüchtige Ehegatten keinen Moment aus den Augen ließen, und daß mich die einsamen Rotmilane erfreut hatten. Doch die Einsamkeit des Wasserschmätzers schien mir noch authentischer, unantastbarer; ein Vogel, aus eigener Kraft in allen Elementen zu Hause.

Als ich zum Bach zurückging, dämmerte es bereits, denn es hatte mich sehr viel Mühe gekostet, noch ein Zimmer zu finden. Ich war zum Schluß in einem Gasthof gelandet, dessen Besitzer starrköpfig Englisch mit mir sprach, obwohl ich Deutsch redete. Wollte er zeigen, daß er Englisch konnte? Nun gut, dann zeigte ich eben, daß ich mir auf Deutsch zu helfen wußte. Am Bach schwirrte der Wasserschwätzer noch mit der gleichen Unbeirrbarkeit von vorhin über dem Schaum, aber als ich ankam, verschwand er plötzlich unter der Brücke. Ob man dort einen Nistkasten angebracht hatte? Es schien mir nicht unwahrscheinlich; nur das, wußte ich, kann den Wasserschmätzer in Europa vielleicht noch retten. Während ich auf der Brücke stand, hörte ich das Geschmetter einer Blaskapelle. Plötzlich begriff ich, was der Wirt mit dem Wort »Fest« gemeint hatte, das er in seinen englischen Satz hatte einfließen lassen, vielleicht, weil er das englische Wort für Fest nicht parat hatte. War es deswegen so schwierig gewesen, ein Zimmer zu finden? Auf dem Rückweg sah ich mich zunehmend von Festbesuchern umgeben, die fröhlich schwatzend ins Dorf gingen. Warum feierten sie hier ein Fest? Ich war nicht neugierig darauf, wollte nur etwas essen und suchte ein ruhiges Lokal. Aber alle Tische in den Restaurants und Kneipen waren mit lärmend speisenden Gästen besetzt. Sogar auf den Terrassen war trotz der Abendkühle kein Platz mehr frei. Müde und hungrig trottete ich durch das, was die Hauptstraße des Dorfes zu sein schien, inmitten vieler Passanten, die einander ständig übertrieben grüßten oder von den Terrassen her gegrüßt wurden. Zuerst zögernd, nach und nach aber forscher ging ich in verschiedene Lokale und erkundigte mich, ob noch ein Platz frei war: »Alles belegt.«

»Alles belegt, Entschuldigung.«

»Besetzt, Wiedersehn.«

»Heute abend alles belegt.«

»Kommen Sie später wieder.«

Mir schien nichts anderes übrigzubleiben, als zu warten, bis die Festbesucher gesättigt waren. Ich streifte durch die Seitenstraßen und gelangte durch eine finstere Gasse plötzlich zum eigentlichen Festplatz, wo die Blaskapelle tapfer musizierte, ungeachtet des Gelächters und des Stimmengewirrs, in dem die Klänge, viel mehr noch als vorhin auf der Brücke, untergingen. Nirgends sah ich einsam daherspazierende Menschen wie mich. Jeder war mit einem oder mehreren Gefährten versorgt. Niemand störte sich jedoch an meiner Anwesenheit, niemand sah sich nach mir um. Wenn ich dort an einem gewöhnlichen Abend entlanggegangen wäre, hätte mich bestimmt der eine oder andere Passant aufmerksam gemustert. Nun aber, wo jeder, unter anderem dank des Alkohols – er war vor allem auf den roten Wangen der Männer zu sehen und am gurrenden Lachen der Frauen zu hören –, im Festrausch war, wurde ich schlicht übersehen. Es hätte keinen Unterschied gemacht, wenn ich dort nicht entlanggegangen wäre. Ich war durchsichtig wie in einem oft geträumten Traum aus meiner Jugend. Darin ging ich über einen Platz voller Menschen, und ich war unsichtbar, aus Glas. Obwohl mir dieser Traum immer Angst gemacht hatte, schien seine Erfüllung nun ein Glücksgefühl – das allerdings auch beängstigend war – hervorzurufen, das in keinem Verhältnis zu seinem Anlaß stand. Ich ging ziellos weiter, und zuweilen rempelten mich betrunkene Menschen an, die das nicht einmal zu bemerken schienen. Es war ziemlich kühl, ein erster Hauch von Winterkälte schien in der Luft zu liegen, so daß ich von Zeit zu Zeit fröstelte, aber das Gehen tat mir gut. Außerdem bekam ich immer mehr Hunger, Hunger, der allmählich in ein leichtes, fröhliches Gefühl überging: Ich bin ich, ich wäre noch mehr ich, wenn ich diese Kleider nicht trüge, die gehören strenggenommen nicht zu meinem Ich, schirmen es aber ein wenig ab. Ich fühlte mich vollkommen unverwundbar; sogar mein Zwangsgefährte, mein Hirngespinst, vermochte mir keine Angst mehr einzujagen, denn wenn ich sterben würde, würde nicht ich verschwinden, sondern die Welt würde nicht mehr bestehen. Das Ich war unantastbar, das einzig Wirkliche – alles andere war nur Schein, wurde nur aufrechterhalten, weil ich es wollte, und ich könnte es in jedem gewünschten Augenblick vernichten. Dort standen die Häuser, dort gingen die Menschen umher, aber das alles war etwas anderes, etwas völlig anderes, es berührte mein Dasein nicht, das in sich selbst geschlossen und von nicht zum Ich gehörenden Kleidern umgeben war. Es gab nur einen einzigen Gegensatz: alles andere und ich.

Nachdem ich gut anderthalb Stunden zwischen den Menschen, die meine Anwesenheit nicht einen Moment lang zur Kenntnis nahmen, umherspaziert war, fand ich auf einer Terrasse einen leeren Tisch, an dem ich kühn Platz nahm. Bedient wurde ich fürs erste nicht; über die Terrasse liefen zwar Kellner, doch sie schienen mich einfach nicht zu sehen. Ich unternahm auch nichts, um ihre Aufmerksamkeit auf mich zu lenken, ich fühlte mich vollkommen eingeschlossen in meine Unsichtbarkeit. Solange ich lebte, war ich noch nie so nachdrücklich allein gewesen, und das bewirkte diese sonderbare, von jedem depressiven Gedanken weit entfernte Stimmung, in der man ebensogut vor Glück weinen wie auch über seinen Kummer lachen, ebensogut zutiefst glücklich wie völlig verzweifelt sein kann – diese Stimmung, in der die extremsten Möglichkeiten einander unerwartet berühren. Als dann endlich der Kellner kam, um meine Bestellung aufzunehmen, war ich nicht in der Lage, ihn anzusprechen, und so zeigte ich auf der Speisekarte auf ein Menü und eine Flasche Weißwein, und er nickte nur, als ob er an dem Komplott beteiligt wäre, als ob er wüßte, daß Sprache überflüssig wäre, daß jedes Wort diese zerbrechliche, glückselige, transparente Klarheit getrübt hätte, und ich war ihm dankbar, daß er, als er mir das Bestellte brachte, es gleichfalls wortlos hinstellte. Ich trank zuerst vom Wein, um die Stimmung zu vertiefen und ihr Profil zu verleihen, denn Alkohol ist wie das Einschalten des Lichts in einem dunklen Zimmer, es verändert das Interieur nicht, zeigt nur die Anordnung aller Gegenstände. Dicht an mir vorbei gingen immer lauter lärmende Festbesucher, und während ich sie durch ein gefülltes Weinglas zu betrachten versuchte, fühlte ich mich maßlos glücklich, denn es gab niemanden, der mich kannte, niemanden, der mich ansprechen würde, niemanden, der von mir erwartete, daß ich an etwas teilnahm, zu dem sich kein einziges Tier jemals herablassen würde.

Wolken

Am Bach schwirrte am nächsten Morgen in aller Frühe nicht nur der Wasserschmätzer über dem heftig bewegten Schaum; auch ein scheuer Grünschenkel lief zwischen dem schon gelb gewordenen Schilf am Ufer umher. Er sah mich und rannte auf seinen langen, blaßgrünen Beinen zum Schilfsaum. Als ich reglos wartete, kehrte er schon bald zurück und stelzte vorsichtig durch die kleinen Pfützen, die von einem höheren Wasserstand des Baches zurückgeblieben sein mußten. Mit seinem Schnabel löffelte er im Wasser. »Dort findest du doch gar nichts«, redete ich ihm leise zu, und es schien, als würde er mich verstehen, denn er zog sich wieder ins Schilf zurück. Ein letztes Mal betrachtete ich die verblüffende Betriebsamkeit des Wasserschmätzers, dann ließ ich den Motor an und fuhr in ein Land, in dem ich noch nie gewesen war, über das ich aber viel Schlechtes gehört hatte.

»Ein einziges großes Hotel.«

»Geldgierige, raffsüchtige Einwohner.«

»Land der Bankiers und Kassen.«

»Alle Seen sind gerammelt voll mit Munition in wasserdichten Kisten.«

»Durch und durch von Touristen verseucht.«

Ich hatte diese Art Sprüche schon so oft gehört, daß sie von unpersönlichen Stimmen zu stammen schienen, die fast direkt nach dem Passieren der Grenze verstummten. Was war das Besondere an diesem Land? Wodurch unterschied es sich von Deutschland? Obwohl ich es nicht sofort entdecken konnte, hatte ich das Gefühl, ein völlig verräuchertes Zimmer verlassen zu haben und plötzlich in einem großen Saal zu stehen. Wie kam die gewaltige räumliche Wirkung dieser Landschaft zustande, die doch stark dem Schwarzwald ähnelte? Die Berge waren höher, aber das war es nicht, und es dauerte noch eine gute Stunde, bevor ich wußte, was das Besondere war an diesem Land, das höhere Berge und breitere Täler kannte, als ich jemals gesehen hatte. Das Gefühl der Räumlichkeit, des Frei-Atmen-Könnens mußte vorwiegend dem Fehlen von windschiefen, kleinen Schuppen und bis zur Schnupftuchgröße parzellierten Böden zu verdanken sein – etwas, das für die holländische und in geringerem Maße auch für die deutsche Landschaft so charakteristisch ist. Man blicke sich nur einmal in einem niederländischen Polder um: es müßte nicht mit rechten Dingen zugehen, wenn man nicht einen baufälligen Schuppen, ein schludriges Anwesen, eine krummgewehte Baumgruppe, eine kleine Windmühle mit verbogenen Flügeln oder ein eingesunkenes Gatter, in dem ein paar Holzlatten fehlen, entdecken würde. Von alledem hier keine Spur; hier hat man im Kampf gegen das Gerümpel, den Verfall, fürs erste gesiegt, und je weiter ich ins Land vordringe, desto größer wird mein Respekt vor seinen Bewohnern. Aber wo bleiben nun die vielgerühmten Berge? Bis Bern sah ich nur sonnige Täler mit Weingärten, die von einer Ballettänzerin angelegt zu sein schienen, zwischen den Hügeln. In Bern parkte ich, wie mir der Kongreßleiter in einem Brief empfohlen hatte, den Wagen oberhalb des Bahnhofs. Das Parkhaus dort war leicht zu finden; schwieriger aber war es, nach dem Verlassen des Wagens zu Fuß zum Ausgang zu gelangen. Ich irrte zwischen den parkenden Autos umher und erreichte schließlich, als ich anderen folgte, zwei Fahrstuhltüren. Mit dem Fahrstuhl fuhr ich zuerst nach unten, zu der Unterführung zum Bahnhof, wo ich aber keinen Ausgang entdecken konnte, so daß ich mit demselben Fahrstuhl inmitten von Menschen, die ein unverständliches, singendes Deutsch sprachen, wieder nach oben fuhr. Der Fahrstuhl setzte uns bei einer Treppe ab, die an ihrem Ende einen Streifen Tageslicht freigab. Seltsam, daß man in einem solchen Moment denkt, alle Probleme seien gelöst, wenn man nur erst das Tageslicht erreicht habe. Ich stieg die Treppe hinauf und gelangte zu einer gepflasterten Dachterrasse, die unmerklich in einen Park, hinter dem hellbraune Gebäude aufragten, überging. Ich trat an den Rand der geräumigen Dachterrasse, wo ein breites Geländer war, das von vielen als Sitzbank benutzt wurde. In der Tiefe lag die Stadt mit vielen kleinen Türmen, viel Grün, einem Zipfel der schnell strömenden Aare. Ob dort mein Hotel war? Wie sollte ich dort hinkommen? In noch viel größerer Entfernung sah ich unbewegliche Wolken am Horizont aufragen. Dort muß es völlig windstill sein, dachte ich verwundert, denn auf der Dachterrasse bewegten sich Röcke und Bäume im Wind. Es war etwas Sonderbares an diesen Wolken, auf denen die Sonne wie Feuer glühte; je länger ich hinsah, desto unbeweglicher schienen sie zu werden, so als ob sie schon immer dort gewesen seien. Ich schloß kurz die Augen, versuchte, woandershin zu blicken, konnte mich aber nicht losreißen von dieser atemberaubenden Starre am Horizont. Solche Wolken hatte ich selbst im Reetland kurz vor Ausbruch eines Gewitters noch nie gesehen. Sie waren zu weiß für Gewitterwolken und außerdem merkwürdig spitz. Ich legte beide Hände auf das Geländer und betrachtete immer nur diese Wolken, die Sonne auf ihnen, die Drohung, die von dieser leuchtenden Spitzigkeit und von der fast unheimlichen, vollkommenen Reglosigkeit ausging. Neben mir nahmen ein Junge und ein Mädchen auf dem Geländer Platz. Das Mädchen nestelte an seiner Schultertasche und sagte: »Schön, das Gebirge.«

Die Wolken bewegten sich in heraufquellenden Tränen. *Das* waren also die Berge! Das waren also die *Berge*! Ich blickte unverwandt auf diese mit einem Mal soviel weniger beängstigend erscheinenden Spitzen, wunderte mich darüber, daß ich nicht von allein darauf gekommen war, daß ich sogar keinen Augenblick daran gedacht hatte, aber ich hatte sie ja noch nie zuvor gesehen außer auf Ansichtskarten, und dort glichen sie in nichts der gezackten, erhabenen Drohung am Horizont. Merkwürdig war nicht allein, daß ich nicht gleich erkannt hatte, daß es die Berge waren, sondern mehr noch, daß ich meine Augen nicht mehr von ihnen abwenden konnte und daß ich mich für das Schauen schämte, so wie ich mich früher dafür geschämt hatte, daß ich meine Augen nicht von Martha abwenden konnte. Hin und wieder gelang es mir zwar, kurz auf die Ansammlung von Turmspitzen unter mir zu blicken, aber dann nötigten mir die Berge wieder meine ganze Aufmerksamkeit ab.

»Martin!«

Erschrocken blickte ich mich um. Die schalkhaften, dunklen Augen Adrienne Ponchards, einer Zellbiologin aus der französischen Schweiz, waren auf mich gerichtet. Ich war ihr schon früher auf Kongressen begegnet, zum letzten Mal in London.

»Adrienne! Wie geht es dir?«

»Gut, bist du schon lange hier?«

»Nein, ich bin gerade angekommen.«

Wir gaben uns die Hand. Das kurze, lockige schwarze Haar tanzte um ihr scharfgeschnittenes Profil; als der Junge auf dem Geländer sie anblickte, sah ich an den sich kurz zu Schlitzen verengenden Augen, daß er beeindruckt war von der Schönheit dieser Frau, die doch schon soviel älter war als das Mädchen mit der Schultertasche neben ihm, und sein Blick schenkte mir ein Gefühl des Stolzes, machte sie noch mal so schön.

»Hast du die Berge früher schon einmal gesehen?« fragte sie.

»Nein, noch nie, ich dachte, es wären Wolken.«

»Was hältst du davon?«

»Ich weiß nicht, was ich davon halten soll, es ist so . . . so überwältigend.«

»Wenn das Wetter so bleibt, müssen wir unbedingt einen Ausflug in die Berge machen, so klar und wolkenlos ist es ganz selten.«

Am Geländer wurde es immer voller. Adrienne und ich standen zwischen Dutzenden von Menschen, die eigens heraufgestiegen waren, um das Ergrauen der Berge zu betrachten. Auch jetzt, nachdem die Sonne untergegangen war, hätten es Wolken sein können, Regenwolken. Wir standen einfach da, und sie schaute mit ihren kohlrabenschwarzen Augen auf die sich langsam auflösende, gezackte Silhouette in der Ferne.

»Man kann gar nicht genug davon bekommen«, sagte sie, »aber wir müssen jetzt doch gehen.«

»Wie?« fragte ich, »ich habe schon einige Male versucht, hier rauszukommen.«

»Ich kenne mich aus, ich bin schon oft in Bern gewesen. Verlaß dich auf mich. Wo wohnst du?«

»Sie haben mir ein Zimmer im Hotel Mövenpick reserviert.«

»Das ist genau gegenüber vom Bahnhof, du hast es gut getroffen!«

Sie nahm ihren Koffer, und für einen Moment war in ihren prachtvollen Augen ein Anflug von Panik; mit einem Griff nahm ich meinen Koffer und meine Tasche in die Linke und sagte:

»Laß mich deinen Koffer tragen.«

»Aber du hast doch schon Koffer und Tasche.«

»Die haben überhaupt kein Gewicht, in der einen ist nur mein Vortrag, im anderen ein Rasierapparat und eine Zahnbürste.«

Ich ergriff ihren Koffer mit der Eleganz von jemandem, der ein Weinglas erhebt, und sie betrachtete einen Moment lang sprachlos, wie mühelos ich den tatsächlich ziemlich schweren Koffer über die Dachterrasse trug. Dann folgte sie mir, und einen Moment später ging sie neben mir, und im energischen Tacken ihrer hohen Absätze auf dem Pflaster war etwas, das mir das Gefühl gab, als ob ich Champagner getrunken hätte, ein Gefühl von Übermut, von heimlich errungenen Siegen, die im Fahrstuhl noch größer schienen, denn ein grimmig aussehender Mann starrte Adrienne und mich ausgesprochen eifersüchtig an. Wie lang der unterirdische Weg vom Lift zum Ausgang war! Ich trug meine leichten Gepäckstücke und ihren schweren Koffer mit zunehmend bemühterer Lässigkeit. Aber jeder prüfende, neidische, bewundernde Blick von einem der vielen Männer, immer zuerst auf Adrienne, dann auf mich, machte es mir möglich, die Koffer scheinbar mühelos ein Stückchen weiter bis zur Rolltreppe zu tragen, die uns nicht nur nach oben brachte, sondern mir auch die Gelegenheit gab, ihren Koffer kurz abzusetzen.

»Hier ist das Mövenpick«, sagte sie, als wir oben angelangt waren.

»Wo wohnst du?«

»In einem Hotel am Bärengraben, ich denke, ich werde ein Taxi nehmen.«

»Ist es weit von hier?«

»Nicht besonders, aber mit dem Koffer kann ich unmöglich zu Fuß gehen.«

»Wenn ich dich nun gleich dort hinbringe und wir hier zuerst etwas essen?«

Ich lauschte ziemlich überrascht meiner eigenen Stimme. Es war dieselbe Stimme, die Marthas Schwester eingeladen hatte und der es deshalb nun schon leichter fiel, solche harmlos klingenden Sätze zu äußern.

»Ja, eine gute Idee, ich bin hungrig von der Reise, können wir meinen Koffer dann solange in dein Zimmer stellen?«

Ich trug unser Gepäck in das für mich reservierte Zimmer, wunderte mich beim Zurückgehen über die mit roten Teppichen ausgelegten Treppen und Flure, daß sogar der Umstand, daß ihr Koffer in meinem Zimmer stand, mich so vergnügt stimmte, wunderte mich auch über mich selbst. Was war los mit mir? Und warum ging ich dann so aufgeräumt neben ihr über die Straße, mehr dem temperamentvollen Tacken ihrer Absätze lauschend als ihrer Stimme, eher entzückt über all die Männer, die sie angafften, als verärgert über soviel Interesse? Doch der Spaziergang war nur kurz, zu kurz. Sie wies in das Hotel Schweizerhof.

»Sollen wir hier essen? Ich habe hier schon einmal gegessen, es war sehr gut.«

»Prima«, sagte ich, »ich kenne mich hier nicht aus, ich verlasse mich ganz auf dich.«

Als wir uns gegenübersaßen, vermißte ich vor allem das Tacken ihrer Absätze, und deshalb gelang es mir anfangs nicht, den richtigen Ton für ein Gespräch zu finden. Aber ein Glas Fendant verwandelte meine Steifheit allmählich in eine allzu freimütige Mitteilsamkeit; ich erzählte ihr von dem Wasserschmätzer und dem Grünschenkel, und sie sagte: »Warum bist du kein Ornithologe geworden? Du scheinst dich ja ungeheuer für Vögel zu interessieren.«

»Ich sah größere Möglichkeiten in und mit der Zellbiologie, mit Gewebezüchtung vor allem, auch eine größere

Zukunftsperspektive. Gewebe zu züchten heißt eigentlich, künstliche Krebsgeschwülste herzustellen. Vielleicht, so dachte ich früher, kann man über diesen Weg etwas auf dem Gebiet der Krebsbekämpfung erreichen.«

Was ich sagte, meinte ich aufrichtig, ich log wirklich nicht, und doch war kein Wort davon wahr.

»Glaubst du denn jetzt nicht mehr, daß es möglich ist, über die Gewebezüchtung der Ursache oder den Ursachen für Krebs auf die Spur zu kommen?«

»Doch, das wohl, aber ich beschäftige mich jetzt nicht mehr zum Zweck der Krebsbekämpfung damit.«

»Warum nicht?«

»Weil unsere Kongresse von Ärzten überlaufen sind, die den Zusammenhang zwischen Gewebezüchtung und Krebsbekämpfung auch sehen. Sollen sie nur an der Krebsbekämpfung arbeiten, mein Ideal ist es nicht mehr.«

»Das verstehe ich nicht. Kannst du Ideale denn nicht teilen?«

»Ich nicht, nein, ein Ideal ist für mich genau so etwas wie eine schöne Frau, man kann ihr nur dann treu sein, wenn sie keine Jedermannsfreundin ist.«

»Ach, ihr seid doch wirklich verrückt.«

»Wer ihr?«

»Ihr Männer.«

»Wieso?«

»Immer habt ihr solche Knabenträume, solche Ideale, die ihr schon in eurer Jugend erworben habt, du brauchst es gar nicht zu leugnen, ich habe es oft genug gehört, meistens tief in der Nacht, avant ou après l'amour. Hast du nicht auch die Erfahrung gemacht, daß Menschen erst dann ihr Innerstes preisgeben? Oder bist du auch so ein Mann, der dann nur reden kann und keinen Augenblick imstande ist, zuzuhören?«

Ich spülte meine Verwirrung mit einem großen Schluck Fendant hinunter, pries mich glücklich, daß soviel zu essen und zu trinken da war, um damit meine Verlegenheit tarnen zu können, und verspürte zugleich einen bitteren Schmerz – mehrere Männer hatten neben ihr gelegen, und sie ging so leicht darüber hinweg, als wäre es selbstverständlich, und außerdem nahm sie einfach an, daß auch ich neben Mädchen gelegen hätte und daß ich dann nicht imstande gewesen wäre zuzuhören, ich, der ich noch nie eine Frau berührt hatte, und ich mußte antworten, tat es aber nicht, konnte es nicht, doch zum Glück redete sie weiter: »Ich glaube, daß es sehr typisch ist für Jungen, diese idealistischen und vor allem auch ehrgeizigen Träume, denn die Kehrseite eines Ideals ist doch immer der Ehrgeiz, meinst du nicht auch?«

»Damit könntest du vielleicht recht haben.«

So, das war wenigstens ein Satz, wie banal auch immer, und jetzt trank sie, so daß ich mich verpflichtet fühlte, etwas weniger Banales hinzuzufügen.

»Vielleicht bin ich nicht mehr so idealistisch, weil ich schon soviel erreicht habe, oder vielleicht auch, weil alles, was man sich in der Jugend wünscht und erhofft, doch immer, wenn überhaupt, ganz anders in Erfüllung geht, als man denkt, und einem dann nur ein Gefühl der Leere und des Mangels bleibt.«

»Ich glaube nicht, daß Frauen das nachvollziehen können.«

»Und warum bist du Zellbiologin geworden?«

»Weil mein älterer Bruder Chemie studierte und mein Vater immer sagte: das ist nichts für Mädchen. Ich wollte zeigen, daß ich *auch* fähig war, Chemie zu studieren, beweisen, daß ich es *auch* zu etwas bringen konnte, in welchem Fach, war mir eigentlich egal, und als sich herausstellte, daß ich sehr sorgfältig und geschickt und noch dazu nicht auf den Kopf gefallen war, landete ich über die Chemie in der Biochemie, wo man sehr sorgfältig arbeiten muß. Und über die Biochemie schließlich bei der Zellbiologie. Aber ein Ideal habe ich nie gehabt. Es sei denn, man würde die Tatsache, daß ich um jeden Preis etwas der Arbeit von Männern Gleichwertiges tun wollte, ein Ideal nennen.«

»Ist das auch jetzt noch so?«

»Ja, noch immer, eigentlich wurmt es mich, einem Mann gegenüberzusitzen, der es weitergebracht hat als ich.«

»Ich hatte Glück, weiter nichts.«

»Nein, nicht nur das, bestimmt hattest du auch Ruhe und konntest dich voll und ganz deiner Arbeit widmen. Ich war obendrein so unvernünftig, zu heiraten, ich wollte auch noch Kinder haben, und das läßt sich mit wissenschaftlicher Arbeit nicht vereinbaren, denn die verlangt einen hundertprozentigen Einsatz, und den kann ein Mann auch dann noch leisten, wenn er verheiratet ist und Kinder hat, eine Frau aber nicht.«

»Auf jeden Fall warst du also auch ehrgeizig.«

»Ja, aber in einer ganz anderen Art als die Jungen, die ich kannte. Die waren ehrgeizig um ihrer selbst willen, sie wollten zeigen, daß sie, jeder für sich, Spitzenklasse waren, und die meisten sind daran gescheitert, so wie mein Ex-Mann, deshalb wollte er auch nicht, daß ich es zu etwas bringe. Ich aber war ehrgeizig, weil ich zeigen wollte, daß eine Frau – egal, welche Frau – auch auf dem Gebiet der Wissenschaft glänzen kann, mein Ehrgeiz war der eines Geschlechts, nicht der eines Individuums. Aber sag mal: du bist nicht verheiratet?«

»Nein, noch keine Zeit dazu gehabt. Jedenfalls . . . die einzige, die für mich in Frage gekommen wäre, hat einen anderen genommen.«

Sie führte ihr Weinglas elegant zum Mund, und während ich ihre Geste aufmerksam beobachtete, wunderte ich mich darüber, daß man Mimik und Gestik wie ein Streichquartett von Haydn erleben kann; zugleich wußte ich aber, daß meine Empfänglichkeit für diese reizvolle Anmut nur dem Wiedersehen mit Martha zu verdanken war. So, wie ich zwei Tage zuvor Martha angesehen hatte, sah ich nun Adrienne an, nicht, weil sie Martha ähnelte, sondern weil sie *auch* eine Frau war, weil sie dem Geschlecht Marthas angehörte, und daß ich mir dessen gerade jetzt bewußt wurde, lag an ihren eigenen Worten über den Ehrgeiz eines Geschlechts. So konnte ich auch mein Interesse an ihr abwehren, denn es rief Gefühle und Sehnsüchte wach, die mich seltsam unruhig machten, und plötzlich dachte ich an meinen zynischen Freund Jakob und hörte ihn sagen: »Du glaubst, zuerst sind die Gefühle da und die kommen dann im Verhalten zum Ausdruck, aber das stimmt nicht, das Verhalten ist nicht einmal der Ausdruck des momentanen Gefühls, das Gefühl ist kein Vorläufer, sondern ein Nachläufer. Versuch es einmal – spiel einfach, du seiest verliebt, indem du begierig einem Mädchen nachsiehst, und du wirst es! Handlungen können nicht heucheln.«

»Soso«, sagte sie, nachdem sie ihr Glas langsam geleert hatte, »eine unglückliche Liebe also.«

Und ich, der ich mich schon so oft darüber gewundert hatte, daß die Menschen häufiger Unbekannten ihr Herz ausschütten als den engsten Freunden oder Angehörigen, hörte mich sagen (und ich wußte, daß ich es auch sagte, weil ich ihr Urteil hören wollte): »Vor ein paar Tagen habe ich ihre jüngere Schwester kennengelernt. Ich glaube, ich habe mich ein bißchen in sie verliebt.«

»Wie ulkig! Demnächst wirst du sie noch heiraten, genau wie Mozart und Dvořák, die auch die Schwestern ihrer Angebeteten geheiratet haben.«

Und damit kam das Gespräch mit einem Mal auf Musik, wobei sich herausstellte, daß sie die zumindest für meinen Geschmack allzu erotische Musik Mozarts maßlos liebte, diese Musik, die durch und durch Vitalität und Leben atmet, diese Musik, die, anders als die über das Leben meditierende Haydns, keinen Abstand zu ihm wahrt, sondern es rückhaltlos bejaht, vor allem die Erotik als den wesentlichsten Teil des Lebens bejaht – etwas, dem ich nicht folgen konnte, weil es so weit von dem Gedanken entfernt war, daß der Mensch eine Zelle sein müßte, ein kleiner Klumpen, der sich zweiteilt. Doch das hinderte uns nicht daran, sehr schnell eine gemeinsame musikalische Ebene zu finden, so daß es, ziemlich unerwartet, hier zu einer Annäherung kam, die jedoch andere Formen der Annäherung erschwerte, ja sogar vereitelte. Nach dem Essen trug ich ihren Koffer, als ob er federleicht sei, was mich mehr Mühe kostete als das Tragen des Koffers selbst, und sie wunderte sich darüber und sagte zweimal:

»Du mußt ja unglaublich stark sein.«

Als wir an ihrem Hotel angelangt waren, wußte ich nicht, was ich tun sollte. Ich setzte ihren Koffer in der Halle ab, sie nannte ihren Namen und bekam ihre Zimmernummer gesagt. Sollte ich jetzt gleich umkehren? Nein, das ging nicht, ich mußte mich auf jeden Fall noch von ihr verabschieden. Oder sollte ich ihr anbieten, den Koffer ins Zimmer zu tragen? Aber schon eilte ein Hotelpage herbei, und ich konnte nur noch »Tschüs, Adrienne« sagen; sie blickte mich kurz an, bevor sich die Fahrstuhltür schloß, und dann konnte ich ihren Weg am Aufflackern der Lämpchen neben der Fahrstuhltür verfolgen. Sie passierte die erste, die zweite, die dritte, die vierte Etage. In der fünften Etage hielt der Fahrstuhl. Nun ging sie hinaus, folgte dem Pagen, und ab jetzt wußte ich nicht mehr, was sie machte, ging sie noch oder stand sie schon vor ihrer Zimmertür, und wieder kam mir dieser letzte, ausdruckslose Blick in den Sinn, ihr Blick, bevor sich die Fahrstuhltür schloß – als ob sie in diesem Moment plötzlich jedes Interesse an mir verloren hätte. Als der Hotelier mich mit gerunzelter Stirn musterte, ging ich. Und wieder hörte ich diese paar französischen Worte zwischen all dem Englisch, das wir gesprochen hatten, avant ou après l'amour, und ich wunderte mich darüber, daß ein paar einfache Worte so weh tun konnten. Es war, als ob mir bei ihren Worten ein Splitter in den Finger eingedrungen wäre, ein Splitter, der erst jetzt wirklich schmerzhaft zu stechen begann und der die Wunde in kurzer Zeit eitern lassen würde.

Durch die Laubengänge schlenderte ich zurück. Die Atmosphäre war hier am Abend wie die in anderen Städten. Brennende Straßenlaternen. Passanten wie dunkle Schemen. Obskure Schatten in engen Gassen. Dennoch fehlte etwas. Was, wurde mir, auch weil ich abends selten durch niederländische Städte gegangen war, erst in der Junkerngasse bewußt. Es gab keine Snackbars mit Jungen und Mädchen. Warum vermißte ich diese jungen, langhaarigen Mädchen, die man in den Niederlanden in jeder Snackbar sehen konnte und die vielleicht genauso einfach zu haben waren und konsumiert werden konnten wie Pommes frites? Warum vermutete ich beim Anblick solcher Mädchen immer, daß mit mir alles gutgegangen wäre, wenn auch ich einige Jahre in solchen Läden herumgelungert hätte? Nein, vielleicht wäre das nicht nötig gewesen, vielleicht hätte ich nur mit stets anderen Mädchen über dunkle oder von der Frühlingssonne beschienene Feldwege spazierengehen müssen. Jetzt war es zu spät. Es war unwiderruflich und unabweislich vorbei, eine für immer versäumte Chance. Aber ich war zugleich stolz darauf, daß ich es nicht getan hatte, und dieser Stolz wurde von einem zwergenhaften Turm besiegelt, der fast mitten auf der Straße vor mir aufragte und unter seinem weit heruntergezogenen, geschwungenen Dach ein Zifferblatt zeigte, das mehr einem menschlichen Gesicht als einer Uhr glich. Ich erkannte den Turm wieder, weil ich ihn einmal in einem Buch über Einstein abgebildet gesehen hatte. Hier also hatte er in der Straßenbahn gesessen, sich vom Turm wegbewegt und sich vorgestellt – jedenfalls bildete ich mir das ein –, daß die Bahn mit Lichtgeschwindigkeit fuhr und man das überdimensionale Zifferblatt dennoch weiterhin sehen konnte, das Zifferblatt, auf dem die Zeiger stillstehen würden, wenn man sich mit Lichtgeschwindigkeit von ihnen entfernte. Das war erst eine Entdeckung gewesen, eine Entdeckung, die noch größer war als die von James Watt bei seiner Mutter in der Küche – Entdeckungen, die immer von einsamen, in sich gekehrten Menschen gemacht wurden (leider war das nicht umkehrbar, so zu sein wie ich garantierte nicht, daß man solche Entdekkungen machte). Sie waren die einzigen, die die Welt vorangebracht hatten, die Cholera, Typhus und Pest verbannt, die einzigen, die Ideen entwickelt hatten, die sich in brauchbare Formen der Beherrschung von Materie und Leben umsetzen ließen.

Ich schlenderte durch die Kramgasse zurück in Richtung Bärengraben und bog nach rechts ab, weil ich einen Turm, der mir die ganze Zeit aufgefallen war, von nahem betrachten wollte. Ich ging ein Stück durch das Münstergäßchen und war nicht vorbereitet auf den plötzlichen Anblick eines zwar nicht besonders großen, aber völlig verlassenen Platzes, auf dem nicht einmal ein Auto parkte. Es wuchsen keine Bäume, keine Pflanzen, nichts. Er war so schrecklich leer, auch weil der riesenhafte Turm dort wie ein Grenzstein wirkte, wie ein Finger Gottes am Ende der Leere, daß ich das Blut in den Schläfen pochen fühlte. Mir war, als sei ich auf den Platz meiner Jugend zurückgekehrt, den Platz, den ich zum ersten Mal gesehen hatte, als mir die Mandeln gekappt worden waren und den ich viele Jahre später einmal die Woche abends sah, wenn ich zum Katechumenenunterricht ging. Obwohl ich damals schon dreizehn Jahre alt war, hatte ich doch immer mucksmäuschenstill im Dunkeln gestanden und den auf dem Platz spielenden Kindern zugesehen. Sie spielten Verstecken. Einer stellte sich mit dem Gesicht zur Mauer und schloß die Augen, legte sogar beide Hände auf die Augen, zählte laut bis Fünfzig und rief dann: Eins, zwei, drei, vier, Eckstein, alles muß versteckt sein, ich komme! Dann rannte er über den Platz, um die anderen, die sich versteckt hatten, zu suchen; manchmal waren sie schneller als er und erreichten eher die Stelle an der Mauer, wo er gestanden und gezählt hatte und die sie den Anschlag nannten. Wenn es ihnen gelang, den Anschlag zu berühren, waren sie frei und warteten dann dort in aller Ruhe, bis auch die anderen gefunden worden waren. Mitunter versteckte ich mich auch, und wenn sie mich dann fanden, sagten sie immer: »Du spielst nicht mit«; und ständig hörte ich ihre Stimmen in der Abendluft, auch später in der Sakristei der Kirche, wo der Katechumenenunterricht stattfand und wir die Antworten aus dem Heidelberger Katechismus herunterleierten, ständig diese schrillen, aber durch die Fenster gedämpften Stimmen auf dem Platz, die in mir eine unbezähmbare und tiefe Sehnsucht weckten, auch mit diesen Kindern zu spielen. Ich war schon zu alt, ich hatte meine Chance verpaßt, aber die Sehnsucht blieb, und die lockenden Stimmen der Kinder drangen durch die bleiverglasten Fenster in den Unterrichtsraum, wo ich zwischen all den anderen Jungen saß (die Mädchen hatten natürlich an einem anderen Abend Katechumenenunterricht), die ziemlich gelangweilt vor sich hinstarrten und weder der eintönigen Stimme des Pfarrers noch den Stimmen von draußen lauschten, denn das lag hinter ihnen, das hatten sie früher alle getan, in der Abenddämmerung auf einem Platz gespielt, Fußball, Kreiseln, Verstecken, und bei all diesen Spielen hatten sie fröhlich gelärmt, und das Echo hatte ihre Stimmen auf dem leeren Platz verdoppelt.

Lange stand ich auf dem Platz, dem Turm schräg gegenüber, fast gegen eine Mauer gepreßt, und beobachtete das, was nicht geschah. Ab und zu kam ein vereinzelter, eiliger Fußgänger vorbei. Es fiel mir schwer, den Platz zu verlassen, aber schließlich gelangte ich durch eine schmale Gasse zu einer Straße, die Gerechtigkeitsgasse hieß. Hatten sie die Straße so genannt, um die Illusion, es gäbe einen Ort, an dem Gerechtigkeit herrscht, aufrechtzuerhalten?

Ich ging zur Nydeggbrücke und sah tief unter mir das dunkelgrüne Wasser strudelnd zwischen den steil ansteigenden Ufern entlangströmen, die üppig mit Bäumen bewachsen waren, zwischen denen überall kleine Lichter aufglimmten. Der Nachtwind, der nur hier oben, hoch über der Aare, zu wehen schien, blies mir ins glühende Gesicht. Das Rauschen des strömenden Wassers schuf ein Gefühl von zufriedener Müdigkeit, schuf auch Leben in einer toten Stadt. Aber so leblos schien Bern doch nicht zu sein, denn als ich durch die Postgasse am Rathaus vorbei zurückging, sah ich einsame Frauen unter den Bögen der Laubengänge stehen, die die vorbeikommenden Spaziergänger nicht ansprachen, aber aus den Autos heraus angesprochen wurden und manchmal einstiegen und in Richtung des Brunnens verschwanden.

Nachdem ich mir auf der Kornhausbrücke erneut das Gesicht vom Aarewind hatte kühlen lassen und dabei die Autos beobachtete, die so merkwürdig langsam über die steilen Ufergassen zwischen dem Grün hinauffuhren, kam mir plötzlich der Gedanke, wie leicht und einfach es doch wäre, hier auf das Brückengeländer zu steigen und hinabzuspringen, um sich mit dem reißenden Wasser mittreiben zu lassen. Meine Stirn war jetzt ausreichend kühl; trotzdem lockte der Fluß. Wie gottergeben schnell dieses Wasser einen davontragen würde – niemand würde jemals mehr von einem hören. Doch hinter mir ratterte drohend eine Straßenbahn vorbei, die abgesehen vom Fahrer leer war. Ich trat ein paar Schritte zurück und ging in Richtung Innenstadt.

In mein Hotelzimmer drangen so viele Geräusche, daß ich nicht schlafen konnte. Ich stand auf, öffnete die Vorhänge und blickte hinunter in die Neuengasse. Mitten auf der Straße stand ein riesiger gelber Autokran, der schwere Gegenstände hob. Warum machte man das hier nachts? Weil tagsüber der Verkehr behindert würde? Brauchte man hier denn nicht zu schlafen? Hatte man andere Dinge zu tun? Unter meinem Fenster schlenderten zwei Frauen auf und ab. Auf der gegenüberliegenden Straßenseite flanierten zwei langhaarige Mädchen. In der Genfergasse erschien ein dunkles Auto. Ein alter Mann stieg aus. Er zeigte auf das Auto. Eines der beiden Mädchen – erst jetzt konnte ich sehen, wie jung und hübsch sie war – nickte. Ein zweiter Mann in einer schwarzen Uniform stieg aus und hielt dem Mädchen, das noch einige Worte mit ihrer Begleiterin wechselte, den Wagenschlag offen.

Ich ging wieder ins Bett, konnte aber nicht schlafen. In der Neuengasse schlug Stahl auf Stahl. Ich trat wieder ans Fenster. Auch das andere Mädchen war jetzt fort, nur die beiden alten Frauen schlenderten noch immer über das Trottoir. Ein Mann ging vorbei, unterhielt sich mit einer der Frauen und küßte sie flüchtig; dann gingen beide fort, jedoch in entgegengesetzte Richtungen. Ob sie die ganze Zeit wegen dieses einen flüchtigen Kusses dort gewartet hatte? Warum fühlte ich mich auf einmal so wohl? War es wegen dieses alten Mannes und seines Chauffeurs in der unauffälligen Livree? Sie hatten mir gezeigt, daß mit Geld alles zu machen war. Unter mir flanierte noch immer die eine übriggebliebene Frau. Ich lehnte mich aus dem Fenster, um sie besser sehen zu können. Sie schwankte mehr, als daß sie ging auf ihren hohen Absätzen. Sie blickte hoch, sah mich, lächelte mir zu und murmelte etwas, das ich nicht verstand. Beschämt schloß ich das Fenster und legte mich ins Bett, das mir erst weit nach Mitternacht einen Schlummer mit wachähnlichen Träumen von Vogelschwärmen über dem Reetland schenkte.

Rolltreppen

Am nächsten Morgen wurde ich bereits um sechs durch eine unerwartete Geschäftigkeit in den Gassen um das Hotel geweckt. Die Rolltreppen des Bahnhofs brachten unablässig Menschen herauf, die in die Stadt hasteten, als ob sie fürchteten, nirgendwo pünktlich ankommen zu können. Ich versuchte, noch ein wenig an meinem Vortrag zu arbeiten, doch das Geräusch so vieler Schritte machte es mir unmöglich. Ich frühstückte und verließ das Hotel, wollte noch einmal auf den Brücken stehen, bevor ich meinen Vortrag hielt. Doch schon von weitem sah ich dort so viele hastige Passanten, daß ich mich entschloß, lieber zum Aareufer hinunterzusteigen. Ich erreichte schnell die sonnenbeschienenen Nebelschleier über dem von nahem viel hellgrüner erscheinenden Wasser und ging mit leichtem, friedlichen Schritt stromaufwärts. Auf der anderen Uferseite ragte eine Wand aus Grün auf; ich hörte ein vereinzeltes Rotkehlchen und hin und wieder einen Zaunkönig. Der Aarewind kühlte von neuem meine Stirn, auf der wegen des Schlafmangels Schweißperlen standen. Warum hatte ich, seitdem ich hier war, nicht mehr unter meiner Zwangsvorstellung gelitten? Warum konnte ich so unbekümmert an diesem schnell strömenden Wasser entlanggehen? Auch hier war der Sommer noch keineswegs vorbei. Das Laub der Bäume erschien schwerer als zu Hause, war nicht einmal vergilbt und machte den Eindruck, es würde niemals fallen. Seltsam, dieser Wunsch, das jetzt für immer festhalten, konsolidieren zu wollen: strömendes Wasser, schweres Laub, grünlich in der Morgensonne schimmernder Nebel, nicht nur für mich selbst, sondern auch für andere. Seltsam auch, daß dieser Drang zum Festhalten unverkennbar mit dem Tod verknüpft war – ich wollte das alles für andere fortdauern lassen, um in ihrer Phantasie weiterzuleben. Niemand würde dies jemals so erleben können, wie ich es jetzt erlebte, weil niemand eine Vorgeschichte hatte mit Plätzen, mit Zwangsvorstellungen und mit einem Mädchen, das Martha hieß. Einmal wäre es vorbei, würde niemand mehr diesen wogenden, reißenden Strom zwischen steilen Ufern so sehen, wie ich ihn jetzt sah, nicht nur weil mein Geist erlöschen, sondern auch weil diese Stunde, diese Minute so nie wiederkehren würde. Und plötzlich schien es, als sei dies das logische Resümee meiner Zwangsvorstellung: sie hatte nicht angekündigt, daß ich sterben würde, sondern daß ich mir plötzlich bewußt werden würde, was das hieß: sterben. Vielleicht war das sogar schlimmer als der eigentliche Tod, denn auf ihn folgte ja nichts mehr. Aber auf den Gedanken, unwiderruflich einmal sterben zu müssen, folgt unweigerlich ein lebenslanges Warten auf den Tod.

Ich blickte so konzentriert auf die grünen Wellen, daß sie auf einmal stillstanden, während wir, die Ufer und ich, gefangen in einer optischen Täuschung, uns mit schwindelerregendem Tempo zu bewegen begannen, und mit derselben Geschwindigkeit wurden die Bilder von leeren Plätzen, von langhaarigen Mädchen in Snackbars, von Jungen in Lederjacken auf Mopeds und von rittlings auf Motorrollern sitzenden Mädchen mit flatternden Kopftüchern weggewischt.

Ich ging zurück, studierte den Plan der Innenstadt, den ich im Hotel bekommen hatte, und stellte fest, daß die hellbraunen Gebäude im Park von gestern zusammen die Universität bildeten. Ich hatte noch genügend Zeit und ging deshalb in ein großes Kaufhaus in der Nähe meines Hotels, um kurz etwas zu tun, für das ich mich eigentlich schäme, das ich aber nur mit großer Anstrengung unterlassen kann. Ich ging durch das Kaufhaus zu den Rolltreppen und ließ mich hinaufbefördern; währenddessen betrachtete ich die sinnlose Emsigkeit der Verkäufer und einkaufenden Frauen und hatte, je höher ich kam, wobei ich auf jeder Etage ein paar Schritte gehen und eine halbe Drehung machen mußte, immer mehr das Gefühl, daß ich an dieser Innenwelt des Warenhauses keinen Anteil hatte, dafür aber, nicht zuletzt weil ich mich auf diese Art bewegte, mit großer Geringschätzung auf sie hinunterblicken konnte, ein Gefühl, das durch das Aufwärtsschweben der Rolltreppe noch betont wurde. Ich erhob mich über diese Menschen, erhob mich um so mehr, je weniger die Rolltreppen noch benutzt wurden, stieg und stieg bis zur höchsten Etage, fuhr von dort mit dem Lift wieder abwärts und ließ mich erneut – ich hatte noch Zeit – von Etage zu Etage hinaufbefördern.

Erst nach dem dritten Aufstieg konnte ich mich von diesem eigenartigen Vergnügen lösen. Ich ging zum Bahnhof, fand in den unterirdischen Gängen den Weg zu den

Fahrstühlen, fuhr nach oben und war doch noch zu früh im Universitätskomplex. Ich folgte den überall aufgestellten Hinweistafeln mit Pfeilen und Aufschriften und erreichte bald einen Hörsaal, in dem mir sogleich ein Pfeife rauchendes Mädchen auffiel, das mir zulachte, soweit die Pfeife ihr das gestattete. »Grüezi«, sagte sie.

Ich murmelte etwas und blickte aus dem Fenster zu den Bergen, die nicht zu sehen waren, weil jetzt echte Wolken am Horizont hingen. Vorn im Saal stand Adrienne und plauderte mit dem Initiator des Kongresses, Professor Bitzius. Als er mich sah, unterbrach er das Gespräch, eilte mit ausgebreiteten Armen auf mich zu und rief: »Grüezi, Martin.«

»Grüezi, Ernst.«

Die Gespräche im Saal verstummten. Adrienne begrüßte mich, und Bitzius stellte sich vor die Tafel; schon jetzt hing ihm die Krawatte aus seinem grauen Jackett, und das fröhliche Blitzen seiner braunen Augen mußte auch von weitem noch zu sehen sein. Kurz und ungezwungen sprach er über das Ziel des Kongresses, danach über mich. Das Mädchen mit der Pfeife schloß behutsam die Tür, und ich ging zum Rednerpult. Sobald ich dahinter stand und all diese ehrfurchtsvollen Gesichter vor mir sah, hatte ich das Gefühl, zu wachsen, und ich wußte, daß es, auch weil Ernst Bitzius zuhörte, wieder gut ausgehen würde, daß sie über mich lachen, daß sie staunen würden. Eine Stunde lang würde ich mit einer mitreißenden, leidenschaftlichen und doch keinen Moment unwissenschaftlichen Vorlesung beweisen können, daß ich hinter einem Rednerpult nicht fehl am Platze war.

Abschiedsfest

»Nein«, sage ich, »ich stimme dir nicht zu. Der Mensch ist ein Teil der Natur, genau wie der Wind. Wenn der Sturm Samenkörner verbreitet, so daß hundert Kilometer weiter

Pflanzen an Plätzen aufkeimen, wo sie vorher nicht wuchsen, nennt man das natürlich. Wenn der Mensch Bäume rodet, spricht man von Umweltzerstörung. Unsinn!«

»Dann ist alles, was der Mensch tut, natürlich, auch das Ausrotten von Tierarten, die Zerstörung der Wälder, das Vergiften des Wassers? Ist das dein Ernst?« fragt sie.

»Ja«, sage ich, »das ist mein Ernst. Gerade weil der Mensch, indem er seiner eigenen Natur folgt, alles zugrunde richtet, wird er sich selbst zugrunde richten und sich damit zu einem gescheiterten Experiment der Evolution verurteilen.«

»So würdest du nicht reden, wenn du Kinder hättest. Sobald man Kinder hat, will man, daß sie eine sonnigere, bessere Zukunft haben als man selber.«

»Deshalb ist es auch besser, keine Kinder zu haben. Außerdem . . . man wird so verwundbar, wenn man Kinder hat, scheint mir.«

»Was meinst du mit verwundbar?«

»Nun, wenn jemand stirbt, den man liebhat, dann bringt einen das fast um. Ich stelle mir vor, daß das noch schlimmer ist, wenn Kinder sterben, als wenn zum Beispiel die eigene Mutter stirbt. Je mehr Menschen es gibt, die man liebhat, desto größer ist die Gefahr, daß einer von ihnen sterben wird.«

»Aber so leicht sterben Kinder doch nicht. Bei Kindern ängstigt man sich nicht, daß sie sterben werden, sondern daß ihnen etwas zustößt. Jahrelang hatte ich vor dem Einschlafen in jenem Zustand zwischen Wachen und Träumen das Bild vor Augen, wie meine Kinder verunglückten und ihr Leben lang verkrüppelt wären. Das wiederholte sich fast jeden Tag. Ständig lebte man mit dieser unterschwelligen Angst, die sich vor dem Einschlafen mit Gewalt aufdrängte. Jetzt, wo sie etwas älter sind, leide ich weniger darunter. Aber ich möchte nicht ohne meine Kinder leben, das nie. Man wird als Mutter wie eine Glucke, das ist gefährlich, man hört auf zu leben, das Interesse an anderen Dingen nimmt ab. Und doch! Kinder! Das Einzige!«

Der rote Wein auf der Abschiedsfeier, ein Walliser Dôle,

macht sie noch gesprächiger als sonst. Sie schüttelt heftig den Kopf mit den schwarzen Locken.

»Schade nur, daß ich auch noch geheiratet habe. Kinder haben ist das Schönste, was es gibt, aber es müßte ganz ohne Mann gehen. Im Grunde geht es auch ohne, wenn ich noch einmal von vorn anfangen könnte, würde ich alles ganz anders machen. Und jedes Kind von einem anderen Mann, um das genetische Risiko zu streuen.«

Sie schwieg kurz, nahm zwei bedächtige Schlucke und fuhr fort: »Es war eine Katastrophe, das Zusammenleben mit ihm, eine Hölle. Aber es fällt schwer, sich selbst einzugestehen, daß es eine Hölle ist. Wir haben uns geprügelt, ich habe ihn gekratzt, ihm Haare ausgerissen. Du hast zuviel Temperament, sagte er. Wir haben uns gerauft! Was sagst du dazu?«

Warum erzählt sie mir das? Warum hat sie mir nach jedem Kongreßtag, bei gemeinsamen Abendessen, von ihrer gescheiterten Ehe erzählt? Warum? Weil ich ihr, aus Schadenfreude, so aufmerksam zuhören konnte? Die mir schon so vertraut gewordene Studentin mit der Pfeife reicht mir ein neues Glas Dôle, und wie immer kann ich der Verlockung nicht widerstehen, die Welt einen Moment lang durch das gefüllte Glas zu betrachten. In diesem Fall ist Adrienne die Welt, Adrienne, mit der ich jeden Abend gegessen habe und die, obwohl sie gut zehn Jahre älter ist als ich, durch ihre Gegenwart verhindert hat, daß ich das Gefühl des Heimwehs studieren konnte.

»Sich zu raufen ist ganz in Ordnung«, sage ich, »nur nicht zu heftig, aber dafür recht oft. Kleine Scharmützel mit Worten oder Händen, wie bei den Vogelarten, die streng monogam leben.«

»Ach, du bist so weise! Aber hast du dich überhaupt jemals mit einer Frau gerauft? Viele Menschen haben mit dir geredet, so wie ich jetzt mit dir, denke ich, du bist so ein geduldiger Resonanzboden. Mit ein paar Worten kannst du alles auf normale Proportionen zurückführen. Aber vielleicht, ach, ich habe ziemlich viel getrunken, ich rede Unsinn, vielleicht müßtest du dich doch einmal mit einer Frau raufen.«

Sie lächelt mit einer nach innen gebogenen Unterlippe, und ihre Augen sind halb hinter schwarzen Wimpern verborgen. Ich schaue ihr in die Augen und senke sofort meinen Blick; sie nimmt eine Zigarette, spielt mit den Fingern und der Zigarette, spreizt die Finger wie ein Lächeln. Alles an ihr glitzert und funkelt, und der rote Wein wirft einen Schatten auf ihre Hände, bis sie das Glas absetzt, um etwas zu nonchalant ihre Zigarette anzuzünden; in diesem Moment wage ich wieder aufzublicken und ihr in die Augen zu sehen, und noch immer ist es da, dieses Lächeln, an dem ihre oberen Zähne beteiligt sind, weil sie die nach innen gewölbte Unterlippe festhalten. Ich spüre, daß ich rot werde, und um diesen freundlichen Spott aus ihren Augen zu vertreiben, lege ich meine Hand auf die ihre und drücke ganz kurz gegen ihre beringten Finger.

»So, da bin ich«, sagt Ernst Bitzius mit lauter Stimme. Er steht neben mir und tut so, als sähe er nicht, daß ich meine Hand hastig zurückziehe.

»Ich würde euch gern für den Sonntag zu einem Ausflug in die Berge einladen. Ist das möglich? Ihr reist doch noch nicht sofort ab? Und morgen, am Samstag, möchte ich euch mein Institut zeigen. Von Samstag auf Sonntag und von Sonntag auf Montag könnt ihr bei mir übernachten. Abgemacht?«

»Ich hätte große Lust dazu«, sagt Adrienne.

»Und du, Martin?«

»Ja«, sage ich zögernd, »ich . . .«

»Also, abgemacht! Jawohl, fabelhaft. Wir können uns dann morgen über deine Arbeit unterhalten, Martin, und über deinen meisterhaften Vortrag. Wir können noch so viel von ihm lernen, nicht wahr, Frau Ponchard?«

»Ja, und wie, ich würde gern eine Zeitlang in seinem Labor arbeiten.«

»So«, sagt Bitzius, und über seinen Augen zeigen sich kleine Runzeln, »eine gute Idee, aber ... Ich täte es auch gern, kann hier leider nicht weg.«

Er sieht abwechselnd Adrienne und mich an, faßt sich schnell wieder.

»Wäre das möglich?« fragt er mich etwas spöttisch.

»Was?«

»Könnte Frau Ponchard bei dir arbeiten?«

Er legt die Betonung auf das Wort arbeiten.

»Warum nicht«, sage ich so unbeteiligt wie möglich.

Ob sie wirklich eingeladen werden möchte? Während der Mahlzeiten im Schweizerhof hat sie wiederholt darauf angespielt.

Inzwischen haben Studenten einen Platz im Saal frei gemacht, und langhaarige Jungen kriechen in ihre Gitarren. Einen Augenblick später dröhnt nervenzerfetzende Musik durch den Saal.

»Darf ich bitten?« fragt Bitzius Adrienne.

»Gern«, sagt sie.

Er nimmt sie sofort bei der Hand. Selten sah ich einen dynamischeren Menschen als Bitzius. Er ist jemand, bei dem man sich absolut wohl fühlen kann, für den man alles tun würde, teils wegen seines entschiedenen Auftretens, teils, weil er einen anschaut mit seinen dunkelbraunen Augen, in denen fortwährend kleine, hellbraune Pünktchen aufleuchten. Mit Adrienne gleitet er gelassen über die Tanzfläche, aber trotz ihrer Anmut finde ich ihr Geschwofe stupide, und wie immer in solchen Situationen muß ich denken: das ist nun tatsächlich sündhaft; ich weiß auch nicht, warum gerade das so ungebrochen aus meiner calvinistischen Vergangenheit überlebt hat. Tanzen macht mich melancholisch, nein, schlimmer noch, traurig, betrübt, unglücklich.

Versunken betrachte ich die schönen Schweizer Mädchen, das Mädchen mit der Pfeife, mit dem ich während dieses Kongresses kein Wort gewechselt und doch über einen vergnüglichen Augenkontakt Einvernehmen hergestellt hatte. Auch sie tanzt und lächelt mir kurz zu, als wolle sie den Verrat des Tanzens wiedergutmachen. Alle tanzen, auch die jungen deutschen Zellbiologen, die gerade das Examen gemacht haben und von dem Drang besessen sind, es weit zu bringen in ihrem Gebiet, weniger aus Liebe zum Fach, sondern vielmehr aus Ehrgeiz. In den Kaffee- und Teepausen des Kongresses haben sie mich umringt und systematisch ausgefragt. Einer hat schüchtern die Bitte geäußert, eine Zeitlang bei mir arbeiten zu dürfen. Obwohl sie kaum jünger sind als ich, behandeln sie mich wie einen alten Gelehrten. Wie sie tanzen! Wenn das Leben ist, warum in Gottes Namen existiere ich dann? Aber warum sehe ich mir das eigentlich an, warum gehe ich nicht einfach? Ich stehe auf und gehe mitten durch die Tanzenden zum Ausgang, doch bevor ich dort bin, stehen Adrienne und Ernst vor mir.

»Du willst schon gehen?«

»Ja«, sage ich, »ich habe Kopfschmerzen.«

»Schade, Martin«, sagt Adrienne.

»Morgen um zehn in meinem Institut, ja?« fragt Bitzius.

»Ich werde da sein«, sage ich.

Als ich in die Nacht hinausgehe, stehen sie zusammen in der Türöffnung. Schweigend und eng nebeneinander. Sie ist hochgewachsen, aber nicht größer als er. Ein schönes Paar, denke ich gerührt. In diesem Moment weiß ich, daß das aufgeräumte, fröhliche, von jedem Gedanken an Martha weit entfernte Gefühl, das mich die ganze Woche beherrscht hat, wenn ich Adrienne sah, Verliebtheit genannt wird. Während ich durch die milde Nacht schlendere, denke ich an sie. Ob sie wirklich vorhat, bei mir zu arbeiten? Ich weiß es nicht. Die Straßen sind feucht, obwohl es nicht regnet. Dennoch sind auffällig wenig Fußgänger unterwegs. Ich laufe durch die Stadt bis zur Lorrainebrücke, gehe aber nicht hinüber. An der Aare entlang gelange ich zur Kornhausbrücke, die mir während der Kongreßtage so lieb geworden ist. Jeden Morgen bin ich unter dieser Brücke hindurch über den Langmauerweg gegangen. Nun bin ich wieder in erhabener Höhe über ihm, kann ihn in der Tiefe nicht einmal sehen. An der Brücke ist ein hell erleuchteter Pavillon, in den ich direkt hineinblicken kann. Männer im Smoking und Frauen in prächtigen Ballroben tanzen in einem großen Raum. Während ich zwischen mannshohen Sträuchern am Pavillon vorbeigehe, kommen ein Mann und eine Frau heraus. Die Frau trägt ein rotes, langes Kleid. Sie lacht laut und gurrend. Ihr Gesicht hat rote Flecken, und um ihre Augen sind graue Schatten vom Make-up. Noch einmal lacht die Frau ihren schrillen, durchdringenden Raubvogelschrei. Gott, warum hast du solche Menschen geschaffen, warum vernichtest du diese Menschen nicht, diese Lacher, die die Welt zerstören, die alles, was vielleicht noch gut und schön ist, mit ihrem entsetzlichen, ihrem schrecklichen Gelächter beschmutzen? Seinerzeit hast du die ganze Schweinerei doch auch unter Wasser gesetzt. Tu es doch noch einmal, aber laß diesmal keinen Noah mit den Seinen übrigbleiben, vernichte sie alle. Das Lachen verfolgt mich auf der Brücke, und wieder ist da, wenn ich hinunterschaue und mir vom Anblick der tief unter mir dahinströmenden Aare fast schwindlig wird, jener beruhigende, trostreiche Gedanke: mit einem Sprung kann ich endgültig Schluß machen. Doch vor allem das Lachen hält mich davon ab, denn wenn ich allem ein Ende mache, kann ich es auch nicht mehr hassen, und ich will weiterleben, und sei es nur, um Menschen, die so lachen, hassen zu können. Oh, dieses schreckliche Betrunkenenlachen einer Frau. Ich schließe die Augen und balle die Hände, öffne sie wieder, umklammere das Brükkengeländer und versuche, das kalte Eisen zu verbiegen. Ich stelle mir vor, daß das Eisen der Arm dieser lachenden Frau ist, aber unter mir strömt das Wasser weiter, und sein Rauschen verdrängt die Erinnerung an das Lachen; mein Griff erlahmt, und ich kann weitergehen.

In der Innenstadt herrscht plötzlich reger Betrieb. Unter allen Bögen der Laubengänge stehen Frauen. An den Bögen schlendern Männer entlang. Jede Frau hat ihren eigenen

Bogen, jeder Bogen seine eigene Frau. Unter dem fünften Bogen, an dem ich vorbeikomme, erblicke ich eine junge Frau in einer leichten, mit schwarzen Querstreifen abgesetzten Pelzjacke. Ich kann es nicht lassen, ihr ins stark geschminkte Gesicht zu blicken, und noch weniger kann ich dagegen angehen, daß eine Art Schluchzer aufsteigt. Es ist Martha! Nein, sie kann es nicht sein, natürlich ist sie es nicht, doch die Ähnlichkeit ist so groß, so frappierend, daß ich mich am Pfeiler des nächsten Bogens festhalten muß, um wieder zu Atem zu kommen. Ich lehne mich gegen den kalten Stein, und ich habe das Gefühl, daß jemand meine Brust so fest umklammert, wie ich eben das Brückengeländer umklammert habe. Die Frau unter dem nächsten Bogen kommt auf mich zu, doch ich sehe sie nicht richtig an, und sie schüttelt kurz den Kopf und geht zur Mitte des Bogens zurück. Ich überquere die Straße, gehe über den Bürgersteig hinter den Bögen hundert Meter zurück und bleibe an der Ecke kurz stehen. Sie ist noch immer dort, sie hat sogar die Figur Marthas. Langsam gehe ich auf sie zu, sie dreht sich halb um, ganz kurz, gerade lange genug, um mir ihr Profil zu zeigen und die atemberaubende Ähnlichkeit bis hin zu den dunklen, halblangen Haaren. Aber Gott sei Dank ist die tiefe, heisere Stimme, die Nein sagt, anders, auch die träge Art, in der sie ihren Kopf schüttelt, ist anders. Ich bin verwundert, daß sie mich abweist, und ich stammle noch: »Wieviel, Fräulein?«, aber sie tritt einige Schritte zurück, bis sie im dunklen Schatten des Pfeilers steht, und zischt: »Nein.«

Ich gehe weiter, einen Bogen weiter. Eine plumpe, alte Frau hat das Gespräch mitbekommen. Sie sieht mich an, versucht mit ihrem zahnlosen Mund zu lächeln. »Hundert Franken pro Nacht«, sagt sie leise und in singendem Ton.

Ich summe sehr beherrscht die Melodie ihrer Worte, als ich um die Ecke zum Bärenplatz biege und schnell zu den Regierungsgebäuden weitergehe. Über eine Steintreppe und einen mit großen Steinplatten belegten Bürgersteig erreiche ich ein Geländer, hinter dem das Ufer der Aare beginnt. Das Wasser jagt hier ungestümer auf die Biegung zu, als es hinter dem Mäander dieses erstaunlichen Flusses strömt, und das Grün duftet hier stärker als überall sonst, obwohl es schon so spät im Jahr ist. Warum hat sie so entschieden Nein gesagt? Will sie vielleicht nur von einem Auto oder Taxi aus angesprochen werden, so wie ihre Kolleginnen an den vorhergehenden Abenden? Ich habe den Betrieb aufmerksam beobachtet, bemerkt, daß die alten Frauen jeden Mann ansprechen, die jungen dagegen auswählen. Ich will zurückgehen, um sie noch einmal zu fragen. Aber es wird sinnlos sein, ich nehme besser ein Taxi und fahre an ihr vorbei. Ob sie dann mitkommt? Und wohin dann? In ein Hotel? Das erscheint mir ausgeschlossen. Vielleicht weiß sie etwas anderes, hat irgendwo ein Zimmer. »Hundert Franken pro Nacht«, die Melodie der sündigen Liebe, aber sie wird bestimmt mehr nehmen. Ach, dies ist nicht sündig, dies ist erlaubt, sie sieht Martha täuschend ähnlich. Nein, ich kann nicht mit ihr in ein Zimmer gehen, ich will mit ihr durch das sonnige Reetland rudern. Ich will sie bitten, nach Holland mitzukommen. Was für eine unsinnige Idee!

Ich kehre zurück. Ich gehe auf dem Bürgersteig einer breiten Straße, aber nicht in Richtung der Bögen, denn ich traue mich nicht, noch nicht. Ich gehe an den Anlagen vor den Regierungsgebäuden vorbei, einem Garten mit einem Rondell, das von einem breiten Kiesweg gesäumt wird. Auch über den Kiesweg schlendern Frauen. Autos fahren langsam über den Kies, halten manchmal an. Die Autofenster gleiten geräuschlos hinunter, die Frauen gehen in lässiger Haltung an den Autos entlang, murmeln unverständliche Laute, und manchmal wird eine Autotür geöffnet, und sie fahren schnell weg mit dem Geräusch von knirschendem Kies, das bis weit in die Umgebung hallt. Ein Stück weiter ist eine zweite Anlage. Hier gibt es keine Frauen, nur eine große Skulptur in einem Teich mit klarem Wasser, eine Göttin mit Gefolge. »Hundert Franken pro Nacht«, und innerhalb dieser Melodie als Kontrapunkt, so klar und deutlich wie nie zuvor: jetzt hast du nur noch sechs Tage zu leben oder vielleicht sogar noch weniger, denn nächste Woche Donnerstag wirst du mit Sicherheit tot sein, ja, du wirst hier sterben, hier in der Schweiz, glaub bloß nicht, du könntest deinem Schicksal entrinnen, »Hundert Franken pro Nacht«. Ich lausche beiden Melodien. Warum nur möchte ich so gern weiterleben? Mir fallen kaum Gründe dafür ein, nicht viel mehr als der Duft von Frühlingsabenden, die Windstille von Herbstvormittagen, der Ruf der Amseln im Frühjahr, das Sommersonnenlicht im Reetland, Brachvögel, die Musik Schuberts.

Ich kehre zurück. Durch eine schmale Gasse erreiche ich die Geschäftsstraße mit den Bögen. Schon von weitem sehe ich, daß sie noch immer genau unter der Lampe steht, die in ihrem Bogen aufgehängt ist. Inzwischen verspüre ich einen Anflug von Mitleid, weil sie dort steht und nichts verdient, aber dieses Mitleid ist nichts anderes als eine Waffe gegen die Betroffenheit und das wahnsinnige Verlangen, mit ihr die Nacht zu verbringen. Außerdem ist das Mitleid eine falsche Waffe, denn es macht mich für diese von neuem so erschütternde Ähnlichkeit und das Verlangen, das dadurch ausgelöst wird, noch empfänglicher. Ich gehe durch den Rinnstein. Sie weicht zurück, als ich vorbeikomme. Ich will ihr Gesicht sehen, die Ähnlichkeit genau studieren. Ich sage nichts, aber sie schüttelt den Kopf, sie sieht mich an, die Lippen wachsam aufeinandergepreßt. Fahrig bewegt sie die schwarze Tasche, die über ihrer Schulter hängt. Ich gehe rasch weiter, laufe schräg über die Straße, ohne auf den Verkehr zu achten, und mitten zwischen laut hupenden Autos denke ich: sollen sie mich doch in Gottes Namen überfahren. Auf der anderen Straßenseite bleibe ich stehen und blicke mich nach dem Bogen um, unter dem sie mit ihrer gestreiften Pelzjacke steht. Langsam wiegend verlagere ich mein Gewicht von einem Fuß auf den anderen, kann mich, obwohl ich doch weitergehen möchte, von ihr nicht lösen. Als eine Straßenbahn vorbeifährt und kurz die Sicht auf sie versperrt, gehe ich schnell weiter, zwinge mich dazu, mich nicht mehr umzublicken, und biege bei der nächstbesten Gasse ab. In diesem Gäßchen stehen viele Mopeds. Von der anderen Seite kommt mir ein Mädchen entgegen. Sie windet sich zwischen den Mopeds durch, öffnet ein Fahrradschloß und sieht sich ruhig und aufmerksam um, dreht dabei langsam den Kopf, bis sich unsere Blicke treffen, und ich bin mir plötzlich sicher, daß ich sie nur anzusprechen brauche, um mit ihr an der Aare spazierengehen zu können, und das mildert für einen kurzen Augenblick den dumpfen Schmerz in meiner Brust. Einen Moment lang bin ich vom Zwang befreit, zum Bogen zu gehen, die Frau mit der Pelzjacke anzusprechen.

Ein junger Mann kommt heran. In der Nähe der Stelle, wo ich mich gegen ein Haus lehne, bleibt er stehen. In der Gasse ist es dunkel, nur das Licht des abnehmenden Mondes und einer brennenden Straßenlaterne. Kein einziges Fenster ist erleuchtet.

»Grüezi«, sagt der Junge.

»Grüezi«, sagt das Mädchen.

Langsam gehe ich zum Ende der Gasse. Als ich die breite Straße erreiche, die ein Stück weiter in einen Parkplatz mündet, höre ich hinter mir die aufeinander abgestimmten Schritte des Jungen und des Mädchens. Sie gehen an mir vorbei zum Parkplatz. Autotüren öffnen sich und schlagen zu. Als sie wegfahren, fühle ich von neuem die Angst vor der Frau unter dem Bogen, die ich von hier aus nicht sehen kann. Ich gehe in Richtung der Regierungsgebäude.

Stunden später laufe ich noch immer durch die Straßen, willenlos, ziellos. Unzählige Male habe ich denselben Kreis beschrieben, an den Regierungsgebäuden vorbei, durch die beiden Anlagen und eine Gasse zurück zur Straße mit den Bögen und über die breite Straße wieder zu den Regierungsgebäuden. Ich kann nicht mehr denken. Mein Herz schlägt heftig und unregelmäßig. Mein Atem geht nur oberflächlich.

In meinem Kopf sind ein paar Sätze, »Du bist so weise, Martin«, »Hundert Franken pro Nacht«, noch sechs Tage. Nach jeder Runde steht sie unter ihrem Bogen, und solange sie dort steht, werde ich meine Wanderung fortsetzen; ich werde sie nicht bitten, mitzugehen, aber trotzdem schüttelt sie jedesmal, wenn ich vorbeikomme, den Kopf, und ich weiß, daß es so besser ist. Die meisten anderen Frauen sind verschwunden. Manche sind in dunklen Autos weggefahren, manche ohne Mann weggegangen. Sie hat einige Male mit einem Autofahrer verhandelt, ohne sich jedoch mit ihm zu einigen. Jedenfalls ist sie dageblieben. Es ist mir ein Rätsel, daß sie so lange stillstehen kann. Manchmal geht sie ein paar Schritte zwischen den Pfeilern ihres Bogens. Bei jeder folgenden Runde bin ich froh, wenn ich sie dort noch stehen sehe, und dennoch hoffe ich inständig, daß sie weggeht. Ich will zurück ins Hotel, aber ich kann nicht. Ich bin gefangen in diesem Kreis, der aus einem unschuldigen Abschnitt entlang den Regierungsgebäuden besteht, wo ich erleichtert über den Tod nachdenken kann, aber von dort muß ich zum Park mit der Statue der Göttin weitertrotten und dann durch die schmale Gasse zurück zu dem Platz, wo sie steht.

Ich liege im Bett und kann nicht schlafen. Ob ich überhaupt noch einmal schlafen kann? Soeben habe ich zum letzten Mal meinen Kreis beschrieben. Als ich nach der schmalen Gasse die Straße mit den Bögen erreichte, sah ich von weitem, daß neben ihr ein schwarzes Auto hielt. Ich rannte über das Kopfsteinpflaster. Niemand schien sich darüber zu wundern. Es gab ja auch nur wenige Menschen! Ich kam gerade noch rechtzeitig, um zu sehen, wie sie einstieg. Ich stand auf der gegenüberliegenden Straßenseite unter einem Bogen. Das Rennen war zuviel für mich gewesen, ich fühlte, wie ich zusammenklappte, wollte mich noch an einem Pfeiler festhalten, berührte aber schon mit dem Kopf das kalte, feuchte Pflaster. Einen Augenblick lang muß ich bewußtlos gewesen sein. Als ich wieder zu mir kam, standen zwei

Frauen neben mir und betrachteten mich. Es war bitterkalt, und ich sah die Sterne. Die beiden Frauen halfen mir auf die Füße, sie waren alt und häßlich, sie hatten schon lange hier gestanden, vielleicht sogar seit Beginn des Abends. Mich fröstelte, und ich dachte an Jakob, hörte ihn sagen: die einzigen Frauen, die wirklich in Ordnung sind, sind die Huren, deshalb hat Christus auch gesagt, daß sie als erste ins Himmelreich kommen werden. Hinter mir waren Stimmen und Schatten, und ich sah die beiden Frauen dankbar an. Ich betrachtete die häßlichere von ihnen. Sie hatte strähniges schwarzes Haar, war klein und dick, trug erstaunlich hohe Absätze. Sie verstand meinen Blick falsch und gab der anderen Frau einen Wink. Kurze, schimpfende Zischlaute waren unter dem Bogen zu hören. Die andere Frau entfernte sich in die Dunkelheit.

»Wohin?« fragte die alte Frau.

Ich ging in Richtung meines Hotels, und die Frau folgte mir. Ich hörte das jetzt unheimliche Tacken ihrer hohen Absätze. Schweigend gingen wir weiter. Bei einem dunklen Ladeneingang blieb ich stehen.

»Wissen Sie«, fragte ich, »wie die Frau in der Pelzjacke hieß, die auf der anderen Straßenseite stand?«

»Hertha Frank, meinen Sie?«

»Ich weiß es nicht. Mit den schwarzen Streifen auf der Jacke.«

»Ja, Hertha Frank.«

»Hundert Franken pro Nacht?« fragte ich.

»Ja, bitte.«

Ich nahm einen Hundertfrankenschein aus der Innentasche meines Jacketts und gab ihn der Frau. Sie sah verdutzt auf das Geld. Ihr weißes Gesicht war ein grauer Fleck im Dunkeln.

»Nehmen Sie es«, sagte ich, »und danke schön.«

»Und nicht . . .?«

»Nein«, sagte ich.

»Warum nicht?«

»Ich bin so müde«, sagte ich, und während ich es sagte, spürte ich plötzlich, wie mir Tränen über die Wangen rannen.

»Ach«, sagte sie, »danke.«

Sie nahm den Schein an, und ich wandte mich ab. Ich versuchte, die Tränen wegzuwischen, das Weinen hinunterzuschlucken, hatte aber nicht den Mut, weiterzugehen, bis ich nicht mehr weinen würde, sondern eilte zum Hotel zurück. Die Tür war geschlossen, und ich klingelte kurz. Nachdem ich einen Moment gewartet hatte, kam ein kleiner alter Mann durch den Korridor.

»Ich bin sehr spät dran«, sagte ich schüchtern.

»Wir haben immer geöffnet, Tag und Nacht«, sagte der alte Mann stolz.

Ich blickte auf die beleuchteten Zeiger der Uhr in der Lobby. Es war zehn Minuten vor halb vier.

Abenddämmerung

Wenn ich mich im Bett aufrichte und meine Hand durch das geöffnete Fenster strecke, kann ich die kleinen, dunklen Trauben von den Weinreben pflücken, die an den Hauswänden emporranken. Ich weiß nicht, ob es Ernst recht ist, wenn ich zum Frühstück seine Weinstöcke plündere, aber die Trauben sind einfach köstlich. Als ich wieder eine kleine Traube hereinhole, schlägt eine Turmuhr siebenmal, und gleich darauf, mit einer anderen Glocke, erneut siebenmal. Woanders beginnt eine andere Uhr zu läuten, und als ob das noch nicht genug wäre, gehen auch bimmelnde Kühe vorüber. Doch was für Trauben! Ich schiebe das Fenster weiter auf. Draußen hat sich der dichte Nebel dem Haus bis auf zehn Schritte genähert. Vielleicht wird der Ausflug in die Berge nicht stattfinden. Die schelmische, Pfeife rauchende Studentin von Bitzius hat mich gestern herumgeführt und mir von der Tyrannei ihres Professors erzählt, den sie mehr oder weniger versorgt und für den sie sogar die Wäsche erledigt.

»Er arbeitet hier, er ißt hier, er schläft hier«, sagte das Mädchen, »nur an den Wochenenden fährt er zu seinem Haus in Münchenbuchsee.«

»Aber er ist doch verheiratet?«

»Er ist geschieden«, murmelte sie.

In der Nähe standen Bitzius und Adrienne und plauderten miteinander, und wir blickten beide eifersüchtig zu dem Paar hinüber. Sollte er ein mehr als normales Interesse an Adrienne haben? Am dritten Kongreßtag hatte er mich beiläufig gefragt:

»Na, Martin, hast du dich Frau Ponchards erbarmt?«

»Sie hat sich meiner erbarmt«, sagte ich, »wir kennen uns schon von anderen Kongressen, sie ist allein hier, ich bin allein hier, warum also nicht?«

»Aber natürlich.«

Der Nebel kriecht noch näher heran, verhüllt den Traubendiebstahl. Aber vielleicht schläft Bitzius noch. Wir wollen um halb aufbrechen. Das ist ein Einfall von Bitzius. Weil sich Ernst und Adrienne gestern weder über das Ziel noch über den Zeitpunkt unseres Aufbruchs einigen konnten, hat Ernst, nachdem die Möglichkeiten halb acht, halb neun und halb zehn erwogen wurden, sehr entschieden ausgerufen: »Wir brechen um halb auf, das kann alles beinhalten, halb acht, halb neun, halb zehn. Einverstanden?«

»Ja«, sagten Adrienne und ich.

Beim Frühstück kommt es erneut zu einem kleinen Geplänkel zwischen Ernst und Adrienne.

»Ich möchte gern viel klettern«, sagt Adrienne.

»Schön, aber Martin ist noch nie in den Bergen gewesen. Welche Schuhgröße hast du, Martin?«

»Größe vierundvierzig.«

»Das trifft sich gut. Dann kann ich dir Bergschuhe leihen, ich habe Größe fünfundvierzig und besitze zwei Paar, zieh dir also ein zweites Paar Socken an, aber hilf uns vorher aus der Verlegenheit. Es gibt drei Alternativen. Erstens: das Maxi-Programm. Wir fahren in die Berge nördlich des Brienzer Sees und klettern dann auf das Augstmatterhorn. Dort lebt eine Kolonie Steinböcke; vielleicht sehen wir sie. Zweitens: das Midi-Programm; wir fahren mit der Zahnradbahn zur Schynige Platte und wandern dort ein wenig in zweitausend Meter Höhe, sehr schön. Drittens: das Mini-Programm, wir fahren noch ein Stück weiter südlich zum Lötschental – herrliche Flora, prächtiges Tal. Frau Ponchard steht der Sinn mehr nach dem Maxi-Programm, ich bin für das Midi-Programm. Entscheide du, wir werden uns deiner Entscheidung fügen, nicht wahr, Frau Ponchard?«

»Ja«, sagt Adrienne.

»Ich weiß nicht recht . . .«, fange ich an.

»Halt, Martin, höre mal! Bist du schon mal geklettert? Nein? Zum Augstmatterhorn hinauf ohne Erfahrung? Unmöglich!«

»Ja, dann ist es vielleicht . . .«

»Genau, das Mini-Programm, Lötschental, dort können wir die ausgeblühte Flora studieren, sehen, wie schön Fruchtflaum sein kann, hautnah an den Langtalgletscher herankommen.«

»Aber Frau . . . möchte . . . will . . .«

»Gut, dann schließen wir einen Kompromiß. Auf der Schynige Platte können wir auch klettern. Also das Midi-Programm.«

»Nun ja, von mir aus, dann eben nach . . .«

»Also, abgemacht, das Midi-Programm.«

Als wir pünktlich um halb neun abfahren, ist der Nebel noch dichter geworden. Bis an den Thuner See bleibt es so; vom See ist nicht viel zu sehen, und ich verstehe nicht, daß Bitzius so schnell und leichtsinnig über die kurvenreiche Straße fährt. Er achtet sogar kaum auf die Straße, redet unaufhörlich mit Adrienne, die vorn im Auto neben ihm sitzt. Ab und zu kann ich, wenn sie sich halb zu mir umwenden, verstehen, was sie sagen. Vor allem Ernst neigt dazu, mich regelmäßig ins Gespräch einzubeziehen, außerdem ruft er ständig wie ein Reiseleiter: »Jetzt fahren wir an Schloß Thun vorbei, auf der anderen Seite kannst du den Niesen sehen, paß auf, dort liegt Spiez« – zweifellos interessante architektonische und landschaftliche Schönheiten, im dichten Nebel freilich völlig unsichtbar. Aber weit hinter Thun hat er sich auf einmal über eine kurze Strecke gelichtet, und in Interlaken ist der Nebel völlig verschwunden. Als wir in Wilderswil aussteigen, sehe ich zum ersten Mal die bedrohlich dunkelgrün aufragenden Felswände und etwas weiter, zwischen einer dreieckigen Aussparung von Bergen hindurch, einen weiß schimmernden Gipfel. Ein beklemmendes Gefühl, vom Gebirge so völlig eingeschlossen zu sein, doch der hektische Betrieb auf dem Parkplatz und der helle Sonnenschein relativieren es. Wir gehen zur Zahnradbahn. In der proppenvollen Kleinbahn warten wir im ersten Waggon auf die Abfahrt, die auch hier um halb erfolgt. Langsam zuckeln wir auf die Berge zu; ein Wanderer würde fast noch schneller vorankommen. Merkwürdig ist, wie rasch wir dennoch an Höhe gewinnen; schon nach kurzer Zeit sehe ich den Parkplatz tief unter uns, und ein Stück weiter treiben Wolken wie Schiffe auf dem Thuner See.

»Na, Martin, ist dir schon schwindlig, hast du schon Atembeschwerden?« fragt Ernst. »Schon Höhenangst? Noch nicht? Warte nur, wir werden gleich zu einer Stelle klettern, wo ich bereits mehrere Leute zurücklassen mußte. Sie trauen sich nicht mehr vor, sie trauen sich nicht mehr zurück. Dann stehen sie dort auf einem Felsvorsprung und sterben schließlich. Vielleicht können Frau Ponchard und ich dich wegtragen. Aber verlasse dich nicht zu sehr darauf! Wir werden dich zurücklassen müssen, hoch in den Bergen. Gelehrter auf einsamer Höhe!«

Die Zahnradbahn klettert unbeirrbar weiter. Die Sonne scheint immer heller auf grüne Tannenwälder und grauweiße Hänge. Wir schlängeln uns in unüberschaubaren Windungen nach oben. Wenn ich kurz die Augen schließe und wieder öffne, ist es mir zuweilen, als ob die Tannenwälder, die winzigen Häuser und das helle Grün in der Tiefe, das mit einem grauen Schleier bedeckt ist, sich langsam im Kreis drehen. Mir schräg gegenüber sitzen zwei steinalte Frauen, älter als meine Mutter jetzt wäre, wenn sie noch lebte, und ich wundere mich über meinen Haß auf sie. Manchmal stehen sie von ihrem Platz auf, um möglichst wenig zu versäumen vom ständig wechselnden Panorama, das hier mit einer Nonchalance dargeboten wird, die jede frühere Begeisterung über die Schönheit einer Landschaft zu einem unbedeutenden Glücksgefühl stempelt. Ich kann es kaum noch verkraften; jeder neue Ausblick übertrifft den vorherigen, und nach einem Tunnel hängt die ganze Welt manchmal schräg unter uns, so daß der Thuner See vom Erdball wegzuströmen scheint. In unverfälschtem Niederländisch sagt eine der alten Damen: »Daß wir das noch erleben dürfen! Früher hat man sich so was ja nie leisten können.«

Aber die andere Frau antwortet nicht, betrachtet nur unentwegt mit nassen Augen die Berge; eine glitzernde Träne nach der anderen rinnt über ihre Wangen, und deshalb kann ich ihr verzeihen, daß sie noch lebt.

Unter uns windet sich die Bahnstrecke mit der eingekerbten Schiene, in die knirschend das Zahnrad greift, abwärts. Ich kann ein beträchtliches Stück des steilen Hanges hinter uns sehen, bis weit hinter der Krümmung einer Kurve, und mich wundert, daß ich überhaupt keine Angst habe, obwohl ich doch jeden Augenblick erwarte, daß das Zahnrad seinen Dienst versagt und wir mit schwindelerregendem Tempo zurücksausen. Dann werden wir in der Tiefe verschwinden. Aber es ist eher ein Tod, den man sich wünschen könnte, als einer, vor dem man sich fürchten müßte, vor allem, weil wir dann alle zugleich sterben würden. Sterben ist unerträglich, weil andere weiterleben.

Adrienne und Ernst unterhalten sich, aber ich bin nicht imstande, auch nur ein Wort zu sagen. Die winterlich anmutende Helligkeit des Sonnenlichts erinnert mich an blaues Eis, weißen Schnee und einsame Ausflüge ins Reetland. Hier ist das Licht jedoch noch klarer und allgegenwärtig wie Gott. Auch der Klang der Stimmen ist dünner. Bitzius' dumpfer Baß hört sich fast an wie ein Bariton, Adriennes Alt beinahe wie ein Mezzosopran. Vorsichtig blicke ich ihn an: ob auch er in sie verliebt ist? Sie genießt hingerissen die immer neuen Ausblicke, nennt die Namen der vereinzelten Pflanzen, meist Astern, die noch blühen. Wenn sie nicht redet, sind ihre Lippen ein wenig geöffnet, wodurch ihr Gesichtsausdruck etwas Kindliches bekommt. Manchmal sagt sie: »Martin, schau!«

Noch immer versucht sie, meinen Vornamen als Maarten auszusprechen, etwas, das Ernst noch nie versucht hat, und das sorgt immer für eine drollige Zwischenform zwischen Maarten und Martin. Sie sagt wenig zu Bitzius, ständig hat er das Wort. Noch immer nennen sie sich nicht beim Vornamen, so daß ich einen Vorsprung habe vor Ernst. Wie es wohl wäre, mit ihr im Reetland zu wohnen? Sie ist so nervös, so lebhaft, sie würde nicht heimisch werden zwischen Bekassinen und Trauerseeschwalben. Ich würde umziehen müssen.

Der Thuner See ist jetzt bis zu seinem Ende zu sehen; ihn bedecken jedoch Wolken. Langsam bremsend halten wir bei einer Zwischenstation und fahren nach einem Pfiff, der zwischen den Bergen widerhallt, weiter. Wir klettern höher, an lichterem Tannenwald entlang, durch Tunnel, die einem die Aussicht nehmen und völlig gewandelt wieder freigeben. Noch immer sind wir nicht oberhalb der Baumgrenze. Dann die nächste Zwischenstation, mit schwarzen Vögeln (die ich nicht kenne und die mein Herz höher schlagen lassen) und einem Schneerest. Ein paar Jungen und Mädchen mit Rucksäcken verlassen die Zahnradbahn.

»Sie wollen den Gipfel besteigen«, sagt Ernst.

Je höher wir kommen, desto steiler ragen die beschneiten Berge über uns auf, und diese majestätischen, weißen Hänge haben etwas von fast die Sprache verschlagender Einfachheit – als ob es nur auf sie ankäme und alles andere unbedeutend wäre. Beängstigend aber ist ihr unendliches Schweigen, und erst jetzt verstehe ich die Bedeutung der Psalmverse, die meiner Mutter so teuer waren: »Ich hebe meine Augen auf zu den Bergen, von welchen mir Hilfe kommt.« Dabei hatte sie die Berge nicht einmal gesehen, wird sie auch nie mehr sehen, und das macht ihren Tod zu etwas unleugbar Endgültigem, zu einer so niederschmetternden Gewißheit, daß ich meine eigene Anwesenheit in der Zahnradbahn als Verrat empfinde und mit noch größerem Haß auf die alte Frau blicke, die vorhin zwei niederländische Sätze sprach.

Doch mein Haß hält nicht lange an; die totenstille, reglose, drohende Gegenwart dieser gigantischen Persönlichkeiten jenseits des Tals bringt mir mit großer Selbstverständlichkeit die Fortsetzung von Psalm 121 in den Sinn. »Er wird deinen Fuß nicht gleiten lassen; und der dich behütet, schläft nicht. Siehe, der Hüter Israels schläft noch schlummert nicht.« So stark ist das Bewußtsein Seiner Gegenwart dort jenseits des Tals, daß er jeden Unglauben – Unglauben, der in Wirklichkeit nie vorhanden war – zu einem lächerlichen Hirngespinst zertrümmert. Mir scheint, als ob ich plötzlich Sein jahrhundertelanges Schweigen, Seine Unerschütterlichkeit, Seine Schlaflosigkeit begreife.

Wir verlassen die Zahnradbahn und gehen über einen schmalen Pfad am Hotel vorbei. Vor uns wandern viele Menschen, die schon in geringer Entfernung Zwergen gleichen. Ihre leisen Stimmen klingen laut und transparent über die Fläche zwischen den dunklen, abgebröckelten Bergkämmen. Wir folgen lange Zeit dem Pfad und erklimmen einen kleinen Hügel. Die Menschen verteilen sich, verschwinden hinter den Erhebungen des baumlosen Plateaus, aber ihre Stimmen sind noch lange hörbar, ein unbeschwerter und fröhlicher Klang wie von den Stimmen spielender Kinder in der Abenddämmerung. Ich kann so frei atmen! Nie habe ich gewußt, daß Atmen etwas so Großartiges und Befreiendes sein, einen so glücklich stimmen kann. Und sogar das Sprechen scheint müheloser, die Wörter selbst sind ein Vergnügen, um den einzigen Dichter zu zitieren, dessen Werk ich dank Martha gut kenne. Spricht er in diesem Gedicht nicht auch vom Schattenlaufen? Das müßte man hier tun, hier sind die Schatten viel schwärzer.

Wir rasten einen Augenblick. Wir sitzen auf einem abschüssigen Hang zwischen kleinen Sträuchern. Bitzius zeigt mir die Berge: Jungfrau, Eiger, Mönch, Kleines Schreckhorn, Großes Schreckhorn, Finsteraarhorn. Die Eiger-Nordwand hebt sich dunkel von den beschneiten Hängen ab. Wir reden leise über die Bergsteiger, die beim Versuch, sie zu erklimmen, umgekommen sind. Mit Bitzius' Fernglas suche ich die Weiße Spinne. Jetzt, wo ich die Berge sehe, kann ich besser verstehen, warum man sie bezwingen will. Man klettert ja auf die Ewigkeit zu, an einen Ort, wo immer Winter ist. Die Berge haben im Kampf gegen den Wechsel der Jahreszeiten endgültig gesiegt, haben die Zeit abgeschafft, liegen da, unveränderlich, erstarrt, schweigend, einsam, in ewigem Winter. Einstein konnte sich in seiner Straßenbahn nur einbilden, mit Lichtgeschwindigkeit zu fahren; der Bergsteiger dagegen erreicht tatsächlich den Punkt, an dem die Zeit stillsteht.

»Wenn ich die Berge sehe, komme ich mir wieder vor wie als kleines Mädchen, als ich in unserem Garten Seifenblasen gemacht habe. Wie ich damals den Seifenblasen nachgesehen habe, so sehe ich jetzt diese Berge. Ich fand es himmlisch, Seifenblasen zu machen, man brauchte niemand dazu, ein Spiel für einen ganz allein«, sagt Adrienne.

Bitzius nennt noch mal die Namen der Berge, erzählt eine Anekdote: »Ein Schulmädchen sollte die Namen der Berge aufsagen. Sie fing an: Eiger, Mönch . . . und wußte nicht mehr weiter. Denk an mich, sagte die Lehrerin, dann wirst du es wissen. Schreckhorn, sagte das Mädchen.«

Wir gehen weiter zwischen den vertrockneten Silberdisteln, und Bitzius sagt: »Oberhalb der Dreitausend-Meter-

Grenze duzt man sich. Sollen wir, Frau Ponchard, uns oberhalb der Zweitausend-Meter-Grenze duzen? Dazu müssen wir auf das Oberberghorn steigen, das ist etwas höher als zweitausend.«

»Schön«, sagt Adrienne.

»Aber zuerst wollen wir essen, dann klettern.«

Wir suchen uns am Abhang einen Platz, wo wir bequem sitzen können. Bitzius sammelt trockenes Reisig, schichtet es in einer Kuhle, möglicherweise dem Eingang eines Baus. Auf die Kuhle legt er einen Rost, den er aus seinem Rucksack geholt hat. Aus demselben Rucksack zieht er eine kleine Büchse Spiritus hervor und gießt den Brennstoff über das Holz. Überall auf dem Hang zünden kleine Gruppen ähnliche Feuer an. Der Rauch steigt wieder hoch, wie so oft in meinem Leben, und scheint mich von Ernst und Adrienne zu lösen, die auf der anderen Seite der Rauchsäule sitzen. Auch hier löst er sich in der windstillen Luft auf. Adrienne sieht aufmerksam zu, wie Bitzius stattliche Fleischstücke mit Senf bestreicht und grillt. Seine Handgriffe sind so sicher, daß eine große Ruhe von ihnen ausgeht, daß sie einem das Gefühl geben, sich in seiner Nähe vor keiner wie auch immer gearteten Gefahr fürchten zu müssen. Vielleicht schmeckt das von ihm gegrillte Fleisch deswegen so köstlich. Nach dem Essen liege ich ausgestreckt im Sonnenlicht auf dem Hang, und mit einem Gefühl des Bedauerns betrachte ich die kleinen Wölkchen, die an den Berggipfeln entlanggleiten. Nie mehr wird das Reetland für mich so schön sein, wie es gewesen ist; was ich jetzt sehe und empfinde, übertrifft alles, was ich jemals erlebt habe, so daß mir mein bisheriges Leben flach und eintönig vorkommt. Als Erinnerung an das Reetland fliegen über meinem Kopf kleine Finkenschwärme vorbei.

»Martin«, sagt Ernst, »jetzt mußt du mir doch einmal sagen, ob meine Schlußfolgerung richtig ist, wenn ich annehme, daß du fast soweit bist, einen Menschen aus einer beliebigen Körperzelle heranzüchten zu können?«

Erst jetzt wagt er es, mir diese Frage zu stellen; in den Bergen redet man vertraulicher miteinander, und ich kann das Duzen ab dreitausend Meter gut verstehen.

»So weit bin ich noch lange nicht, aber ich denke schon, daß ich so weit kommen kann.«

»Warum hast du das nicht öffentlich gesagt? Das ist doch eine Entdeckung, mit der du die Menschheit erschüttern wirst?«

»Ich möchte nicht vorgreifen, denn vielleicht mißlingt es doch noch.«

»Und was hast du davon?« fragt Adrienne.

»Vielleicht mehr, als du denkst«, sage ich so beiläufig wie möglich. »Man könnte heute schon ein Gewebestückchen von jemandem aufheben und am Leben erhalten, auch lange nach dem Tod dieses Menschen, und wenn man dann soweit ist, könnte man aus diesem Gewebe einen Zellkern isolieren und ihn in eine Eizelle einbringen, deren eigenen Kern man zuvor entfernt hat. So würde man einen geliebten Menschen wieder vom Tod auferwekken können, indem man ihn kopiert. Man könnte auch sich selbst nachmachen und dieser Kopie, die natürlich jünger ist als man selber, seine Erfahrungen vermitteln, man könnte ihm dadurch helfen, weil er ja fast mit einem identisch ist, und der könnte die Fehler vermeiden, die man selbst gemacht hat; zugleich hätte man den Tod überwunden, weil ja jemand existiert, der einem genau gleicht und weiterlebt, wenn man gestorben ist, und von einem Zellkern dieses Menschen kann wiederum eine neue Kopie gemacht werden, bis ins Unendliche. Die Fortpflanzung wird dann verschwinden; jeder lebt mit viel größerer Sicherheit in seinem jüngeren Selbst weiter als in seinen Kindern und kann auch seine Erfahrungen viel wirkungsvoller weitergeben, weil jemand existiert, oder vielleicht auch zwei oder drei, die ihm oder ihr genau gleichen. Man würde die Zeit anhalten, denn jede Generation entspräche der vorangegangenen, und da die nächste Generation die

Fehler der vorherigen vermeiden könnte, könnten die Menschen vielleicht endlich glücklich werden.«

»Das höre sich einer an«, sagt Ernst spöttisch. »Da spricht nun der wahre, arglose Mann der Wissenschaft, der glaubt, daß seine Entdeckung ein Paradies auf Erden schaffen werde. Nun, schon allein der Tatsache wegen, daß du auf diese Weise das fröhliche Gerangel der Geschlechter abschaffen wirst, werden sie dich steinigen.«

»Fröhliches Gerangel? Möglich, daß es hier oder da tatsächlich für ein kurzzeitiges Glück sorgt, aber dem steht doch soviel lang anhaltender Kummer gegenüber, daß . . .«

»Menschen wollen überhaupt kein Glück, sie wollen gerade Kummer, Leid und Elend«, sagt Ernst.

»Ein niederländischer Schriftsteller«, sage ich und erhebe dabei meine Stimme, »hat einmal gesagt: ein Mensch müßte eine Zelle sein, ein kleiner Klumpen, der sich zweiteilt, dann wäre alles einfacher.«

»Weißt du, welchen Nachteil ich bei dieser Kopiererei sehe?« sagt Adrienne. »Daß man dann im voraus weiß, auf welche Art jemand sterben wird.«

»Gerade nicht«, sage ich, »man könnte dadurch ja gerade Unfälle verhüten, jemanden gegen eine Krankheit immunisieren, an der sein Vorgänger gestorben ist.«

»Ja aber wenn dieser Vorgänger nun, sagen wir einmal, Krebs hatte? Das ist mit Sicherheit im Erbgut festgelegt. Dann weiß man als Kopie von so jemandem, daß man auch auf gräßliche Weise sterben wird.«

»Wer behauptet denn, daß Krebs erblich bedingt ist? Und außerdem: Gegen Krebs wird man bald etwas gefunden haben«, sage ich.

»Möchtest du denn dein Leben wirklich wiederholen, Martin?« fragt Ernst. »Ich fände den Gedanken schrecklich, daß jemand mit meinem Charakter und meinen Anlagen von neuem denselben Gang von der Wiege bis zur Bahre machen müßte.«

»Mich selbst würde ich auch niemals kopieren wollen«,

sage ich, »wohl aber . . .«, und meine Stimme erstirbt, weil mir plötzlich alles so unbedeutend erscheint angesichts dieser Berge auf der gegenüberliegenden Seite. Unterdessen löscht Ernst das Feuer und packt seinen Rucksack.

»Weißt du, was natürlich ein großer Vorteil deiner Entdeckung wäre, einmal angenommen, du kämest wirklich so weit? Man brauchte keine Männer mehr«, sagt Adrienne fröhlich, »wir haben die Eizellen, und euer Geschlecht kann dann ohne Schwierigkeiten aufgehoben werden.«

»Ich sehe einen ganz anderen Vorteil«, sagt Ernst, »man könnte von einer Geliebten, die alt und häßlich wird, eine junge Kopie machen. Oder zwei Kopien, falls zufällig zwei Männer dieselbe Frau begehren.«

Er steht auf, schnallt seinen Rucksack um und geht, ohne sich umzusehen, in Richtung des Oberberghorns. Am Oberberghorn hat man Stufen in den Fels gehauen und eine Strickleiter angebracht, um den Aufstieg zu erleichtern. Zurückkletternde Besucher verlangsamen unser Tempo, aber schließlich erreichen wir die Aussichtsterrasse, und der Blick, den man von dort oben hat, nährt einen unterschwelligen Zweifel an der Wirklichkeit: Dies kann nicht echt sein. Ist das der Brienzer See, dort in der Tiefe, und das dort hinten der Thuner See, der seine letzten Wolken zu vertreiben sucht? Ernst und Adrienne drücken einander die Hand und nennen sich zum ersten Mal beim Vornamen; ich bewundere ihn, weil er nicht nur meinen Vorsprung wettgemacht, sondern aus dem ersten Du zudem einen Festakt zu machen gewußt hat, der dem Duzen eine Art fröhlicher Weihe verleiht und zwischen ihr und ihm eine größere Vertrautheit schafft, als sie zwischen ihr und mir je bestanden hat. Die Höhe erzeugt sogar eine andere Vertrautheit, denn während ich angespannt einen Dampfer auf dem Brienzer See beobachte, dessen Schaumspur so wunderbar unbewegt erscheint und dessen Dampfwolke über dem Schornstein so regungslos mit dem Schiff mitfährt, unterhalten sich Ernst und Adrienne über ihre jeweiligen Eheprobleme.

Schräg unter mir bemerke ich plötzlich die schwarzen Vögel von vorhin, jetzt aber nicht im Fluge, so daß ich ihre roten Beine sehen kann.

»Ernst, was ist das?«

»Eine Alpendohle.«

Einen Moment lang unterbrechen sie ihr Gespräch, doch nicht lange genug für mein Gefühl, und ich rufe: »Und dort, was für Vögel sind das?«

Er beugt sich vor, schaut leicht verärgert nach unten.

»Alpenbraunellen«, sagt er kurz angebunden.

Ich nehme das Fernglas; jetzt kann ich die kleinen Vögel, die im Strauchwerk umherflattern, gut sehen. Ich setze mich auf den warmen Felsen und lasse meine Beine über den Rand nach unten hängen. Mit der Rechten halte ich mich an einem der kleinen Eisenpfosten fest, die an der Aussichtsterrasse angebracht sind und zwischen denen ein Seil gespannt ist. Mit der freien Hand umklammere ich das Fernglas. Fasziniert beobachte ich die Vögel in den kleinen Büschen. Neben mir ragen Ernst und Adrienne hoch über mich hinaus, so daß ich fast ihr Sohn sein könnte, etwas, das beinahe Wirklichkeit wird, als Ernst gereizt ausruft: »Martin, so darfst du dich nicht hinsetzen, das ist zu gefährlich.«

»Ja, Martin«, sagt Adrienne, »nicht doch.«

Ich setze mich so hin, daß einer der Pfosten zwischen meinen Beinen ist. Ich lausche dem Gespräch, dem so schwer zu folgen ist, weil die schweizerdeutschen Klänge zunehmen, je persönlicher ihre Bekenntnisse werden. Viel kann ich denn auch nicht verstehen, ihr Dialog ist ein unverständlicher Berggesang. Aber in ihren melodischen Worten höre ich etwas von gegenseitigem Vertrauen. Ernst spricht mit erhobenen Armen und gestreckten Fingern. Weil er sich ständig bewegt, bin ich immer wieder für einen Augenblick in seinem Schatten, und all diese Momente des Wechsels zwischen Dunkelheit und hellem Sonnenlicht sind kleine, bissige Zurechtweisungen dafür, daß ich am Gespräch nicht teilnehme, sondern Ernst die Initiative überlasse. Adriennes Wangen sind gerötet. Emotionen oder nur eine Folge der dünnen Höhenluft? Ernst ist zu braun, um Röte überhaupt sichtbar werden zu lassen. Vielleicht hat Adrienne mich nur benutzt, um Ernst auf sich aufmerksam zu machen. Denke ich das, weil ich sie mag? Ich habe es genossen, während der Kongreßtage mit ihr zu plaudern, ich habe mir die Monologe über ihre Ehe sanftmütig angehört. Aber er, Ernst, kann Konversation machen wie ein geborener Unterhalter, und überdies haben sie die gleiche Vergangenheit. Auch kann ihr nicht entgangen sein, daß er ein gutgebauter Mann ist, mit einem schwarzen Lockenkopf, viel älter als ich, aber mit noch immer vollem Haar, zudem kerzengerade und ständig mit einem leicht schalkhaften Ausdruck in seinem zerfurchten, klugen Gesicht, den man nicht leicht vergißt. Am faszinierendsten jedoch sind die hellbraunen Pünktchen in seinen Augen, die tanzen, wenn er mit einem spricht, und einen dennoch beruhigen.

Sie reden jetzt nur noch Schweizerdeutsch, so daß ich nichts mehr verstehen kann. Ob ich vielleicht deshalb Dinge vermute, die nicht vorhanden sind, an plötzlich erblühende Alpenliebe zwischen Menschen mit einer vergleichbaren Vergangenheit denke?

Hoch über den Bergen kreisen zwei schwarze Vögel. Was sind es? Alpendohlen? So groß, das ist unmöglich. Ich wage es nicht, das Gespräch zwischen Ernst und Adrienne erneut zu unterbrechen. Die Vögel kommen näher. Sie fliegen umeinander herum, scheinen sich zu berühren, entfernen sich wieder voneinander in der strahlend blauen Luft und verlieren an Höhe, bis sie unruhig zwischen den Felsen umhertaumeln und ich vor lauter Aufregung Herzklopfen bekomme, weil ich zum ersten Mal im Leben zwei Raben in freier Natur sehe. Krächzend lassen sie sich auf einem Grasflecken nieder. Ernst schweigt plötzlich und beugt sich vor, schaut auf die noch einmal bösartig rufenden Vögel.

»Raben«, sagt Ernst feierlich.

Die Vögel steigen auf, flattern rasch südwärts in Richtung

der schneebedeckten Gipfel. Bald sind sie nicht mehr zu sehen, bis sie plötzlich dicht am Gipfel der Jungfrau wieder als zwei kleine, schwarze Punkte auftauchen, die sich deutlich vom Schnee abheben.

»Gehen wir?« fragt Ernst. »Ich weiß einen anderen Weg abwärts.«

Wir verlassen die Terrasse, zuerst noch über die Holztreppe zwischen den Felsen, dann aber über einen schmalen Pfad zwischen zwei Bergmassiven, der an einer engen, tiefen Schlucht endet.

»Hier drinnen können wir absteigen«, sagt Ernst, »oder ist das zu gefährlich, Martin, was meinst du?«

Wenn ich allein gewesen wäre, hätte ich bestimmt nicht den Mut dazu gehabt, aber weil Adrienne hinter mir steht und so gern richtiges Bergsteigen betreiben möchte, nicke ich. Dennoch reizt mich ein Abstieg in der engen Schlucht absolut nicht.

»Also gehen wir, vorsichtig, Adrienne, nun zeig mal, was du kannst.«

»Ein schöner Kamin, ein echter couloir«, sagt sie.

»Ist dies ein Kamin?« frage ich.

»So nennt man es«, sagt Ernst.

Das Geröll, das den Steilhang des Kamins bedeckt, ist feucht und rutscht unter meinen Füßen weg, als ich zögernd die ersten Schritte darauf setze. Mit beiden Händen halte ich mich an den kleinen Vorsprüngen in der neben mir senkrecht aufragenden Felswand fest. Ich höre, wie Ernst mit plötzlich doch etwas besorgter Stimme Adrienne ermahnt, ihm zu folgen, so daß sie ihre Füße auf die von ihm für ungefährlich befundenen Stellen setzen kann, wo er überdies das Geröll fest angedrückt hat. Ernst zeigt wenig Interesse für meine Bemühungen, den Hang hinunterzusteigen, und in mir steigt tatsächlich so etwas wie Wut auf, weil er ihr hilft und mir nicht, obwohl ich doch noch nie geklettert, geschweige denn in Kaminen abgestiegen bin. Erst jetzt wird mir langsam klar, wie gefährlich dieser Abstieg ist. Ich blicke zum weit entfernt scheinenden Ende des Kamins hinunter: ein Steilhang, übersät mit nach unten immer größer und spitzer werdenden Steinen. Es ist ein Gefälle von mindestens sechzig Grad, denke ich. Wir rutschen über den Hang abwärts. Ernst neben mir und sich an vorstehenden Felsspitzen im Westhang des Kamins festhaltend, Adrienne hinter mir, auch gegen den Westhang gepreßt, und ich steige am Osthang ab, immer wieder auf die spitzen Steine unter mir hinabblickend, die den Fall des wie rauschenden Regens hinunterrutschenden Gerölls brechen. Während ich so absteige und mit jedem Schritt ängstlicher werde, weil die Felsen hier glatter und kahler sind und weniger Vorsprünge haben, die mich vor dem Absturz bewahren könnten, nimmt meine Wut zu, weil Ernst mich trotz meiner Unerfahrenheit in diese Situation gebracht hat. Ich blicke nach oben; zurück kann ich nicht mehr. Über mir müht sich Adrienne mit dem lockeren Gestein ab. Wie ein Hagelschauer prasseln die kleinen Steinchen, die sich unter ihrem Tritt lösen, gegen meine Beine. Ich sehe sie an, während ich einen Augenblick stehenbleibe, und sie blickt auf, lächelt mir ermutigend zu. Ernst sieht das Lächeln, und meine Miene erstarrt, als ich seinen argwöhnischen Blick bemerke. Während in mir die Wut aufwallt, denke ich einen Augenblick lang: wie leicht könnte ich dir einen kleinen Stoß versetzen, du würdest es niemandem erzählen, und fast im gleichen Moment kommt mir der Gedanke: er hat mich absichtlich in diesen Kamin gebracht, um . . . Heftig setze ich meine Bergschuhe auf einen anderen Fleck. Zu heftig. Der Schotter rutscht weg und bildet einen steinernen Bach, in dem meine Füße vergeblich nach einem Halt suchen. Meine Bewegungen sind zu ungestüm, meine Füße rutschen über den Hang. Mit der Linken halte ich mich noch an einem kleinen Felsvorsprung fest. Die Rechte sucht einen zweiten Felsvorsprung, kann an dem glatten Gestein aber keinen finden. Lange kann meine Linke mein Gewicht nicht tragen, weil die Felszacke so klein ist. Ganz ruhig überlege ich, wie ich mich bewegen muß, falls ich abstürzen sollte, in Gedanken bin ich noch nicht soweit, ich falle noch lange nicht, muß erst noch das Problem meines Gewichts an der zu kleinen Felszacke lösen. Erst als ich fast zehn Meter über den Hang hinuntergerutscht bin, zusammen mit dem mitrutschenden Schotter, denke ich verwundert: ich stürze ab. Und noch immer habe ich keine Angst, ich sehe tief unter mir den immer breiter werdenden steinigen Abhang mit immer größeren, spitzeren Steinen bis tief in das Tal hinein, wo sie nur noch hier und da verstreut auf einer grünen Wiese liegen. Jetzt passiert es, denke ich, jetzt ist es also soweit, aber was mit mir passiert, weiß ich nicht, auch wenn ich durchaus eine Art Triumph verspüre, einen inneren Widerstand gegen die Angst: also stimmte es doch, es war keine Zwangsvorstellung, sondern eine Prophezeiung, die sich erfüllt hat, ein Beweis für außergewöhnliche Gaben. Aber eine Prophezeiung von was? Meine Hände versuchen sich in die Felswand zu krallen. Immer wieder begegnen meine Finger kleinen Felszacken, an denen ich mich nicht festhalten kann, die aber meine Nägel schrammen und meine Fingerspitzen aufschürfen. Einmal gelingt es mir, mich für einen Augenblick im Schotter zu verankern, aber die mitrutschenden und nun schon größeren Steine bombardieren meinen Rücken und meinen Hals, treffen sogar meinen Hinterkopf. Auch diese Felsnase ist wieder zu klein, bröckelt außerdem ab, und die Steine zerschlagen das letzte Quentchen Widerstand in mir. Ich rutsche wieder hinunter, jetzt noch schneller als vorher. Ich sterbe, denke ich. Plötzlich habe ich Angst, die mir allerdings kaum bewußt wird. Ich weiß, was passieren wird. Über die großen Steine werde ich schnell hinunterfallen. Ihre scharfen Spitzen werden mir zuerst die Kleidung und dann den Rücken und die Beine aufreißen, und durch die Geschwindigkeit, mit der ich den Steilhang hinabsause, werde ich mich wahrscheinlich einmal oder vielleicht sogar mehrmal's überschlagen und mit dem Kopf auf den Steinen aufschlagen, so daß ich blutüberströmt auf der grünen Wiese ankommen werde, schwerverletzt oder tot. Ich gleite nun schnell an den Felsen entlang. Aber meine Hände haben es noch immer nicht aufgegeben, denn sie sind wirklich verzweifelt, sie versuchen unentwegt, sich in der glatten Wand festzukrallen. Sie bluten inzwischen heftig. Gleich werde ich überall bluten. Mir geht vieles durch den Kopf während des Sturzes. Vor allem die Verwunderung, daß es auf diese Art passiert. Die Todesahnung war ja da. Hatte ich es mir so vorgestellt? Außer Verwunderung verspüre ich auch Angst, noch immer keine große Angst, sondern einen vagen Schmerz, eher angenehm als beklemmend. Die spitzen Steine kommen näher. Die Felswand ist jetzt nicht mehr so glatt, aber weiter von mir entfernt, weil sich der Kamin hier verbreitert. Die ersten spitzen Steine zerren an meiner Hose, scheuern längs meiner Beine. Aber ich will gar nicht sterben, denke ich plötzlich, und in einer letzten verzweifelten Anstrengung, mich an der Felswand festzuklammern, mache ich eine Vierteldrehung auf das Dunkelgrau zu und halte mich an einer Felszacke fest. Obwohl sie sofort abbricht, hat das Festhalten meine Fahrt für einen Augenblick gebremst, und dadurch kann ich einen zweiten, entfernteren Felsvorsprung, der mein Gewicht halten kann, ergreifen. Unter mir rutscht die Steinmasse weiter, scheint mir fast die Arme auszurenken, protestiert mit dumpfem Grollen gegen meinen Stillstand. Überall spüre ich jetzt Schmerzen. Steine prasseln auf meinen Kopf und meine Arme. Aber ich bleibe unbeweglich liegen. Ich kann nicht aufstehen, denn dazu müßte ich meinen Felsvorsprung loslassen. Hinter mir höre ich Adriennes hohe, ängstliche Stimme.

»Martin, bist du verletzt?«

Ich kann den Kopf noch nicht heben. Ich liege im zur Ruhe gekommenen Geröll. Sogar das Atmen fällt mir schwer. Eine große Ruhe ist in mir, ein seltsames Glücksgefühl, weil ich noch nicht gestorben bin. Außerdem staune ich darüber, daß ich gar nicht mal besonders ängstlich war; ich war in Lebensgefahr und hatte dennoch keine Angst.

Nun muß ich versuchen, von meinem gefährlichen Lager aufzustehen, weiß aber nicht, wie. Und warum sollte ich nicht einfach liegenbleiben?

»Martin, Martin, bist du verletzt?«

Die tiefe Besorgnis in ihrer Stimme löst in mir eine prikkelnde Wärme aus. Außer meiner Mutter hat sich noch nie eine Frau um mein Wohlergehen gesorgt. Jetzt also endlich! Ihre Worte hallen im Kamin wider. Sogar die Echos bereiten mir eine tiefe Genugtuung, und ich antworte noch nicht, um diese Besorgnis einen Augenblick andauern zu lassen, hebe jedoch den Kopf etwas an. Am Hang über mir erblicke ich zuerst Bitzius, der in einer beängstigend krummen Haltung erstarrt ist, dann Adrienne. Sie sieht, daß ich meinen Kopf bewege. Nicht ohne sich selbst in Gefahr zu bringen, steigt sie rasch den Hang hinunter, während Bitzius ihr bedächtig folgt.

»Er lebt noch«, ruft sie.

»Ja, was glaubst du denn«, rufe ich zurück.

Sie ist jetzt nah bei mir, sie steigt neben mir hinab, genau wie Bitzius. Ich folge ihnen mit meinen Blicken. Genau unter mir stellen sie sich nebeneinander an die Felswand. Sie halten meine Füße fest, jeder mit beiden Händen einen Fuß.

»Jetzt kannst du loslassen«, sagt Ernst.

Von neuem rutsche ich, als ich den Felsvorsprung loslasse, aber höchstens einen Meter. Meine Füße finden Halt an einem großen Stein, und ich kann aufstehen. Ernst und Adrienne gehen, über große Steine tanzend, vor mir her, und ich folge ihnen langsam. Ich kann nicht wie sie von Stein zu Stein springen, ich bleibe nah an der Felswand, an der ich mich jetzt gut festhalten kann, weil sie viele Vorsprünge hat, und so erreiche ich später als sie die grüne Alpenwiese mit den erstaunlich vielen weißen Sternen verblühter Silberdisteln. Wir setzen uns ins Gras. Hier hätte ich auch blutüberströmt liegen können, denke ich. Er hat es doch zugelassen, daß mein Fuß ausgeglitten ist, aber nun läßt Er mich auf grünen Auen lagern. Obwohl ich dem finsteren Tal des tiefen Todesschattens erstaunlich nahe war, hat Er doch einen Augenblick des Mitgefühls gezeigt, Er, der meine Mutter nicht zu sich nahm wie Henoch. Ernst ist ganz blaß, Adriennes Gesicht glüht, und beide reden kein Wort.

»So ging es etwas schneller«, sage ich, »ein langsamer Abstieg liegt mir nicht so.«

Sie lächeln gequält. Adrienne nimmt meine Hände in die ihren und besieht sich die zahllosen kleinen, blutenden Wunden, lächelt traurig und sagt: »Du bist verletzt.«

»Es ist nicht so schlimm«, sage ich.

»Du hättest tot sein können«, sagt sie.

»Ich habe mich miserabel gefühlt, als du abgerutscht bist«, sagt Ernst, »warum hast du dich so heftig bewegt?«

»Bitte, Ernst, sprich nicht darüber, sprich jetzt nicht darüber«, sagt Adrienne flehend, »Martin ist kein Bergsteiger.«

»Und wird auch nie einer werden«, sagt Ernst barsch.

»Nein«, sage ich, »so etwas mache ich nie wieder.«

Ernst starrt zornig vor sich hin. Sein Schreck wandelt sich in Wut. Nicht so bei Adrienne. Sie hält noch immer meine Hände, und ich sonne mich im Mitleid, das in ihren Augen zu sehen ist, und würde in ihrer Nähe durchaus noch öfter so fallen mögen. Sie hatten mehr Angst als ich, denke ich befriedigt, denn ich fürchtete kein Unglück, als ich fiel, aber ich weiß auch, daß ich noch an diesem Tag, vielleicht heute abend, nachträglich Angst bekommen werde, daß meine Angst nur hinausgeschoben ist, weil ich diesen Fall noch gar nicht verkraftet habe, mich noch immer im Schatten des Todes befinde.

Ich liege auf der Wiese in der Sonne neben der kleinen Schneefläche. Adrienne und Ernst machen eine Schneeballschlacht. Ein paarmal haben sie Schneebälle nach mir geworfen und versucht, mich in ihr Spiel einzubeziehen, aber mir steht der Sinn jetzt nicht nach einer Schneeballschlacht. Ich liege da und warte. Worauf? Auf meine Angst? Einstweilen verspüre ich nur ein verzweifeltes Glücksgefühl: ich bin noch nicht tot, aber beinahe wäre ich umgekommen. Noch nie war ich dem Tod so nahe. Ich habe ein merkwürdiges Vorgefühl, das sich nun an der Stelle zu befinden scheint, wo vorher die Zwangsvorstellung gewesen ist; einen Gedanken, der schwer in Worte zu fassen und vielleicht sogar Selbstbetrug ist, der vielleicht nur unter dem Eindruck der Todesnähe entstanden ist. Obwohl dieser Gedanke etwas Pathetisches hat, etwas Unwirkliches, denke ich: von nun an werde ich den Tod immer mit anderen Augen sehen, er wird nie mehr so bedrohlich sein, nie mehr so lebensfeindlich. Während des Fallens habe ich mich mit dem Gedanken, daß ich sterben muß, versöhnt, und vielleicht wird diese Versöhnung nie mehr ungeschehen gemacht werden können. Zwangsvorstellungen hierüber werden künftig unmöglich sein.

Adrienne und Ernst ziehen weiter; ich stehe auf, ich sehe schwarze Kreise vor den Augen, schaue auf den sonnenbeschienenen Schnee, um sie zu verscheuchen. Als ich die Augen schließe, ist das Weiß dennoch mit dunkleren Farben bedeckt, und ich muß kurz stehenbleiben, bevor ich beiden folgen kann.

Nach meinem Sturz blüht plötzlich eine noch größere Vertrautheit zwischen Ernst und Adrienne auf. Sie überspielen ihren Schrecken, sie lachen immer fröhlicher in der prickelnden Atmosphäre, sie necken sich, während sich in mir alles nur noch auf den Schrecken konzentriert, der, so scheint mir, kaum ausbleiben kann. Mein Körper wird doch zittern und meine Zähne werden klappern müssen. Warum bin ich mir dessen so sicher? Noch heute spiele ich das Kinderspiel Schattenlaufen. Deswegen auch dieses weltfremde, abgehobene, pathetische Denken, als ob ich gerade von einer schweren Krankheit genesen würde. Alles scheint noch zerbrechlich und schwankend zu sein, nicht wirklich, verglichen mit dieser allmählich unanfechtbaren Gewißheit: du darfst weiterleben. Alles ist irreal, befindet sich hinter Glas, und gerade deshalb weiß ich, daß Adrienne und Ernst sich lieben, auch wenn sie es selbst noch nicht wissen. Mein Absturz hat sie einander nähergebracht. Adrienne ist eine liebenswerte Frau, und ich würde sehr gern längere Zeit mit ihr zusammenleben, vielleicht sogar für immer. Aber sie gehört zu Ernst, sie sucht nun einmal eine Persönlichkeit, sie gehört nicht zu jemandem wie mir, der fortwährend auf dem schmalen Grat zwischen normal und anomal balanciert, auch wenn ich nun – für wie lange? – von meiner Zwangsvorstellung geheilt bin und ohne Beklemmung an leere, von der sengenden Nachmittagssonne heimgesuchte Plätze denken kann. Ich muß die Verabredung mit Marthas Schwester absagen, ich darf einen anderen Menschen nicht mit meiner Abnormität belasten, ich werde ihr eine Karte schreiben, gleich auf dem Rückweg, wenn die Zeit dafür reicht, vielleicht schon im Hotel an der Endstation der Zahnradbahn. Ich muß allein bleiben. Nach diesem Absturz werde ich sehr lange weiterleben können, ohne mich elend zu fühlen. Und zugleich bin ich mir wieder sehr klar der Kehrseite meiner Isolation bewußt. Ich habe alles, was ich versäumt habe, in meiner Phantasie intensiv durchlebt, ohne daß in der Realität etwas passierte. Für mich ist alles bedeutungsschwer, sogar die Kinderspiele. Ich weiß, wie wichtig sie sind, ich begreife, wie großartig und schön die Liebe zwischen Mann und Frau sein kann. Leben begreifen durch den Verzicht auf Leben. Für Ernst und Adrienne besteht die Liebe nur aus schmerzlichen Erinnerungen. Aber vielleicht können sie zusammen noch etwas erreichen. In diesem Moment bin ich mit mir selbst und mit der Welt im Einklang. Ich kann jetzt vieles begreifen, vieles akzeptieren. Es wird nicht immer so bleiben, das weiß ich. Die Plätze werden zurückkehren; immer und überall wird es wieder leere Plätze geben, aber nach diesem Ausgleiten wird es hoffentlich nie mehr so schlimm werden können.

Wir gehen auf der Schynige Platte spazieren. Der Abend bricht herein. Noch immer bemerke ich weder Angst noch Zähneklappern oder Zittern. Finken fliegen durch die

Abendluft und suchen in den kleinen Sträuchern einen Unterschlupf für die Nacht. Der Zug der Finken fesselt mich, und ich versuche, ihre Zahl zu schätzen. Aber ich bin nicht imstande, mich auf den Vogelzug zu konzentrieren, ich muß stehenbleiben und die Berge betrachten. Adrienne und Ernst sitzen ein Stück weiter im Gras auf einem Abhang. Ich stehe allein zwischen niedrigem Strauchwerk. Der dreieckige, spitze Gipfel des Finsteraarhorns wird von der im Westen stehenden Sonne beleuchtet. Das weiße Dreieck, das der Sonne zugewandt ist, beginnt langsam zu glühen. Auch die anderen Alpengipfel färben sich zögernd hellrot, aber vor allem dieser spitze Gipfel zieht die rote Farbe an. Es scheint, als würde das Abendrot mit sanfter Hand auf die Berge gelegt. Wenn ich beim Sturz umgekommen wäre, hätte ich das nicht sehen können. Um uns herum sind die Berge jetzt völlig verlassen. Eines weiß ich genau: wie alt ich auch werde, nie vergesse ich diese Stille der glühenden Berge. Es scheint, als hielte jeder den Atem an, um die Farben so gut wie möglich sehen zu können. Es herrscht eine absolute Stille, nichts rührt sich. Nur das Alpenglühen in der kühlen Abendluft. Es ist, als ob mein Ich von diesem unglaublich schönen, totenstillen und doch so lebendigen Licht getragen würde. Ich denke wieder an den Psalm 23, den ich heute zum ersten Mal verstanden habe. Sollte das gemeint sein mit den Worten: Du bereitest mir einen Tisch vor meinem Angesicht? Nein, das kann nicht sein, der Psalmdichter kann niemals dieses Glühen gesehen haben, ebensowenig wie Bach es gesehen haben kann, und doch ist diese Stimmung auch in *Am Abend, da es kühle war* eingefangen. Er hat erkannt, daß diese friedvolle, lautere Abenddämmerung mit dem Tod versöhnt. Er hat erkannt, daß Sterben läutert, daß der Tod reinigt. Dazu paßt auch nicht der Gedanke an die Auferstehung, das wäre unwürdig und unehrlich. In seiner *Matthäuspassion* spielt er auch nicht auf die Auferstehung an.

Während wir langsam weitergehen und die Berge jenseits

des Tals in atemberaubender, roter Verlassenheit liegen, wiederhole ich fortwährend leise für mich jene Worte mit den dazugehörigen Klängen. Sie verleihen diesen unfaßbar flüchtigen Glücksgefühlen Ausdruck, auch als wir das gewaltige Plateau vor dem Oberberghorn erreichen und ich von weitem in der Dämmerung den Kamin sehe, aus dem ich abgestürzt bin.

Der Kamin ist eng, wird aber nach unten hin breiter, und die weißen, spitzen Steine liegen wie ein Dreieck um den Ausgang. Während ich gelassen über das Plateau weitergehe – es könnte ein Platz sein, ein großer Platz, der aber nicht beängstigend ist, und das Oberberghorn könnte ein Turm sein, der nun einmal als ein Finger Gottes zu einem Platz gehört, hoch und furchterregend – und die gedämpften Stimmen von Ernst und Adrienne höre, die vor mir hergehen wie winzige Pünktchen im weiten Raum, kommt es mir vor, als hätte ich alle meine Ängste und Enttäuschungen überwunden, all das ominöse Selbstmitleid, über das ich mit anderen nicht reden kann, weil es niemand versteht, weil sie immer andere Probleme haben, reale Probleme, Eheprobleme beispielsweise, die manchmal zur Ehescheidung führen, aber keine Platzangst, keine Zwangsvorstellungen, keine Träume von sich nie erfüllender Liebe, und als sei mir bewußt geworden, daß ich zumindest etwas vom Leben begreife, daß ich es in den Fingerspitzen kribbeln fühle, daß es ein Traum ist, eine Sehnsucht, so immateriell wie das Rot der Gipfel, so flüchtig wie die Musik Schuberts, unfaßbar, aber wahrhaftiger als die Wirklichkeit selbst.

Das Rot ist mittlerweile verblaßt. Die Berge werden grau. Schnell bricht die Nacht herein. In der Nähe der Station der Zahnradbahn krächzen wieder die Raben, aber in der Abendluft wirkt es weniger unheilverkündend. Sie fliegen in der Dämmerung vor uns her, verschwinden wieder in Richtung der Jungfrau. An der Station stellen wir fest, daß die Bahn erst in einer halben Stunde fährt. Wir gehen in das Restaurant auf dem Hügel oberhalb der Station. Ich kaufe eine Karte mit der *Jungfrau im Alpenglühen.* An einem Tisch im Restaurant schreibe ich die Karte an Marthas Schwester, sage die Verabredung mit ihr ab. Später werde ich es vielleicht bereuen. Im Moment bin ich mir sicher, das Richtige zu tun. Was habe ich in den vergangenen Tagen, seitdem ich ihr begegnet bin, nicht alles durchgemacht. Welch ein Bild steigt aus diesen Ereignissen und den durch sie ausgelösten Erinnerungen in mir auf. Abscheulich! Und außerdem: eine andere kann es nicht geben.

»Schreibst du?« fragt Adrienne.

»Ja«, sage ich.

»An wen?«

»An eine Freundin.«

Kann ich sie eine Freundin nennen? Ich lüge nicht ohne Hintergedanken.

»Ach so, Martin, davon hast du uns aber nichts erzählt«, sagt Ernst spöttisch.

»Adrienne schon«, sage ich.

Wir betrachten die Dämmerung in den Bergen.

»Ihr wäret ein schönes Paar«, sage ich unvermittelt.

Adrienne errötet ein wenig, Ernst lacht fröhlich.

»Ach, Martin, was für große Worte, nichts ist passiert, nichts ist entschieden, aber Adrienne und ich, wir haben uns an diesem Tag besser kennen und auch schätzen gelernt.«

»Heute morgen habt ihr euch noch nicht mal beim Vornamen genannt«, sage ich.

»Du bist so weise, Martin«, sagt Adrienne, »vielleicht zu weise.«

Das Wort weise tut mir weh, wie mir auch dieses Gespräch weh tut. Weil ich so weise bin, zu weise, habe ich mich wie ein Trottel benommen, und sie hat durch meine angebliche Weisheit – man könnte es auch Arglosigkeit nennen – sein Interesse auf sich zu ziehen gewußt. Ich kehre langsam zu normalen Verhältnissen zurück, die Schatten verblassen, ich bin eifersüchtig. Aber ich kann so tun, als ob ich nicht eifersüchtig wäre, ich habe ja eine Freundin. Zuweilen kann ich lügen.

»Ich habe euch gut kennengelernt«, sage ich, »ihr habt denselben Hintergrund, genau wie manche meiner Freunde, die früher einmal katholisch waren. Ihr wart schon einmal verheiratet, ihr werdet ein schönes Paar sein, es könnte eine gute Ehe . . .«

»Nun gut, Martin, sprich du nur von einer Ehe«, sagt Ernst geringschätzig, »wir wollen lieber etwas trinken.«

In diesem Augenblick ertönt der Pfiff der Zahnradbahn. Wir verlassen das Restaurant und gehen schnell hinunter. Die Berge sind schwarz, als wir abfahren. In der Bahn sitzen Adrienne und Ernst mir gegenüber. Warum habe ich mich nicht anders verhalten? Warum hat sie sich in Ernst verliebt und nicht in mich? Ob sie sich wohl jemals in mich verlieben könnte? Nie wird sich eine Frau in mich verlieben. Weil ich zu weise bin? Ach, Unsinn, sie wollte Ernst haben, sie hat mich als Köder benutzt. Du bist so weise, Martin. Ja, so pflegt man die Enttäuschten zu trösten.

»Fährst du morgen zurück?« fragt sie auf einmal.

»Ja«, sage ich.

»Ist Holland ein schönes Land? Ich bin noch nie dort gewesen.«

»Es war schön«, sage ich, »Moore sind immer schön. Aber es ist zerstört, weil man ohne Rücksicht auf die Natur Straßen angelegt, weil man häßliche Hochhäuser in die verwundbaren Polder gestellt hat. Nur hier und da ist noch ein spärliches Fleckchen Natur erhalten geblieben. Aber so schön wie die Schynige Platte ist es bei weitem nicht.«

»Eine gute Wahl, das Midi-Programm«, sagt Ernst.

»Abgesehen vom Kamin im Oberberghorn«, sage ich, nicht, weil ich es ernst meine, sondern um ihn zurechtzuweisen.

Tief unten leuchten die Lichter von Interlaken. Adrienne

sagt: »Kennst du das Gedicht ›Herbst‹ von Rilke?«, und als ich den Kopf schüttle, zitiert sie, obwohl wir allein sind, mit leiser Stimme:

> Die Blätter fallen, fallen wie von weit,
> als welkten in den Himmeln ferne Gärten;
> sie fallen mit verneinender Gebärde.
>
> Und in den Nächten fällt die schwere Erde
> aus allen Sternen in die Einsamkeit.
> Wir alle fallen. Diese Hand da fällt.
> Und sieh dir andre an: es ist in allen.
>
> Und doch ist Einer, welcher dieses Fallen
> unendlich sanft in seinen Händen hält.

Ich liege im Bett und kann nicht schlafen. Die Angst ist da. Manchmal ist sie so schlimm, daß ich das Zähneklappern als rasselndes Geräusch hören kann. Ich schwitze so stark und bin so naß, als wäre ich geschwommen. Immer wieder stürze ich von neuem den Kamin hinab, ich sehe mich selbst hinunterfallen, ich bin auch auf anderen Gipfeln als auf dem des Oberberghorn und stürze in den unermeßlichen Raum in Richtung des Brienzer Sees. Es sind beklemmende Fiebervisionen, von der Wirklichkeit fast nicht zu unterscheiden, und dennoch schlafe ich nicht, dennoch bin ich hellwach, erleide aber diese bedrohlichen Bilder mit großer Angst. Ich sehe mich blutüberströmt auf den Felsen liegen, immer wieder von neuem an grünen Hängen entlang in Richtung der Nadelbäume, die mich aufspießen werden, in die Tiefe stürzen, oder auf die scharfen, spitzen Felsen zu, auf denen ich hängen werde, bis ich vor Hunger und Durst gestorben bin. Und jedesmal ist da wieder dieses schreckliche Fallen; ich versuche, diese Bilder durch andere Bilder zu vertreiben, das Reetland im Sommersonnenlicht, ein Schwarm Regenbrachvögel, balzende Haubentaucher, und das verschafft mir einen Moment lang Erleichterung, aber im nächsten Augenblick falle ich wieder, falle unaufhörlich.

Ganz bewußt ergänze ich die beängstigenden Traumbilder durch eine Phantasie. Ich stelle mir vor, Flügel zu haben wie ein Engel. Für kurze Zeit hilft das, ich falle nicht mehr, sondern ich schwebe. Aber während ich im grellen, sengenden Sonnenlicht dahinschwebe, schlafe ich ein, und sofort beginnt das richtige Fallen; ich schrecke aus meinem kurzen Schlaf auf und spüre, wie es in meinem Kopf hämmert, spüre einen höllischen Schmerz über den Augen, und ich versuche, diese Bilder des Fallens zu mildern, indem ich meine Augen in der schwarzen Finsternis weit aufsperre, aber sobald ich sie schließe, beginnt wieder der Absturz. Ich kann nicht atmen, weil die Luft so schnell an mir vorbeischießt, ich ringe im warmen Bett nach Luft, die Laken sind vom Schweiß durchnäßt und kleben am Körper. Ich versuche mir vorzustellen, daß ich an einem Fallschirm hänge, wenn ich falle, und das gelingt, führt jedoch sofort zu einem Halbschlaf mit einem Traum von einem sich pfeilschnell nähernden Brienzer See. Und jedesmal, wenn ich aus solch einem kurzen Schlummer erwache, wird das Hämmern hinter meiner Stirn stärker. Ich richte mich im Bett auf. Ich öffne das Schlafzimmerfenster und pflücke tastend Trauben, nicht um sie zu essen, sondern um sie an meine glühende Stirn zu halten. Die Kopfschmerzen verbreiten sich sofort über den ganzen Schädel. Ich esse von den Trauben, fühle, wie sie kühl in mir hinuntergleiten, und es scheint, als ob dadurch meine Augen zufallen, so daß ich wieder kurz einschlafe. Sofort stürmen erneut die Bilder auf mich ein. Ich falle, ich falle. Die Sonne scheint unbarmherzig in die Grabesstille. Ich falle auf einen großen Platz zu, werde auf ihm zerschellen, ich ringe mit dem Traumbild, will die Augen öffnen, aber es gelingt mir nicht, das Traumbild ist stärker als ich, obwohl ich schon lange wieder wach bin, ich falle weiter auf den leeren Platz zu. Auf ihm zeichnen sich so furchterregend schwarze Schatten ab, daß ich aufschreie, aber ich bringe keinen Laut hervor. Ich nähere mich dem Platz mit schwindelerregendem Tempo. Wenn ich wenigstens nicht in einem dieser Schatten aufschlage. Aber der Schatten, dem ich mich nähere, erweist sich aus nächster Nähe als eine Hecke mit im Sonnenlicht glitzernden Regentropfen. Plötzlich schwebt an der anderen Seite der Hecke ihr Gesicht mit dem Lockenhaar, mit der Röte auf den Wangen vom langen Radeln gegen den Wind. Ich will ihren Namen rufen, aber ich kann nicht sprechen, obgleich ich nicht mehr falle. Ich blicke ihr ins Gesicht, es ist mir nicht zugewandt, und selbst wenn es so wäre, würde sie mich nicht sehen, denn ich bin ja nicht vorhanden. Sie lächelt und geht langsam an der Hecke entlang. Wie froh sieht sie aus, wie glücklich! Was mag sie wohl gerade sehen? Das Abendrot in den Bergen? Nein, das kann nicht sein, es ist kein Abend, es ist früh am Morgen, ich habe nicht richtig hingesehen, die glänzenden Pünktchen auf den Blättern sind Tautropfen. Nun wendet sie den Kopf ein Stück in Richtung des Platzes, wo ich nicht bin, und deshalb sieht sie mich auch nicht, obwohl ich doch irgendwo über der Hecke schweben muß. Wie ruhig, wie unglaublich ruhig ihr Gang ist! Ich kann ihr Gesicht so gut sehen, ich werde selbst so merkwürdig ruhig von ihrem Spaziergang entlang der Hecke. Mein Herz schlägt nicht mehr so wild, ich kann wieder richtig atmen. Die großen, grünen Blätter der Hecke bewegen sich im Morgenwind. Ihre dunklen Locken tanzen federleicht um ihren Kopf. Und ihr Spaziergang dauert an, immer dieselbe Hecke entlang, die dennoch nicht lang ist, aber sie kommt ja auch nicht vorwärts, sie geht, ohne sich vom Fleck zu bewegen, und dennoch verschwinden dort, wo sie geht, die dunklen Schatten auf dem Platz; zwischen den Steinplatten des Platzes schießt saftiges, grünes Gras in die Höhe, immer mehr Gras, so daß der Platz zu einer grünen Aue wird, und langsam erwache ich aus meinem Halbschlaf, ohne daß das Bild ihres Gesichts über der Hecke verschwindet. Noch nie habe ich ihr Gesicht so gut sehen können. Mein Körper entspannt sich, das Zähneklappern hat aufgehört, ich schwitze nicht mehr. Ich sehe ihr ins Gesicht und wundere mich, daß es noch immer da ist. Wenn ich es jetzt doch nur für immer festhalten könnte! Draußen schlägt eine Turmuhr einmal, und woanders schlägt danach eine andere Turmuhr einmal, und während ich daraus zu schließen versuche, wieviel Uhr es ist und sofort realisiere, daß das nicht geht, verschwimmen langsam die Konturen ihres Gesichts, weil ich meine Aufmerksamkeit für einen Moment auf etwas anderes gelenkt habe. Ohne daß ich es verhindern kann, verschwindet sie, was aber bleibt, ist das unglaublich friedliche Gefühl, das tief in meinem Körper unter meinem Zwerchfell beginnt und sich zu einem nie gekannten Wohlbehagen ausbreitet, das nicht nur die Kopfschmerzen vertreiben kann und Träume, in denen ich abstürze, von vornherein vereitelt, sondern darüber hinaus etwas zu prophezeien scheint, das immer gültig bleiben wird.

Leiden, Frühjahr und Sommer 1971

Carel ter Haar
Eine Jugend in Holland

Maarten 't Hart, von dem bisher lediglich einige Erzählungen in deutscher Übersetzung vorliegen, wurde am 25. November 1944 in der niederländischen Kleinstadt Maassluis unweit von Rotterdam geboren. Nach Besuch der Grundschule war es dem Drängen des Schulleiters zu verdanken, daß er das Gymnasium in Vlaardingen besuchen durfte. Nach bestandenem Abitur immatrikulierte er sich 1962 in Leiden, um Biologie zu studieren. Nach anfänglichen Enttäuschungen über die Studieninhalte erfolgte eine intensive Beschäftigung mit der Ethologie, in der er mit einer Arbeit über das Verhalten von Stichlingen auch promovierte. Seit 1970 arbeitet er als Dozent an der Universität Leiden und hat sich internationale Anerkennung als Wissenschaftler erworben, wie seine 1973 erschienene Studie über das Verhalten von Ratten zeigt.

Maarten 't Harts literarisches Debüt, der 1969 abgeschlossene, allerdings erst 1971 erschienene und von der Kritik gelobte Roman *Steine für eine Waldohreule*, wurde kaum beachtet. Das galt auch für den zweiten Roman, *Ich hatte einen Kameraden*, der 1973 ebenfalls aus Rücksicht auf die Familie unter dem Pseudonym Martin Hart erschien. Ein Jahr später gelang ihm mit dem Erzählungsband *Das fromme Volk*, der mit dem renommierten niederländischen Multatulipreis ausgezeichnet wurde, der Durchbruch. In rascher Aufeinanderfolge erschienen weitere Sammlungen von Erzählungen und Essays über die unterschiedlichsten Themen sowie mehrere Romane, die Maarten 't Hart zu einem der erfolgreichsten Autoren der niederländischen Nachkriegsliteratur gemacht haben. Auch als Literaturkritiker und Musikschriftsteller genießt er innerhalb der heutigen niederländischen Publizistik hohes Ansehen.

Dem vorliegenden Roman, der Anfang der siebziger Jahre entstanden ist, aber erst 1978 veröffentlicht wurde, kommt zentrale Bedeutung zu, da er von der unmittelbaren Auseinandersetzung mit den Jugenderlebnissen hinführt zu einem Weg der Selbstfindung, die sich vor allem in der Bejahung der eigenen, das Recht auf Einsamkeit für sich beanspruchenden Identität äußert.

In der Auseinandersetzung mit der eigenen, orthodox calvinistischen Vergangenheit und dem daraus resultierenden Glaubensverlust reiht sich Maarten 't Hart in jene Gruppe von Autoren ein, die seit den sechziger Jahren die niederländische Literatur entscheidend geprägt haben wie Jan Wolkers oder auch J. M. A. Biesheuvel (man vergleiche seine Erzählung »Mein schwerster Schock« in *Schrei aus dem Souterrain*, edition suhrkamp 1179) neben zahlreichen anderen.

Hierbei handelt es sich, wie auch Tilmann Mosers 1976 erschienene »Abrechnung« *Gottesvergiftung* zeigt, aber nicht nur um eine spezifisch niederländische Problematik. Sie fügt sich in einen für die Zeit nach 1945 charakteristischen und sich immer mehr beschleunigenden Emanzipationsprozeß ein und besitzt damit eine über die spezielle Thematik hinausgehende Aktualität, die sich besonders in der zur Innerlichkeit führenden Art der Bewältigung bei Maarten 't Hart bemerkbar macht.

Der Lebenslauf des Autors ist dabei fast exemplarisch: Aufgewachsen in kleinsten Verhältnissen, in denen die einzige Selbstbehauptungsmöglichkeit das Festhalten an den tradierten Glaubenswahrheiten und -bräuchen war, wobei man fast die ganze Welt gegen sich wußte und aufgrund des calvinistischen Erwählungsglaubens auch gegen sich haben wollte, blieb er bis in seine Studentenzeit diesem Milieu verbunden und hat dafür gekämpft, diese Bindungen nicht zu verlieren.

Dieser Aspekt spielt im vorliegenden Roman jedoch nur eine untergeordnete Rolle. Äußern sich diese Glaubenswelt in sozialen Verhaltensweisen, wie beim Besuch der Kirchenältesten, werden sie abgelehnt; werden Inhalte verinnerlicht, erscheinen sie als in die Person integriert und sind als Erinnerungen von dauernder Präsenz, die, wie der Autor selber an anderer Stelle schreibt, ihm manchmal vorkommen wie eine Art der Untreue gegenüber etwas, das ihm früher lieb und teuer gewesen sei und von dem er endgültig Abschied genommen habe, ohne auf das Schöne des einst Dagewesenen verzichten oder dessen Negativseiten leugnen zu wollen.

Die Isolation wird von der Hauptfigur bejaht, das Elternhaus wirkt in seiner Abgeschiedenheit wie eine für die Außenwelt fast unerreichbare Insel, die auch später nicht verlassen wird. Jedes Einbrechen anderer in diese Idylle wirkt auf den Erwachsenen ebenso zerstörerisch oder verwirrend wie auf das Kind. Im Umgang mit den anderen wird diese Isolation von der Hauptfigur, auch wenn sie auferzwungen erscheint, letztlich gepflegt, sowohl während der Absonderung in der Grundschule als auch später im Gymnasium, wenn Nachmittage und Ferien mit der aus finanziellen Gründen notwendigen Arbeit in der Gärtnerei des Vaters ausgefüllt sind, und vor allem während der einsamen Spazierfahrten. Die Bejahung der Isolation beruht nicht zuletzt auf der Erkenntnis, daß sich das Leiden an der inneren und damit als substantiell empfundenen Isolation nicht durch menschliche Kontakte beheben läßt, sondern eher noch gesteigert wird. Was bleibt, ist die unerfüllbare Sehnsucht, deren Ambivalenz unverkennbar ist. Über beides ist sich die Hauptfigur im klaren. Diese Einsicht und das damit zusammenhängende Bemühen, nicht nochmals den verwirrenden Wirkungen von außen hereinbrechender Illusionen ausgesetzt zu sein, bedingen die zum Teil bewußt, zum Teil unbewußt sich ständig äußernde Tendenz zur Abkapselung. Gerade sie läßt auf ein hohes Maß an Verletzbarkeit schließen.

Diese Abkapselung wird ermöglicht durch eine von calvinistischer Arbeitsmoral geprägte Leistungsfähigkeit und durch das Beharren auf einer unerfüllten Liebe, in deren Verklärung einerseits die Sehnsucht nach dem Unerfüllbaren erhalten bleibt, die andererseits als Form des Verzichtes vor möglichen weiteren Enttäuschungen schützt. Die einzige dauerhafte Beziehung im Roman ist jene zwischen Sohn und Mutter. Sie allein ist in der Lage, ihm seinen Glauben wiederzugeben, allerdings nur, um den Gott zu hassen, der ihr Leiden zuläßt. Vor allem führt die Liebe zur Mutter (der Vater spielt kaum eine Rolle in diesem Roman) zurück zum fast unberührten Paradies der frühesten Kindheit.

Neben dieser intensiven Liebe zur Mutter, die Beziehungen zu Frauen im Grunde von vornherein unmöglich macht, weil sie nur in einem ähnlich stillen Einverständnis ihre Erfüllung finden könnten, wird das Leben der Ichfigur beherrscht von der Liebe zur Natur, der in diesem Roman unversehrt und unberührt gebliebenen Polderlandschaft. Die Natur bildet die Kulisse für die Idylle des Elternhauses, erscheint aber auch ohne jede Mystifizierung oder Romantisierung als fast wissenschaftliches Beobachtungsobjekt, wobei die beobachtende Ichfigur nicht außerhalb steht, sondern Teil des beobachteten Systems ist. Gerade die so erfahrene Zugehörigkeit und Verbundenheit garantieren Geborgenheit.

Nähe und Geborgenheit vermitteln auch Literatur und Musik. Orgelspiel, Hör- und Leseerlebnisse spielen im Werk Maarten 't Harts eine bedeutende Rolle. In den Werken anderer Schriftsteller und auch Komponisten – im vorliegenden Roman sind es Schubert, Bruckner, Verdi – sieht der Autor die eigene Empfindungswelt, die unmittelbar auf die Hauptfigur übertragen wird, bestätigt. Auch Bach und Mozart gehören neben zahlreichen anderen in diese Reihe. Von Mozart heißt es im ersten Roman, es sei »die Musik eines Einsamen, der seine ungewöhnliche Eignung für Einsamkeit in Musik investiere«. Die Suche nach den Möglichkeiten, jener »ungewöhnlichen Eignung für Einsamkeit« Sinn und Gehalt zu geben und die letzlich nichts anderes ist als ein Bekenntnis zum eigenen versuchten Solipsismus (den Maarten 't Hart an anderer Stelle beschreibt als die äußerste Konsequenz der Vereinsamung, als Versuch, die Wirklichkeit zu eliminieren und nur das eigene Ich gelten zu lassen), bildet das Hauptthema dieses Romans, zu dem sich eine romantische Sehnsucht nach dem verlorenen Paradies gesellt.

Auch der gegenwartsbezogene Schlußteil bestätigt die vorhandene Grundhaltung. Der erfolgreiche Wissenschaftler und Kongreßteilnehmer bemüht sich vor allem, mit der Kollegin Adrienne – der es als einziger gelingt, durch ihren Satz, »Du bist so weise«, den allzu absoluten Anspruch der Hauptfigur zu relativieren und zu ironisieren – nicht in eine nähere Beziehung zu treten. Die zwanghaften nächtlichen Wanderungen und die seltsamen Begegnungen projizieren bereits die Unmöglichkeit weiterer Konsequenzen, was sich dann während des Ausflugs bestätigen wird. Der Absturz und seine Folgen wirken wie der Sturz von der Jakobsleiter zurück zur Erde, zurück zur Realität des eigenen Ich und . . . zum Bekenntnis, leben zu wollen.

Es ist auffällig, daß bis auf einige Bemerkungen über die negativen Aspekte der Universitätsreformen der historische Kontext der bewegten sechziger Jahre, die in den Niederlanden besonders starke Auswirkungen hatten, in diesem Roman kaum eine Rolle spielt. Die damaligen Zeittendenzen sind nur mittelbar in der Lösung der Hauptfigur aus traditionellen konfessionellen Bindungen und in der Suche nach dem eigenen Weg erkennbar. Noch auffälliger freilich ist die Tatsache, daß nach Erscheinen dieses Romans, der trotz zahlreicher autobiographischer Züge alles andere als eine Autobiographie ist, innerhalb eines Jahres mehr als hunderttausend Exemplare verkauft wurden und diese Zahl inzwischen auf über dreihunderttausend angestiegen ist. Es dürfte eine Bestätigung für Kurt Tucholskys 1929 aufgestellte Behauptung sein, daß ein Buch nicht nur wegen seiner literarischen Qualitäten, sondern ebensosehr »wegen seines Stoffes und wegen der Behandlung dieses Stoffes« wirkt. Dies dokumentiert noch einmal die Authentizität dieses Romans, dessen Autor damit zum Exponenten einer bisher in ihren zur Verinnerlichung tendierenden Ansichten weniger beachteten Generation wird.

Englische Literatur in der edition suhrkamp und in den suhrkamp taschenbüchern

Susanne Amrain: So geheim und vertraut. Virginia Woolf und Vita Sackville-West. Erstausgabe. st 2292

James Graham Ballard: Hochhaus. Roman. Aus dem Amerikanischen von Michael Koseler. st 1559

Samuel Beckett: Gesammelte Werke in Einzelbänden. Elf Bände in Kassette. st 2401-2411

– Endspiel. Fin de partie. Endgame. Deutsche Übertragung von Elmar Tophoven. Französische Originalfassung. Englische Übertragung von Samuel Beckett. st 171

– Glückliche Tage. Happy Days. Oh les beaux jours. Deutsche Übertragung von Erika und Elmar Tophoven. Englische Originalfassung. Französische Übertragung von Samuel Beckett. st 248

– Das letzte Band. La dernière bande. Krapp's Last Tape. Deutsche Übertragung von Erika und Elmar Tophoven. Englische Originalfassung. Französische Übertragung von Samuel Beckett. Mit Szenenphotos. st 200

– Murphy. Roman. Aus dem Englischen von Elmar Tophoven. st 2403

– Der Namenlose. Roman. Übertragen von Elmar Tophoven, Erika Tophoven und Erich Franzen. st 536

– Warten auf Godot. En attendant Godot. Waiting for Godot. Deutsche Übertragung von Elmar Tophoven. Vorwort von Joachim Kaiser. st 1

– Watt. Roman. Aus dem Englischen von Elmar Tophoven. st 46 und st 2404

– Wie es ist. Deutsch von Elmar Tophoven. st 1262

E. F. Benson: Der Mann, der zu weit ging. Gespenstergeschichten. Aus dem Englischen von Michael Koseler. st 2305

Algernon Blackwood: Rächendes Feuer. Phantastische Erzählungen. Ausgewählt von Kalju Kirde. Aus dem Englischen von Friedrich Polakovicz. Erstausgabe. st 2227

Edward Bond: Jackets oder Die geheime Hand. Deutsch von Brigitte Landes. September. Deutsch von Manfred Weiß. Notizen zur Postmoderne. Essay. Deutsch von Brigitte Landes. es 1970

– Männergesellschaft. (In the Company of Men). Ein Drama. Aus dem Englischen von Brigitte Landes. es 1913

Charlotte Brontë: Jane Eyre. Eine Autobiographie. Aus dem Englischen von Helmut Kossodo. Mit einem Essay und einer Bibliographie herausgegeben von Norbert Kohl. st 2342

Antonia S. Byatt: Besessen. Roman. Aus dem Englischen von Melanie Walz. st 2376

115/1/7.95

Englische Literatur in der edition suhrkamp und in den suhrkamp taschenbüchern

Englische Literatur in der edition suhrkamp und in den suhrkamp taschenbüchern

Flann O'Brien: Der dritte Polizist. Roman. Aus dem Englischen von Harry Rowohlt. st 1810
– Das harte Leben. Roman. Aus dem Irischen übertragen von Annemarie Böll und Heinrich Böll. st 2196
– Irischer Lebenslauf. Eine arge Geschichte vom harten Leben. Herausgegeben von Myles na Gopaleen. Aus dem Irischen ins Englische übertragen von Patrick C. Power. Aus dem Englischen ins Deutsche übertragen von Harry Rowohlt. Illustrationen von Ralph Steadman. st 986

Bernard Shaw: Gesammelte Stücke in Einzelausgaben. 14 Bände. Herausgegeben von Ursula Michels-Wenz. st 1850-1863
– Band 1: Die Häuser des Herrn Sartorius. Komödie in drei Akten. / Frau Warrens Beruf. Stück in vier Akten. Deutsch von Harald Mueller und Martin Walser. st 1850
– Band 2: Helden. Candida. Deutsch von Wolfgang Hildesheimer (Helden) sowie von Annemarie Böll und Heinrich Böll (Candida). st 1851
– Band 3: Der Teufelsschüler. Man kann nie wissen. Komödie in vier Akten. Deutsch von Hans Günter Michelsen und Harald Mueller. Begleittexte deutsch von Ursula Michels-Wenz. st 1852
– Band 4: Cäsar und Cleopatra. Historisches Drama. Deutsch von Annemarie Böll und Heinrich Böll. Mit Begleittext des Autors. st 1853
– Band 5: Mensch und Übermensch. Komödie in vier Akten. Deutsch von Annemarie Böll und Heinrich Böll. Mit dem Brief an Arthur Bingham Walkley. st 1854
– Band 6: Major Barbara. Komödie in drei Akten. Deutsch von Helene Ritzerfeld. st 1855
– Band 7: Des Doktors Dilemma. Eine Tragödie. Deutsch von Hans Günter Michelsen. st 1856
– Band 8: Heiraten. Eine Debatte. Deutsch von Dieter Hildebrandt. st 1857
– Band 9: Falsch verbunden. Komödie in drei Akten. Deutsche Erstausgabe in der Übersetzung von Alissa und Martin Walser. Mit der Vorrede des Autors »Eltern und Kinder«. st 1858
– Band 10: Pygmalion. Deutsch von Harald Mueller. st 1859
– Band 11: Haus Herzenstod. Eine Phantasie englischer Themen nach russischer Manier. Deutsch von Hans Günther Michelsen. Mit einer Vorrede des Autors und einer Nachbemerkung. st 1860

115/3/7.95

Englische Literatur
in der edition suhrkamp und
in den suhrkamp taschenbüchern

Bernard Shaw: Band 12: Die heilige Johanna. Dramatische Chronik in sechs Szenen und einem Epilog. Deutsch von Wolfgang Hildesheimer. st 1861

– Band 13: Der Kaiser von Amerika. Eine politische Extravaganz. Deutsch von Annemarie Böll und Heinrich Böll. Mit der Vorrede des Autors und einem Interview. st 1862

– Band 14: Die Millionärin. Deutsch von Alf Poss./Die goldenen Tage des guten König Karl. Deutsch von Christine Koschel und Inge von Weidenbaum. Erstausgaben in diesen Übersetzungen. st 1863

– Die Abenteuer des schwarzen Mädchens auf der Suche nach Gott. Eine Legende. Aus dem Englischen von Ursula Michels-Wenz. Mit einer Einführung von Eugen Drewermann. st 2544

– Unreif. Roman. Deutsch von Siegfried Trebitsch, für diese Taschenbuchausgabe revidiert. st 1226

Lisa St Aubin de Terán: Joanna. Roman. Aus dem Englischen von Ebba D. Drolshagen. st 2456

Chris Wilson: Joey Blueglass. Roman. Aus dem Englischen von Klaus Pemsel. st 2511

115/4/7.95

Amerikanische Literatur in der edition suhrkamp und den suhrkamp taschenbüchern

Djuna Barnes: Nachtgewächs. Roman. Deutsch von Wolfgang Hildesheimer. Mit einer Einleitung von T.S. Eliot. st 2195
– Ryder. Aus dem Amerikanischen von Henriette Beese. Mit elf Zeichnungen der Autorin. st 1638
Sylvia Beach: Shakespeare and Company. Ein Buchladen in Paris. Aus dem Amerikanischen von Lilly v. Sauter. st 823
Alfred Bester: Die Hölle ist ewig. Science-fiction-Erzählungen. Aus dem Amerikanischen von Michael Koseler. st 2517
Truman Capote: Die Grasharfe. Roman. Aus dem Amerikanischen von Annemarie Seidel und Friedrich Podzus. st 1796
Leonora Carrington: Unten. Aus dem Französischen von Edmund Jacoby. st 2343
Jonathan Carroll: Ein Kind am Himmel. Roman. Aus dem Amerikanischen von Michael Walter. st 1969
– Das Land des Lachens. Roman. Aus dem Amerikanischen von Rudolf Hermstein. Mit Illustrationen von Hans-Jörg Brehm. st 1954
– Schlaf in den Flammen. Roman. PhB 252. st 1742
– Die Stimme unseres Schattens. Roman. Aus dem Amerikanischen von Rudolf Hermstein. st 2506
– Vor dem Hundemuseum. Roman. Aus dem Amerikanischen von Mechthild Kühling. st 2387
– Wenn die Ruhe endet. Roman. Aus dem Amerikanischen von Herbert Genzmer. st 2325
Andrea Dworkin: Eis & Feuer. Roman. Aus dem Amerikanischen von Christel Dormagen. st 2229
Raymond Federman: Eine Liebesgeschichte oder sowas. Roman. Aus dem Amerikanischen von Peter Torberg unter Mitarbeit von Ingrid Werner. st 1788
– Surfiction: Der Weg der Literatur. Hamburger Poetik-Lektionen. Aus dem Amerikanischen von Peter Torberg. es 1667
Paul Goodman: Die Tatsachen des Lebens. Ausgewählte Schriften und Essays. es 1359
John Hawkes: Belohnung für schnelles Fahren bei Nacht. Aus dem Amerikanischen von Jürg Laederach. st 2526
– Travestie. Aus dem Amerikanischen von Jürg Laederach. es 1326
Denis Johnson: Jesus' Sohn. Aus dem Amerikanischen von Herbert Genzmer. es 1972
William Least Heat Moon: Blue Highways. Eine Reise in Amerika. Roman. Aus dem Amerikanischen von Dieter Hildebrandt. st 1621

105/1/7.95

105/2/7.95

Amerikanische Literatur in der edition suhrkamp und den suhrkamp taschenbüchern

Der Einsiedler von Providence. H. P. Lovecrafts ungewöhnliches Leben. Herausgegeben von Franz Rottensteiner. st 1626

Harry Mathews: Zigaretten. Roman. Aus dem Amerikanischen von Werner Schmitz. st 2268

Dan McCall: Jack der Bär. Roman. Aus dem Amerikanischen von Harry Rowohlt. st 699

Walker Percy: Der Idiot des Südens. Roman. Deutsch von Peter Handke. st 1531

– Liebe in Ruinen. Die Abenteuer eines schlechten Katholiken kurz vor dem Ende der Welt. Aus dem Amerikanischen von Hanna Muschg. st 614

J. J. Phillips: Mojo Hand. Eine orphische Geschichte. Aus dem Amerikanischen von Barbara Henninges. es 1574

Padgett Powell: Edisto. Roman. Aus dem Amerikanischen von Harry Rowohlt. es 1332

– Eine Frau mit Namen Drown. Roman. Aus dem Amerikanischen von Harry Rowohlt. es 1516

Reynolds Price: Kate Vaiden. Roman. Aus dem Amerikanischen von Melanie Walz. st 2216

Adrienne Rich: Um die Freiheit schreiben. Beiträge zur Frauenbewegung. Aus dem Amerikanischen von Barbara von Bechtolsheim. es 1583

105/3/7.95

Französische Literatur
in der edition suhrkamp und in den
suhrkamp taschenbüchern

Alain: Die Pflicht, glücklich zu sein. Aus dem Französischen übertragen und mit einem Nachwort versehen von Albrecht Fabri. st 859

Yann Andréa: M. D. Aus dem Französischen von Renate Hörisch-Helligrath. es 1364

Eugen Bavčar: Das absolute Sehen. Aus dem Französischen von Sybille Kershner. Mit Fotografien. es 1909

Samuel Beckett: Gesammelte Werke in Einzelbänden. Elf Bände in Kassette. st 2401-2411

– Endspiel. Fin de Partie. Französisch und deutsch. Deutsch von Elmar Tophoven. es 96

– Endspiel. Fin de partie. Endgame. Deutsche Übertragung von Elmar Tophoven. Französische Originalfassung. Englische Übertragung von Samuel Beckett. st 171

– Flötentöne. Französisch und deutsch. Aus dem Französischen von Elmar Tophoven und Karl Krolow. es 1098

– Glückliche Tage. Happy Days. Oh les beaux jours. Deutsche Übertragung von Erika und Elmar Tophoven. Englische Originalfassung. Französische Übertragung von Samuel Beckett. st 248

– Das letzte Band. La dernière bande. Krapp's Last Tape. Deutsche Übertragung von Erika und Elmar Tophoven. Englische Originalfassung. Französische Übertragung von Samuel Beckett. Mit Szenenphotos. st 200

– Malone stirbt. Roman. Aus dem Französischen von Elmar Tophoven. st 2407

– Mercier und Camier. Aus dem Französischen von Elmar Tophoven. st 943 und st 2405

– Molloy. Roman. Aus dem Französischen von Erich Franzen. st 229 und st 2406

– Der Namenlose. Roman. Übertragen von Elmar Tophoven, Erika Tophoven und Erich Franzen. st 536 und st 2408

– Warten auf Godot. En attendant Godot. Waiting for Godot. Deutsche Übertragung von Elmar Tophoven. Vorwort von Joachim Kaiser. st 1

– Wie es ist. Deutsch von Elmar Tophoven. st 1262 und st 2409

Samuel Beckett. Glückliche Tage. Probenprotokoll der Inszenierung von Samuel Beckett in der ›Werkstatt‹ des Berliner Schiller-Theaters. Aufgezeichnet von Alfred Hübner. Fotos von Horst Güldemeister. es 849

Emmanuel Bove: Armand. Roman. Aus dem Französischen von Peter Handke. st 2167

109/1/7.95

Französische Literatur in der edition suhrkamp und in den suhrkamp taschenbüchern

Leonora Carrington: Unten. Aus dem Französischen von Edmund Jacoby. st 2343

E. M. Cioran: Die verfehlte Schöpfung. Übersetzt von François Bondy. Das Kapitel »Die neuen Götter« wurde von Elmar Tophoven übersetzt. st 550

– Vom Nachteil, geboren zu sein. Übersetzt von François Bondy. st 549

Colette: Diese Freuden. Aus dem Französischen von Maria Dessauer. st 2154

Marguerite Duras: Blaue Augen, schwarzes Haar. Aus dem Französischen von Maria Dessauer. st 1681

– Eden Cinéma. Aus dem Französischen von Ruth Henry. es 1443

– Emily L. Roman. Aus dem Französischen von Maria Dessauer. st 1808

– Ganze Tage in den Bäumen. Erzählung. Deutsch von Elisabeth Schneider. st 1157

– Heiße Küste. Roman. Aus dem Französischen von Georg Goyert. st 1581

– Hiroshima mon amour. Filmnovelle. Deutsch von Walter Maria Guggenheimer. st 112 und st 2522

– Im Park. Roman. Aus dem Französischen von Andrea Spingler. st 1938

– Im Sommer abends um halb elf. Roman. Aus dem Französischen von Ilma Rakusa. st 2201

– La Musica Zwei. Theaterstück. Aus dem Französischen von Simon Werle. es 1408

– Liebe. Aus dem Französischen von Barbara Henninges. st 2460

– Der Liebhaber. Aus dem Französischen von Ilma Rakusa. st 1629

– Der Liebhaber aus Nordchina. Roman. Aus dem Französischen von Andrea Spingler. st 2384

– Der Matrose von Gibraltar. Roman. Aus dem Französischen von Maria Dessauer. st 1847

– Moderato cantabile. Roman. Aus dem Französischen von Leonharda Gescher und W. M. Guggenheimer. st 1178

– Das Pferdchen von Tarquinia. Roman. In der Übersetzung von Walter M. Guggenheimer. st 1269

– Ein ruhiges Leben. Roman. Deutsch von W. M. Guggenheimer. st 1210

– Sommer 1980. Aus dem Französischen von Ilma Rakusa. es 1205

– Sommerregen. Aus dem Französischen von Andrea Spingler. st 2284

109/2/7.95

Französische Literatur in der edition suhrkamp und in den suhrkamp taschenbüchern

Marguerite Duras: Das tägliche Leben. Aus dem Französischen von Ilma Rakusa. es 1508
– Der Tod des jungen englischen Fliegers. Aus dem Französischen von Andrea Spingler. es 1945
– Vera Baxter oder Die Atlantikstrände. Aus dem Französischen von Andrea Spingler. es 1389
– Die Verzückung der Lol V. Stein. Deutsch von Katharina Zimmer. st 1079
– Der Vize-Konsul. Roman. Deutsch von W. M. Guggenheimer. st 1017
Marguerite Duras/Michelle Porte: Die Orte der Marguerite Duras. Aus dem Französischen von Justus F. Wittkop. es 1080
Georges-Arthur Goldschmidt: Ein Garten in Deutschland. Erzählung. Aus dem Französischen von Eugen Helmlé. st 1925
Lucien Malson: Die wilden Kinder. Aus dem Französischen von Eva Moldenhauer. st 55
Victor Margueritte: Die Aussteigerin. Roman. Aus dem Französischen von Joseph Chapiro. Mit einem Nachwort von Ursula Krienes. st 1616
André Pieyre de Mandiargues: Schwelende Glut. Erzählungen. Aus dem Französischen von Ernst Sander. st 2466
Robert Pinget: Apokryph. Aus dem Französischen von Gerda Scheffel. es 1139
Marcel Proust: Auf der Suche nach der verlorenen Zeit. 10 Bände in Kassette. Aus dem Französischen von Eva Rechel-Mertens. suhrkamp taschenbücher
– Auf der Suche nach der verlorenen Zeit. Erster Teil: In Swanns Welt. st 644
– Zweiter Teil: Im Schatten junger Mädchenblüte. 2 Bde. Deutsch von Eva Rechel-Mertens. st 702
– Dritter Teil: Die Welt der Guermantes. 2 Bde. Deutsch von Eva Rechel-Mertens. st 754
– Vierter Teil: Sodom und Gomorra. 2 Bde. Deutsch von Eva Rechel-Mertens. st 822
– Fünfter Teil: Die Gefangene. Deutsch von Eva Rechel-Mertens. st 886
– Sechster Teil: Die Entflohene. Deutsch von Eva Rechel-Mertens. st 918
– Siebter Teil: Die wiedergefundene Zeit. Deutsch von Eva Rechel-Mertens. st 988

109/3/7.95

Französische Literatur
in der edition suhrkamp und in den
suhrkamp taschenbüchern

Marcel Proust: Briefe zum Leben. 2 Bde. Ausgewählt und aus dem Französischen übersetzt von Uwe Daube. st 464
– Freuden und Tage. Übertragen und herausgegeben von Luzius Keller. st 2172
– Der Gleichgültige. Erzählung in zwei Sprachen. Mit einem Vorwort von Philip Kolb. In der Übersetzung von Elisabeth Borchers. st 1004
Yann Queffélec: Barbarische Hochzeit. Roman. Aus dem Französischen von Andrea Spingler. st 1682
– Der Geisterbeschwörer. Roman. Aus dem Französischen von Hinrich Schmidt-Henkel. st 2413
– Tita. Roman. Aus dem Französischen von Sylvia Antz. st 1924
Raymond Queneau: Zazie in der Metro. Aus dem Französischen von Eugen Helmlé. st 1598
Christiane Rochefort: Frühling für Anfänger. Roman. Aus dem Französischen von Eugen Helmlé. st 532
– Kinder unserer Zeit. Roman. Aus dem Französischen von Walter Maria Guggenheimer. st 487
– Das Ruhekissen. Roman. Aus dem Französischen von Ernst Sander. st 379
– Die Tür dahinten. Roman. Aus dem Französischen von Eugen Helmlé. st 2160
– Zum Glück gehts dem Sommer entgegen. Roman. Aus dem Französischen von Eugen Helmlé. st 523
George Sand: Geschichte meines Lebens. Aus ihrem autobiographischen Werk ausgewählt und mit einer Einleitung versehen von Renate Wiggershaus. st 2345
Jorge Semprun: Algarabía oder Die neuen Geheimnisse von Paris. Roman. Aus dem Französischen von Traugott König und Christine Delory-Momberger. st 1669
– Europas Linke ohne Utopien. Essays. Aus dem Französischen von Wolfram Bayer. es 1915
– Die große Reise. Roman. Aus dem Französischen von Abelle Christaller nach der Originalausgabe. st 744
– Was für ein schöner Sonntag. Aus dem Französischen von Johannes Piron. st 972
– Der weiße Berg. Roman. Aus dem Französischen von Eva Moldenhauer. st 1768
– Yves Montand: Das Leben geht weiter. Aus dem Französischen von Uli Aumüller. st 1279

109/4/7.95

Französische Literatur
in der edition suhrkamp und in den
suhrkamp taschenbüchern

Jorge Semprun: Der zweite Tod des Ramón Mercader. Roman. Aus dem Französischen von Gundl Steinmetz. st 564

Claude Simon: Die Akazie. Roman. Aus dem Französischen von Eva Moldenhauer. st 2232

Jean-Philippe Toussaint: Der Photoapparat. Roman. Aus dem Französischen von Joachim Unseld. st 2290

109/5/7.95

Italienische und spanische Literatur in der edition suhrkamp und in den suhrkamp taschenbüchern

Rafael Alberti: Der Verlorene Hain. Erinnerungen. Aus dem Spanischen von Joachim A. Frank. st 1171

Juan Benet: Du wirst es zu nichts bringen. Erzählungen. Aus dem Spanischen von Gerhard Poppenberg. es 1611

Gesualdo Bufalino: Die Lügen der Nacht. Roman. Aus dem Italienischen von Marianne Schneider. st 2313

– Das Pesthaus. Aus dem Italienischen von Karin Fleischanderl. st 2482

Roberto Calasso: Die geheime Geschichte des Senatspräsidenten Dr. Daniel Paul Schreber. Aus dem Italienischen von Reimar Klein. es 1024

Leopoldo Alas Clarín: Die Präsidentin. Roman. Aus dem Spanischen von Egon Hartmann. Mit einem Nachwort von F. R. Fries. st 1390

Cristina Fernández Cubas: Das geschenkte Jahr. Roman. Aus dem Spanischen von Eva Schikorski. es 1549

Alejandro Gándara: Die Mittelstrecke. Roman. Aus dem Spanischen von Eva Schikorski. es 1597

Federico García Lorca: Dichtung vom Cante Jondo. Dichtung vom tiefinnern Sang. Deutsch von Enrique Beck. st 1007

Adelaida García Morales: Die Logik des Vampirs. Roman. Aus dem Spanischen von Anne Sorg-Schumacher. es 1871

– Das Schweigen der Sirenen. Roman. Aus dem Spanischen von Anne Sorg-Schumacher. es 1647

– Der Süden. Bene. Aus dem Spanischen von Anne Sorg-Schumacher und Imme Bergmaier. es 1460

Ian Gibson: Federico García Lorca. Eine Biographie. Aus dem Englischen von Bernhard Straub. Mit zahlreichen Abbildungen. st 2286

Natalia Ginzburg: Caro Michele. Der Roman einer Familie. Aus dem Italienischen von Arianna Giachi. st 853

– Ein Mann und eine Frau. Aus dem Italienischen von Arianna Giachi. st 816

Juan Goytisolo: Ein algerisches Tagebuch. Aus dem Spanischen von Thomas Brovot. es 1941

– Dissidenten. Aus dem Spanischen von Joachim A. Frank. es 1224

– Notizen aus Sarajewo. Reportagen. Aus dem Spanischen von Meralde Meyer-Minnemann. Mit zahlreichen Abbildungen. es 1899

– Die Quarantäne. Prosa. Aus dem Spanischen von Thomas Brovot. es 1874

– Spanien und die Spanier. Aus dem Spanischen übertragen von Fritz Vogelgsang. st 861

114/1/7.95

Italienische und spanische Literatur in der edition suhrkamp und in den suhrkamp taschenbüchern

Juan Goytisolo: Weder Krieg noch Frieden. Palästina und Israel heute. Aus dem Spanischen von Thomas Brovot. es 1966

José Guelbenzu: Der Blick. Roman. Aus dem Spanischen von Peter Schwaar. es 1596

Cesare Lievi: Die Sommergeschwister. Ein Stück. Aus dem Italienischen von Peter Iden. es 1785

Julio Llamazares: Der gelbe Regen. Roman. Aus dem Spanischen von Wilfried Böhringer. es 1660

– Wolfsmond. Roman. Aus dem Spanischen von Wilfried Böhringer. st 2205

Eduardo Mendoza: Die Stadt der Wunder. Roman. Aus dem Spanischen von Peter Schwaar. st 2142 und st 2443

– Die unerhörte Insel. Roman. Aus dem Spanischen von Peter Schwaar. st 2519

– Die Wahrheit über den Fall Savolta. Roman. Aus dem Spanischen von Peter Schwaar. st 2278

Juan José Millás: Dein verwirrender Name. Roman. Aus dem Spanischen von Peter Schwaar. es 1623

Rosa Montero: Geliebter Gebieter. Roman. Aus dem Spanischen von Susanne Ackermann. st 1879

– Ich werde dich behandeln wie eine Königin. Roman. Aus dem Spanischen von Susanne Ackermann. st 1944

– Zittern. Roman. Aus dem Spanischen von Susanne Ackermann. st 2396

Guido Morselli: Licht am Ende des Tunnels. Roman. Aus dem Italienischen von Arianna Giachi. st 2207

Álvaro Mutis: Ilona kommt mit dem Regen. Roman. Aus dem Spanischen von Katharina Posada. st 2419

– Der Schnee des Admirals. Roman. Aus dem Spanischen von Katharina Posada. st 2291

– Ein schönes Sterben. Roman. Aus dem Spanischen von Katharina Posada. st 2525

Mercè Rodoreda: Auf der Plaça del Diamant. Roman. Aus dem Katalanischen von Hans Weiss. Mit einem Nachwort von Gabriel García Márquez. st 977

Alberto Savinio: Stadt, ich lausche deinem Herzen. Aus dem Italienischen von Karin Fleischanderl. st 2204

Jorge Semprun: Algarabía oder Die neuen Geheimnisse von Paris. Roman. Aus dem Französischen von Traugott König und Christine Delory-Momberger. st 1669

114/2/7.95

114/3/7.95